歴史は繰り返す。
一度目は悲劇として、二度目は喜劇として。

カール・マルクス

2020年。東京でオリンピックが開催されるはずだった、この年。

中国武漢市を皮切りに、世界で新型コロナウイルス感染症が大流行した。

多くの国が、一時的に国民の外出や経済活動に制限をかけた。

国内外を自由に行き来することはもちろん、勝手に商店を開けることも許されなかった。

これはグローバル経済において〝成長を止める〟ことを意味する。

世界中の国が同時に、このように成長を止めた事例は、世界史上、初めてのことである。

社会をパンデミックから守るためには、多くの国がこうせざるをえなかった。


しかし、日本においては、420年前に一度だけ、

国の成長を意図的に止めた人物がいた。

それが、

徳《とく》川《がわ》家《いえ》康《やす》である。

江戸時代以前の戦国時代は、今のように「日本」という国の概念はなく、それぞれの領土が国であった。戦国大名は、国外を侵略し、戦をして領土を奪い取ることで富を拡大していった。織田信長は「天下布武」をスローガンに掲げ、西欧から輸入した最先端の武器、鉄砲を駆使し、領土を急拡大させた。

そして信長の死後、天下を統一した豊臣秀吉は、さらに富を拡大するために海を渡り、朝鮮に出兵する。

戦国時代は、武士たちにとって、いわば〝グローバル成長期〟だった。

ただ、家康は違った。**信長、秀吉とは真逆の方法**をとった。

戦ってなんぼの戦国時代に、家康は江戸幕府をつくり、藩同士の戦も海外での争いも禁じ、国外との貿易も制限した。

家康は意図的に当時の〝**領土を拡大して成長する**〟ことを止めた、**世界でも稀《まれ》に見る異質なリーダー**であった。

結果、江戸時代は**265年間も続く、太平の時代**になった。

文化遺産に認定されている歌舞伎や能、落語、浮世絵など海外からも評価が高い日本の文化の多くはこの時代に生まれ、当時の江戸は世界最大の都市だったと言われている。

（元禄時代、世界の二十人に一人は日本人だったとの説もある）

江戸幕府は「パックス・トクガワーナ（太平の徳川）」と海外からも称賛されるほど**日本史上最も優れた組織**だったのだ。

そんな江戸幕府の創立から420年経った2020年。

世界と同様、新型コロナのパンデミックにより大きなダメージを受けた日本。

台湾や韓国と違い、SARSやMERSを経験していない日本は、感染症の初期対応を誤り、あろうことか総理官邸でクラスターを発生させてしまう。そして、持病を抱えていた総理大臣自らが感染し、死亡。前代未聞の事態に、国内に政治に対する不信感が充満し、日本はかつてない混乱の極みに達した。

そこで政府は、秘密裏に画策していたAIと最新ホログラム技術で偉人たちを復活させ、最強内閣を作る計画を発動させる。

そこで選出されたのは、**徳川家康、織田信長、大久保利通、豊臣秀吉、徳川綱吉、足利義満**など、あらゆる時代の荒波をくぐり抜けてきた錚々たるメンバーであった。

そして、総理大臣の補佐役である官房長官には、皮肉にも江戸幕府を終わらせた男、**坂本龍馬**が選ばれた。

この物語は、**徳川家康率いる最強内閣が、**

〝コロナという予測不能な事態を収束させ、地に堕ちた政府の信頼を取り戻す〟

をミッションに掲げ、家康を「アンドロイドなどと交渉しない」と罵《のの》しっていたアメリカ大統領から、最終的に日米首脳会談後の共同会見で次のような賛辞を受けるまでを描いた物語である。

「私は心から彼を尊敬します。かつてアメリカをつくりあげた偉大な先人たち、ジョージ・ワシントン、エイブラハム・リンカーンと出会ったような気持ちです。今日は皆に私の偉大な友であり師の話を聞いてほしい。我々はこれからどう生きていくべきか。420年前の偉大な英雄から学ぼうではありませんか」

もしも徳川家康

ビジネス小説

が総理大臣になったら

眞邊明人・著

サンマーク出版

徳川内閣組織図

坂本龍馬　官房長官

外務大臣　足利義満

総務大臣　北条政子

法務大臣　藤原頼長

防衛大臣　北条時宗

文部科学大臣　菅原道真

文部科学副大臣　福沢諭吉

厚生労働副大臣　緒方洪庵

法務副大臣　江藤新平

領土問題担当大臣　楠木正成

IT担当大臣　平賀源内

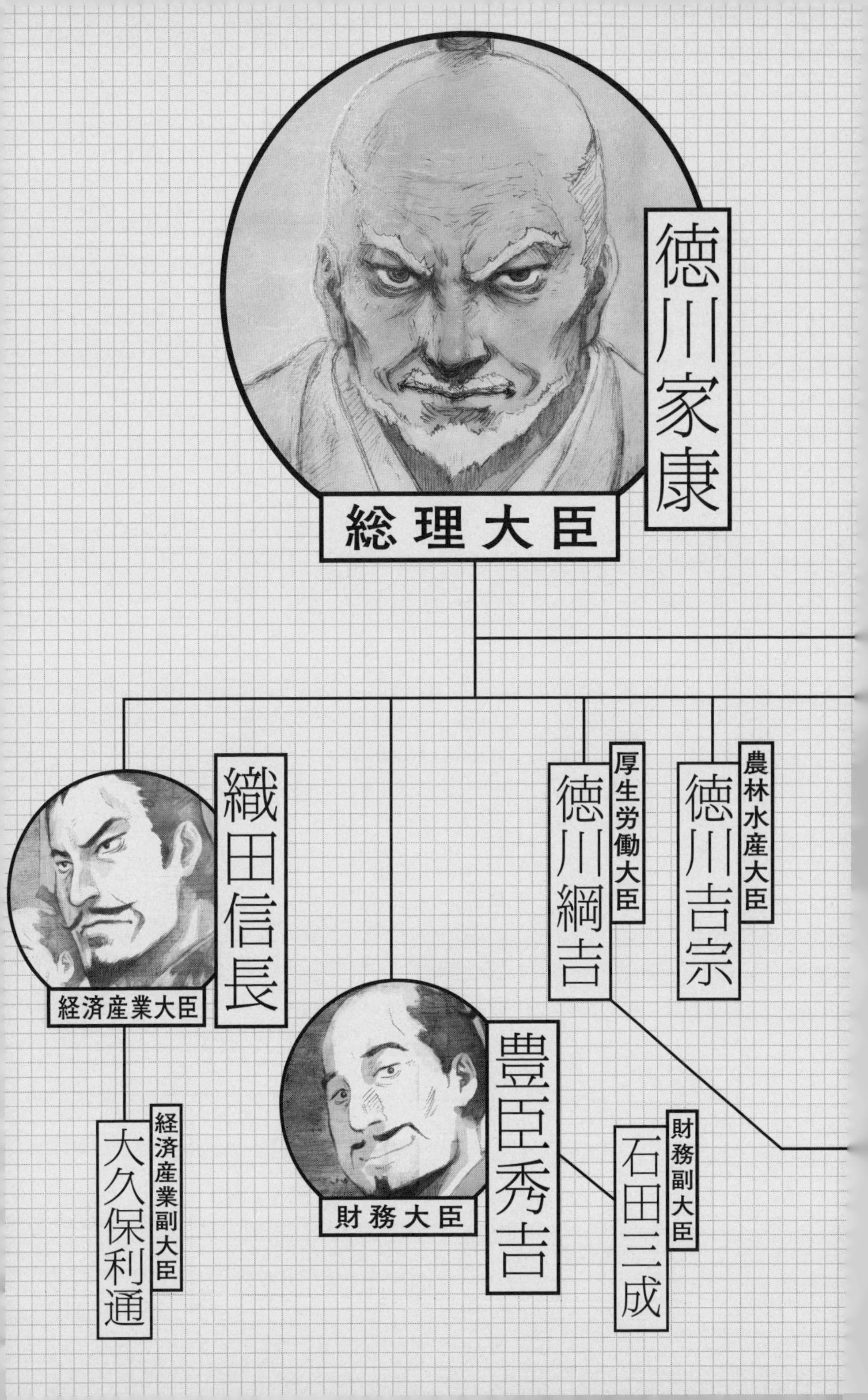

総理大臣
徳川家康
徳川吉宗
農林水産大臣
徳川綱吉
厚生労働大臣
織田信長
経済産業大臣
大久保利通
経済産業副大臣
豊臣秀吉
財務大臣
石田三成
財務副大臣

〈物語に入る前に〉

この物語には、歴史や政治の用語が多数登場する。
（歴史や政治になじみがない人でも楽しめるように注釈がいれてある）

しかし、決して歴史書や政治の本ではない。
歴史を、時代を変えた過去の人物たちが、
日本の未来のために、
社会を変え、
組織を変え、
自分をも変えようと奔走した物語である。

歴史にも、政治にも、
無関心な日本人はいるかもしれないが、

無関係な人は、いない。

この物語は、何かを変えたい人にとって、
無関心でも、
無関係でもいられないはずだ。

いや、何も変わりたくない変えたくない人にだって無関係ではない。
なぜなら、急速に変化する時代に、
変わらないでいるためには、
何かを変えないといけないからだ。

プロローグ

２０２０年４月１日。
家康が日米首脳会談でアメリカ大統領と共同会見する10ヶ月前。

世界初のＡＩと最新ホログラム技術で復活した歴史上の偉人たちで構成された最強内閣。その最初の閣議が行われることになった。

桔《き》梗《きょう》の紋《もん》が入ったよれよれの羽織に汚れた袴《はかま》。その足元は革靴である。蓬髪《ほうはつ》〈1〉、長身に真っ黒に日に焼けた肌。面長の顔に切れ長の目。黒い肌と対照的な真っ白い歯。薄汚いといえば薄汚いのだが、なんともいえない人を惹き付ける魅力がこの大男にはあった。

「困ったのぅ」

〈1〉蓬髪　乱れた長い髪。

落ち着きなく身体を小刻みに揺らし、所在なげにうろうろと歩き回るその男は、この最強内閣の官房長官をつとめることになっていた。

名を**坂本龍馬**《さかもとりょうま》という。

幕末の動乱期、土佐に生まれた風雲児は、33年という短い生涯のうちに薩長同盟《さっちょうどうめい》、大政奉還《たいせいほうかん》という大仕事を、一介の脱藩浪士の身でありながら成し遂げた。他の幕末の志士たちが〝藩〟という自分たちの限界の中で生きたのに対し、坂本龍馬は常に〝国〟という視点で駆け抜けた。その生き様はまさに近代日本の夜明けのようであった。

「わしゃ、こがなかしこまった場は苦手なんじゃがの……」

居並ぶ閣僚たちは、この日、初めて顔をあわせた。それぞれ違う時代からやってきているため、お互い、どう向き合ってよいか、まだ探りあうような雰囲気である。同じ時代、そしてお互い因縁を抱えている者同士もおり、一種異様な緊張感が漂っていた。

龍馬は、首相官邸の閣議室に集まった面々を前にして、もぞもぞと袴の位置を直した。困った時のこの男の癖である。

現世では、公の場に現れることのなかった龍馬である。奇跡ともいうべき薩長同盟を成功させ、大政奉還という驚天動地《きょうてんどうち》の策を考えだした風雲児といえども、このなんとも不思議な状態に戸惑いを隠せなかった。

ちなみに龍馬をはじめとする復活した偉人たちにはあらかじめ、同僚たちの経歴や事績《じせき》、能力などがインプットされている。そして、過去の因縁が思考や行動に影響を及ぼさないようにプログラミングが施されている。

例えば徳川家康には、結果として自分の子孫を追い詰めた坂本龍馬の事績についてはインプットされているけれども、そのことによって龍馬に対して恣意的《しいてき》な思考が生まれないようになっている。

それは、家康、信長、秀吉という極めて重大な因果関係（秀吉は信長の子供を殺しているし、家康は豊臣家を滅ぼしている）に対しても同様であり、歴史的な事実のインプットはされているがあくまでも彼らの能力、性格だけによって思考がなされるようになっていた。

開始時刻が過ぎた。

龍馬はちらりと時計を見て、大きく息を吐いた。

「これもお役目じゃ」

自分に言い聞かせるように呟くと、

「お歴々の方々。閣議をはじめるきに」

一種異様な静けさに包まれたメンバーの無言の圧力から逃れるように、龍馬は蓬髪の頭をかきむしりながら開会を宣言した。大声である。同時に大量のふけが飛び散る。総務大臣に任じられた北条政子が露骨に嫌な顔をした。

龍馬は、内閣総理大臣に任じられた徳川家康に視線を向けた。

自分が終わらせた徳川幕府の創設者であり、江戸時代を通じて〝神君《しんくん》〟と呼ばれた伝説の人物が目の前にいる。

265年にわたる太平の世を築いた英傑《えいけつ》は、小柄ではあるががっしりした体躯《たいく》を持っていた。後世にイメージされる肥満の意地悪そうな古狸《ふるだぬき》というより、戦国大名にふさわしい武人の迫力が備わっている。剣の達人としても知られる家康は、佇む姿勢にも一分の隙もない。北辰一刀流《ほくしんいっとう》の免許皆伝である龍馬の目から見ても、家康の身体にほとばしるエネルギーと衣服の下に息づく筋肉は一流の剣士そのものであった。肌は浅黒く、体躯に比して大きな顔には、これまた大きな茶色がかった瞳がある。醜男《ぶおとこ》ではないが、その瞳のアンバランスな大きさが底しれぬ不気味さを醸し出している。本来、瞳というものは心の内を表すものであるが、家康の瞳には感情というものが見当たらない。まるでブラックホールのように見る者を吸い込んでいくようである。

〝無駄なことは一切しない〟

そんな威圧感と圧迫感が家康にはあった。

これが徳川家康か……。

龍馬はがらにもなく家康に対して畏怖《いふ》の念を覚えた。

「そ、それでは、まずは内閣総理大臣から一言もらうきに」

その感情を打ち消すように声をあげる。龍馬自身、歴史を変えた英雄である。家康に負けたくないという気持ちがその声にこもっていた。

その龍馬の想いとは裏腹に家康は、自分の間合いを変えず、ゆっくりと閣僚を見渡した。

そして静かに口を開く。

「合議に入る前に我らがなぜここに集められたか、腑《ふ》に落ちぬ方々もおろう。まずはその経緯を、我らを集めた者から直に聞いていただくとしよう……入られよ」

家康の野太い声に誘われるように、奥の扉が開き、白髪の長身痩せ型の老人が入ってきた。黒のスーツを身に纏《まと》い、身体をやや屈めるようにしながらヨロヨロと歩く。口元はマスクで覆われている。

老人は、閣僚たちの真ん中あたりまで歩を進めるとゆっくりと頭を下げた。

「日本党の幹事長木村辰之介《きむらしんのすけ》でございます」

声がかすれて小さいので聞き取りにくい。よほど体調が悪いのか顔色は青白く、額にも汗が玉のように浮き出ている。

「木村。我らには病がうつる心配はない、布を外してもよいぞ」

家康が声をかけた。木村は家康に深く頭を下げるとマスクをとり、閣僚たちにも一礼をした。

「みなさまに現世に蘇っていただいたのは、この国の危機を救っていただきたいがためです。

今、世界は新型コロナという伝染病により、大混乱に陥っております。凄まじい勢いで感染が広がり、死者も増えつつあります。なによりも我が国の総理大臣であった原太郎《はらたろう》までこのコロナの感染により命を落としました。感染を防ごうにも、最初の段階から後手に回ってしまっており、手に負えぬ状態でございます。また、原のあとを継ぐ者も容易には決まらず、未知の病ゆえ専門家の意見も定まらず、政治にまつわる者や、影響力のある者たちがめいめい勝手な意見を言うため、国としての統制がとれなくなっている有様です。そこで、最後の策として、過去のこの国の偉大な指導者であったみなさまを科学の力で蘇らせ、この危急にあたってもらおうと考えた次第であります」

木村は、消え入りそうな声で話した。彼自身、健康を害しているのは見てわかる。かろうじて立ち、気力を振り絞って息も絶え絶えに話しているという状態だ。

「要は、我らにこの流行病《はやりやまい》を収めよというのじゃな」

家康は優しく木村に尋ねる。

「はい、そして、国民の信頼を……」

木村は、家康の方に視線を移し、震える手で額の汗をぬぐい答えた。

「国民の信頼?」

家康は首を傾《かし》げた。そもそも家康をはじめ戦国大名には〝国民〟という概念がないのだ。

「はい。今の国民の政治に対する信頼は、地に墜ちるほどでございます。内閣支持率も過去最低でございます。危機の時こそ、信頼が必要だと私は考えております。この国は、災害も多く、いずれまたこのような危機に陥るでしょう。今まで、なんとかその場しのぎでやってこれましたが、このまま国民が政治を信頼していない状態ですと、いつか取り返しのつかない状況になってしまいます。この感染症により国が混乱に陥った今こそ、迅速で的確な対応で国民の信頼を取り戻すチャンスなのです」

「その国民というのはなんじゃ？」

家康の隣にいた小男が声をあげた。

財務大臣である**豊臣秀吉**《とよとみひでよし》である。

豊臣秀吉（安土桃山時代）戦国三大英傑のひとりであり、家康の前の天下の覇者。農民から天皇に次ぐ最高権威の太閤にまで上り詰めた空前の成り上がり者。大阪城に代表されるスケールの大きさ、ド派手で底抜けに明るいイメージを後世にまで残し、江戸時代前期に出版されたこの男の一代記である『太閤記』が常にベストセラーであったことからも、人気がうかがい知れる。

真っ黒に日焼けした顔にギョロリとした目とちょび髭《ひげ》、頭髪は薄く、かろうじて小さな髷《まげ》がのっかっているという塩梅だ。〝猿〟として有名な秀吉だが、実物を見る限りはネズミといった方がぴったりだ。

「国民とは……この日本に住まう人々のことをいいます」

　木村は答えた。

「なんじゃ。民《たみ》のことか」

　秀吉は大笑いをした。

「民などは、我らの言うことを聞いておればいいのじゃ。なぜ民などの信が必要なのじゃ。そんなことのためにわしらを呼び出したのか？　おみゃーは」

　4月1日現在、東京の1日の感染者数は300人を超え、累計の感染者数は既に1万人を超えていた。死者は233人。日本で初の新型コロナの感染者が確認されてからたった2ヶ月半で、全国では3万人の感染者と、死者が800人にのぼっていた。未知のウイルスの感染急拡大と、国のトップである総理大臣が感染し、死亡するという前代未聞の事態に国民は大混乱に陥っていた。

　しかし、彼ら戦乱の世で生きてきた者にとって今の日本の状況は、危機的状況でも何でもないのかもしれない。


　秀吉の言葉に木村は戸惑っていた。たしかに封建社会に生きた者を相手に国民を説くのは難しい。しかし、木村に残された時間は少なかった。木村は声を振り絞った。

「今の時代の政治のありかたは議会制民主主義と申しまして、政治家は国民から選挙で選ばれます。その選挙で選ばれた者の合議によって国の方針が定まります。すなわち、太閤殿下のおっしゃる民が国の中心にあるのです。しかし、ここのところ、この仕組みの良いところよりも悪いところの方が目立つようになってきました。国民は政治に不信を抱き、政治家は選挙に通るために国民に媚《こ》び、『国民のための』と耳ざわりのいい政策をその場しのぎのように打ち出し、国家《こっか》百年《ひゃくねん》の大計《たいけい》のような勇気ある政治決断を先送りし続けてきました。私は長らくこの問題を考え、改革を行うためには今までのやりかたではだめだ、何も変わらない、と思い至り、過去の英傑から知恵をいただくことを思いつきました。そして、人工知能による英傑の復活という計画をたて、密かに長年研究をさせて参りました。今回、この新型コロナで国を率いる総理大臣が亡くなり、次の指導者が決まらず混乱を極める中、今こそ国民の信頼を取り戻し、この国を改革する最後の機会だと思った次第です。そこで、国会で次の総理大臣を天皇陛下にご一任することを決し、私自ら陛下に直訴し、みなさまがたを復活させ、内閣を組閣したのでございます」

木村は苦しい息を継ぎながら一気に話した。話し終わったあと激しく咳き込み、まるで水面に浮き出た鯉のように口をパクパクとさせていた。

「おぬしも病にかかっておるな」

家康は痛ましそうに木村を見た。

「はい。私のような老いぼれがこの病にかかると一気に悪化するようでございます。しかしながら、家康さま。この国も私のようなものでございまする。今までなんとかその場しのぎの対応でやってきましたが、もう、その場しのぎの治療では治りませぬ。今、生きている者は、現世の様々なしがらみに縛られ、大胆な発想もできなければそれを行動に移すこともできませぬ。私は父のあとを継ぎ政治家になり40年。ひたすらおのれの立身出世と保身のみに生きてまいりました。10年前、息子が自ら命を絶ったことで、私はおのれの卑小さ、醜さに気づきました。せめて最後は政治家らしくこの国のために尽くして死にたい。その一心でございます」

おそらく、気力が尽きたのだろう。木村は膝をガクッと床に折り曲げるようにして体勢を崩した。

「無理をしたらいかんぜよ」

龍馬は慌てて木村を抱き起こそうとしたが、実体のない龍馬の腕では木村の身体に触れることはできなかった。

木村はそのまま、両手も床に突き、土下座をするようにして頭を下げた。

「どうか……我が子、我が孫に誇れる国にしてくださいませ……。私が息子に果たせなかった未来を……」

かすれた声はますます聞き取りづらくなり、いよいよおのれの頭の重みにも耐えられなくなったのか、がくりと首も折り曲げ、床に顔をこすりつけるような状態になった。

しばらく沈黙が流れた。

「その者。息絶えておるであろう」

家康が厳かに言った。

「死んどるのかえ⁉」

龍馬が驚いて、うつ伏せになっている木村の顔を覗き込んでみると、その顔面は穏やかではあったが、死の静寂がうつしだされていた。

「木村と申す者。まさに武士の死に様であった。見事であった」

家康は、伏したまま息絶えた木村の遺体に声をかけた。

そして、ゆっくりと視線を上げ、閣僚たちを見回した。

「わたしはこの者の最期の頼み、叶えてやろうと思うが、いかがであろうか」

家康の問いかけに、閣僚たちは静かに頷いた。

日本党幹事長、木村辰之介はおのれの命と引き換えに、家康以下の最強内閣閣僚の合意を勝ち取ったのである。

ただ、ある一人だけ、家康の問いかけに微動だにしない者がいた。

その者は鋭い眼光を正面に向けていた。

彼だけは、木村に対して一度も視線を送らなかった。その男は……

経済産業大臣の**織《お》田《だ》信《のぶ》長《なが》**である。

目次

第1部 最強内閣、始動。

第2部 この国のリーダーに相応しいのは誰だ。

第1部

最強内閣、始動。

1

日本をロックダウンせよ！

最初にやるべきこととは

「そもそもじゃが、外に出なければ病がうつらぬというのはわかるが、それでこの病が収まるというのかの？」

秀吉が家康に問いかけた。

徳川内閣初の閣僚会議。冒頭で木村幹事長の想いを聞き、〝コロナを収束させ、国民の信頼を取り戻す〟というミッションを果たすために偉人たちは早速、議題である緊急事態宣言を出すかいなかについて話し合っていた。

しかし、なんといっても驚くべきは秀吉の声量である。龍馬も声が大きいことで知られていたが、その龍馬も驚くほどである。そして、その声はネズミの顔とは似つかわしくなく、聞く人を一気に奮い立たせるような底抜けの明るさがある。

この男はこの声で天下を取ったのではないか。龍馬は『太閤記〈2〉』でしか読んだことのない大英雄を目の当たりにして、持ち前の好奇心が溢れ出すのをおさえきれなかった。龍馬自身〝人たらし〟と言われたものだが、この小男の全身から発せられる人たらしのオーラはスケールが違った。

「綱吉。どうじゃ？」

家康は、丁寧に秀吉に頭を下げると、視線を秀吉に劣らぬほどの小男に向けた。

その男は、厚生労働大臣に抜擢《ばってき》された江戸幕府の第5代将軍**徳川綱吉**《つなよし》である。

徳川綱吉（江戸時代中期）　数々の政治改革を断行し元禄《げんろく》文化を代表する空前の好景気をもたらした、徳川15代将軍の中でもひときわ目立つ存在。在任期間の後半は度重なる天災と、後世にまで悪評を轟《とどろ》かした「生類《しょうるい》憐《あわ》れみの令」により、彼の評価は地に堕ちたが、綱吉の時代に、日本は戦国の荒々しさから、世界でも有数の成熟した安定国家になったことは紛れもない事実である。

綱吉は、ひどく神経質な表情をもった男で、戦国大名として戦い抜いた初代将軍家康に比べると、色白でひ弱な印象を与える。しかしながら、その眼光の鋭さはこの男の持つ意志の強さを表している。家康以外では、この綱吉と農林水産大臣に抜擢された第8代徳川吉宗《よしむね》のふたりだけが歴代徳川将軍の中から入閣している。

「大権現《だいごんげん》〈3〉さま。医術に詳しい緒方洪庵という者を呼んでおるので、その者からお話しさせ

〈2〉太閤記　小瀬甫庵（おぜほあん）が著した豊臣秀吉の一代記。儒教の理念に基づいて秀吉の足跡を調べ、論評したもの。初版は江戸時代前期の1626年。
〈3〉大権現　〝権現〟は日本の神としての称号。家康は死後、日光東照宮に祀られ、〝東照大権現〟と称された。

ていただきまする」

綱吉は、神格化された偉大な先祖を見て、まさに神を崇《あが》めるように深々と頭を下げた。

「大権現とは徳川殿も偉いものじゃのー」

秀吉が大声をあげる。

他の者がこういう言葉を吐けば、嫌みに聞こえるものだが、秀吉から発せられると本当に感心しているように聞こえるのだから不思議なものだ。しかし、家康が秀吉の天下を奪ったのは事実であり、その結果、家康は子孫たちに神と崇められているのだから、これ以上の嫌みはないといえばないであろう。

この秀吉にどう家康が反応するのか、龍馬は好奇心丸出しで観察した。

家康は茶色の瞳をまっすぐに綱吉に向けたまま、

「よかろう。洪庵に発言させよ」

まるで秀吉の発言などなかったかのように表情ひとつ変えず、綱吉に命じた。

龍馬はその家康の胆力《たんりょく》にもまた、舌を巻く想いであった。幕末に西郷隆盛《さいごうたかもり》、大久保利通《おおくぼとしみち》、桂小五郎《かつらこごろう》など、幾人もの英傑たちと会ったが、家康の面《つら》の皮の厚さというものは、次元の違う迫力があった。まるで岩のようなずっしりとした威圧感がある。幕末、黙り込めばその威圧感比類なしと言われた西郷と比べても家康の威圧感は、小山と富士山ぐらいの違いがある。

一方、無視される形になった秀吉の方も自分の言葉などなかったかのようにケロリとしている。家康と秀吉のやりとりはなんということのない会話の中に、まるで一流剣士同士の果し合いのような緊張感があり、龍馬は、自分の中の血が興奮で沸き立つような感覚をおぼえた。

龍馬が家康と秀吉のふたりに意識をとられている間に、総髪《そうはつ》〈4〉の中年の男が部屋に入ってきた。

幕末の天才医学者、**緒方洪庵**《おがたこうあん》である。

緒方洪庵（江戸時代後期）医者であると同時に蘭学者であり、教育者でもある。大坂で後に大阪大学となる「適塾」を開き、この塾から福沢諭吉《ふくざわゆきち》など時代をリードする人材を多数輩出した。〝近代医学の祖〟と言われた人物。

「この者。病に関しては尋常ならざる知見を持っているものでござります。まずはこの者の話を聞いていただきたい」

綱吉は閣僚に対し、洪庵を紹介した。

洪庵の怜悧《れいり》な頭脳にはＡＩにより、伝染病に関するありとあらゆる知識が送り込まれている。

さらに洪庵はこの閣議《かくぎ》に先駆けて、感染症対策の有識者メンバーとも会合していた。

「まずは、財務大臣のご質問にお答えいたしまする」

〈4〉**総髪** 日本の伝統的な髪型で、伸ばした髪をオールバックにし、まげをつくるスタイル。

洪庵は秀吉に向いて一礼をした。

「収まるかといえば収まりませぬ。ただ病になる者は減らせまする」

「病になる者が減ったところで、収まらな意味はにゃーではにゃーかの。ずっと屋敷に引きこもっとれば皆、餓え死にするに」

秀吉は呆れたように大声をあげた。

「そうではございますが、この時代の医学の進歩は凄まじく、治療が行き届けば助かる命も多うござりまする。それには医者に十分の余力が必要でござりまする。このまま病人が増えれば、治療もままならぬだけでなく医者ども自身が病にかかる危険性も高くなります。医者どもが倒れてしまえばたちまち死人の山が築かれましょう」

「かつての都のようじゃ……」

ため息のように声を発したのは、法務大臣である**藤《ふじ》原《わらの》頼《より》長《なが》**であった。

藤原頼長（平安時代末期）朝廷の風紀の乱れを徹底的に取り締まり、その苛烈な性格と剛腕さから「悪左府《あくさふ》」と呼ばれた平安時代末期の貴族、公卿《くぎょう》。強行的な政治を行う一方で蔵書家でもあり、知識者としての一面もある。

頼長の生きた平安時代はまさに伝染病の時代であった。この頃はまともな医学もなく、知識もなかったゆえに、一度伝染病が流行すると、たちまち京の都は死骸の山となった。あまりの死者の多さに死体を片付けることもできず路上に腐乱した死骸が転がる有様で、その結果、さらに感染が広がるという地獄の様相であったと言われる。

「洪庵。病そのものを治す手立てはあるのか？」

家康が洪庵にたずねた。

「今のところはありませぬが、この手のものは時が経てば収まることが多うございまする」

「どれくらいかかるのじゃ？」

「はっきりしたことはわかりませぬが2年ほどはかかると思いまする」

「それでは2年もの間、民たちを閉じ込めよというのか？　それこそ国が滅びてまうに」

秀吉が大声をあげて両手をあげた。まるでお手上げだといわんばかりである。

「難しいところでございます」

洪庵は苦渋に満ちた表情を浮かべた。洪庵自身、幕末において天然痘と闘い、コレラ〈5〉と闘った経験をもっている。天然痘は、種痘《しゅとう》によって予防の見込みがたったが、コレラに関してはまるで打つ手がなしで、結局のところ流行が収まるのを待つばかりというのが実情であった。

実際に歴史上、伝染病・感染症で完全に根絶できたのは天然痘のみである。

〈5〉コレラ　江戸時代後期、江戸時代末期、明治時代に日本で大流行した感染症。「東海道五十三次」で有名な歌川広重もこの感染症により犠牲になった。

洪庵の言葉に閣僚の間に重苦しい空気が流れた。
「織田さまはいかがお考えでござりまするか？」
家康は唐突に自分の左隣に座っている男に声をかけた。
居並ぶ閣僚の中でもずば抜けた威圧感と凄みを持っているこの男は、背丈はさほど高くないが、引き締まった細身の身体に南蛮風の衣装を纏《まと》い、細面につり上がった鋭い目、高い鼻に、冷酷そうな薄い唇を持っている。整っている顔立ちがこの男の持つ近寄りがたい威厳をさらにましているように思える。

経済産業大臣、**織《お》田《だ》信《のぶ》長《なが》**。

織田信長（安土桃山時代）戦国三大英傑の代表格であり、時代の革命者として現代での人気が高い。古い慣習を打破し、おのれの理想のためには虐殺も厭わぬ苛烈な性格は、それまで誰もなし得なかった日本全国の統一を前にして、重臣の明智光秀の突然の謀《む》反《ほん》を引き起こし、本能寺で49年の生涯を閉じることになる。

龍馬はこの異形の男に興味を持った。織田信長という男は江戸時代を通じてあまり認知、評価をされていなかった。信長の評価が上がるのは現代に入ってからである。江戸時代の人々にとっての織田信長は、『太閤記』に出てくる秀吉の主君といった程度であり、現代の感覚でいえば信長によって桶狭間で討ち取られた今川義元《いまがわよしもと》くらいの評価である。

したがって、龍馬も信長の知識はほとんどなかった。しかし、龍馬は、まるでその刃物がむき身で目の前にあるかのような、なんとも言い難い恐怖のようなものを信長には感じていた。家康の迫力、秀吉のオーラとはまた違う〝狂気〟のようなものが信長にはあった。

閣僚たちの視線が信長に集められた。

信長はその薄い眉をピクリと動かした。

「是非に及ばず」

一瞬、それが人の声かどうかすらわからない、怪鳥の鳴き声のような高い声であった。

続いて、

「わしは徳川殿の意見に従おう」

と切り裂くような声で言った。それは質問の余地を与えない断定的な口調であった。

家康は軽く信長に会釈をした。

その言葉の真意はわからないが、秀吉がにやにやしながら家康の様子を見ているところをみると、〝意見に従う〟とは裏を返せば、〝家康の手腕を拝見する〟ということであろうか。

信長は言葉を吐くと再び、何ごともなかったかのように真正面を向いて背筋を伸ばしたまま石像のように動かなくなった。

戦国時代の英傑は扱いにくそうじゃ。

官房長官という役目はいわば調整役である。この信長や家康や秀吉をみていると、西郷や大久保、桂の間に入った薩長同盟〈6〉など簡単に思えてしまう。龍馬はおのれの役割の厄介さに途方にくれた。

「大権現さま。まずは病の勢いを止めることが肝要かと思いまする」

厚生大臣である徳川綱吉が声をあげた。綱吉は、その将軍在任期間に、〝命〟というものの考え方を変えさせた男である。彼の施策であった「生類憐れみの令」は、後世では〝犬を大事にする〟法令のように言われているが、実際は、それまでの〝殺す〟ことが正義や正当な施策としてまかり通っていた時代の価値観を大きく変換させるものであった。

綱吉は、当時、あたりまえのように行われていた捨て子や行き倒れの根絶に取り組んだ。結果、明治維新まで捨て子や行き倒れに対する保護が行われた。もちろんその扱いは現代に比べると十分なものではなかったが、中世という時代において先進的な政策であった。

日本における綱吉の不当な評価は、彼によって粛清《しゅくせい》〈7〉された政敵《せいてき》たちの手によるものである。綱吉は、自分の政策に反対する者、または無能な者には容赦がなかった。綱吉の跡を継いだ家宣《いえのぶ》は、生前から綱吉との関係が悪かった。したがって家宣の幕閣《ばっかく》には、反綱吉派が多く起用された。彼らは前政権である綱吉の政治に対して厳しく批判した。その最たるものが「生類憐れみの令」である。いつの時代も、歴史は権力によって塗り替えられるものなのだ。

〈綱吉の海外からの評価〉

綱吉の政治は、当時、綱吉と実際に謁見《えっけん》したドイツの医師であるケンペルによって伝えられ、ヨーロッパでは「中世最も優れた政治家」として称賛されている。この頃のヨーロッパの政治家は福利厚生というような概念はなく国民の保護などの意識はまるでなかった。国民などは「搾取」の対象でしかなかった。そういう時代において綱吉が人間の生命を分け隔てなく守るという政策を行っていたことは奇跡のように捉えられたのだ。ちなみに、綱吉は「服忌令《ぶっきれい》」という法令の中で、喪に服す期間を定め、それが今の「喪中」につながっている。綱吉がいなければ、日本人の生き物を大切にする心や、亡くなった近親者を悼む精神は存在しなかったかもしれない。

綱吉の申し出に、家康は親指を唇の間にいれた。そしてガリッと爪を噛む。
家康の考え事をしている時の癖である。
「それでは……」

〈6〉薩長同盟　江戸幕府を倒すため、薩摩藩と長州藩が結んだ軍事同盟の密約。京都の屋敷で薩摩藩の小松帯刀と西郷隆盛、長州藩の桂小五郎らが会して締結した。
〈7〉粛清　組織内の反主流派を徹底的になくすこと。

家康はぷっと爪を吐き出し、その特徴的な茶色の目を細めた。

「1ヶ月の間。すべての民の外出を禁じる。許しなき者は例外なくじゃ」

「緊急事態宣言の発令ですな」

末席にいた老人がしゃがれた声で答えた。

本多正信《ほんだまさのぶ》である。徳川家康の参謀として、権謀の限りを尽くした男であり、今回は国家公安委員長に抜擢されている。

家康は本多正信の言葉に黙って頷《うなず》いた。

「みなさま方、何かご意見はなかですかの?」

龍馬は閣僚たちに声をかけた。彼らが生きた時代は、大将が決めればそれが最終結論であったが、現在の内閣ではすべての閣僚が賛成する必要がある。このようなルールは事前にすべての閣僚にインプットされていた。

閣僚たちは皆、少し考える様子をとった。どの閣僚も安直に人の考えを受け入れるような人物ではない。全員がおのれの知識と経験を総動員して是非を考察しているのであろう。

少しの間があり、

「徳川殿におたずねしてよいか」

先ほど、家康に従うと言っていた信長が唐突に口を開いた。

信長の言葉に一瞬、閣僚たちがざわめいた。信長という男には会話のリズムというものが存在しない。まるで彼自身の言葉ではなく神の啓示のように飛び出てくるようだ。

「なんなりと」

家康は鋭い信長の視線を泰然として受け止めた。このふたりは長きにわたって同盟を結んだ仲である。裏切り、寝返りがあたりまえの戦国時代において織田徳川同盟〈8〉の結びつきの強さは奇跡的なものともいえた。もっとも、後半においては同盟というより、徳川が織田の傘下に入ったというのが妥当であろうが、それでも体面的には従属関係ではなく、あくまでも〝同盟〟であった。家康は信長と対等に意見を交換する仲であった。それは、完全な主従関係であった信長と秀吉のものとは違う。

かつてのようにふたりは向き合った。

「一月《ひとつき》の間というのはいかに？」

信長は切り裂くような甲高い声で家康に問うた。龍馬は信長という男の厄介さを感じた。信長は極端に言葉を惜しむらしい。「一月の間というのはいかに？」という質問には「2年はかかるという病に一月、動きを止めたくらいでは意味があるまい」という本意が籠められているであろう。それくらいは察しろということらしい。

「心構えでござる」

〈8〉織田徳川同盟　別名、清洲同盟（きよすどうめい）。20年以上続いた信長と家康の軍事同盟で、〝戦国の奇跡〟とも言われている。

その信長の問いに家康は即座に答えた。それは斬りつけられた刃を、おのれの刃ではね返すような速さであった。

「心構え？」

家康の言葉に信長はほんの少し頬を緩めた。薄い唇の端が軽く吊り、目が細くなる。

家康はその信長をまっすぐに見据え言葉を続けた。

「この時代の民は平和に慣れ、自由を得ております。したがって、我らの時代のように死の怖れを知りませぬ。聞けばここしばらくは大きな戦も疫病などもなかったようでございます。病が過ぎ去るまで一歩も出るなというのは土台、無理な話ではござるが、いざという時に一糸乱れぬ動きをとることが肝要でござる。まずはこの時代の民にそのことを肝に銘じさせる必要がござる」

「よかろう」

信長は頷いた。その信長の反応を遮るように、秀吉が大声をあげる。

「それにしてもこの時代は民のものが幅を利かせているのじゃの。病など、かかるものはかかる。かからぬものはかからぬ。死ぬ者はそこまでじゃ」

秀吉の反応は多かれ少なかれ、ここにいるすべての閣僚たちと同じであったであろう。彼らにとって国民などは、とるに足らぬものである。その者たちのために自分たちが働かねばならぬなど思いもよらぬことであった。

「財務大臣殿のおっしゃる通りじゃ。病など恐れていては生きていけぬ。病が怖いものは家から出ねばよい。怖くないものは出て働けばよい。皆が同じように家に籠もるなど意味なきことじゃ」

声をあげたのは外務大臣の**足利義満**《あしかがよしみつ》である。

足利義満（室町時代前期）　足利幕府の第3代将軍。徳川幕府と同じ15代の将軍を生んだが、足利幕府の時代は、戦国時代に入るきっかけとなり11年続いた応仁の乱を代表的な例として、ほぼ内乱の時代であった。その中にあってこの義満の時代だけが安定した時代であった。義満はその強烈なリーダーシップのもと懸案であった南朝と北朝の統一を行い、明《みん》との貿易により巨万の富を得て、金閣寺に代表される北山文化を生み出した。

義満はでっぷりと太った身体をソファに沈め、坊主頭の赤ら顔をさらに赤く染め上げている。信長や秀吉に先駆けて天下を思うがままに扱った帝王は、馬鹿馬鹿しさこの上ないといった風情でため息をついた。

その義満に対して綱吉が言葉を返す。

「助けられる命は助ける。助ける方法があるならば、なるだけ助けるようにするのが君主のつとめではありますまいか」

この面々の中では綱吉は異色の存在といってよい。国民主権といった考えは無論、綱吉にはないが、生類を憐れむ、つまり〝命を大切にする〟という一点において彼の思想は現代とマッチしているといえよう。しかし、義満にはその綱吉の言葉は理解しがたいものであったらしい。

「度が過ぎておると言っておるのじゃ」

義満は吐き捨てるように言った。綱吉はさらに言葉を返そうとしたが、その言葉を先んじるように洪庵が面《おもて》を下げながら家康に具申《ぐしん》した。

「おそろしい病であることは間違いありませぬ。この病に感染しても症状が出るまではしばらく元気に動けます。また、症状がまったく出ないこともございます。それゆえ、感染者は無自覚のまま行動し、他の者に感染させてしまうのです。他の者に感染させた自覚のないままに。よって、一度感染が広がってしまうと、尋常ではない速さで感染者が増えてゆきます。まずは病の勢いを止めることが必要なのでございまする」

洪庵に対して家康はゆっくりと頷いた。

彼らがここに復活した理由はこの感染症で混乱した日本を救うためである。そのことは彼らの思考に最重要事項としてインプットされている。

「おのおの方。我らがここに一堂に会したのはこの病という敵に打ち勝つためでござる。これは病との戦いと心得られたい」

「御意《ぎょい》」

「御意」

偉大なる神君の言葉に綱吉と吉宗が同時に頭を下げる。

「改めて申し上げる。心構えを徹底させねば戦は負ける。この一月は民に出入りを禁じる。徹底させよ。許可なき者は何人《なんびと》たりとも外に出させてはならぬ」

「そのことであるが」

再び、信長が口を開いた。

「織田さま何か？」

「徹底させることは難しかろう」

信長は口の端を歪めて低く嗤《わら》った。

「何ゆえでござる」

家康は表情ひとつ変えずに問うた。龍馬は、従うと言った割にあれこれ口をはさむ信長の真意を測りかねていた。秀吉のいたずらっ子のような表情をみると、やはり信長が家康を試しているのであろうと思われるが、それだけではない信長なりの思考というものがその裏にあるようにも感じる。

「大久保」

信長が怪鳥のような甲高い声をあげた。

すると、部屋の扉が開き、長身の長い髭を蓄えた洋装の男が入ってきた。その男は背筋をまっすぐ伸ばし、大股で歩いてくる。**大久保利通**《おおくぼとしみち》である。

大久保利通（幕末〜明治時代初期）　明治維新の指導者。西郷隆盛、木戸孝允《きどたかよし》（改名後の桂小五郎）と並んで「維新の三傑」と称される。明治政府では、41歳の時、岩倉使節団の副使として欧米を視察し、西洋の進んだ技術や文化を見て衝撃を受ける。帰国後は、内務《ないむ》卿《きょう》として富岡製糸場をつくるなど、殖産興業による日本の近代化に向けて尽力した。享年49歳。

龍馬はその男に視線を送ると、

「一蔵さぁ！」

と思わず声をあげた。龍馬のよく知る男であったからだ。

長身の男は、その特徴的な険《けわ》しい表情を微塵も動かさず信長の前に平伏した。

「一蔵さぁ！　わしじゃ！　龍馬じゃ！　おぼえちょるか？」

風体は随分変わっているが、その男は、龍馬のかつての盟友、西郷隆盛と共に薩摩藩をまとめていた大久保一蔵に間違いなかった。

「経済産業副大臣、大久保利通でごわす」

長身の男は喜びの声をあげる龍馬を無視して閣僚たちに挨拶をした。

「おまんさぁもここに来ちょったとは！　懐かしいのう!!」

大声をあげる龍馬を大久保はちらりと見たが、鉄面皮《てつめんぴ》〈9〉と呼ばれた冷たい表情を動かすことなく、家康の前に進み平伏して話し始めた。

「こん時代は法がすべてにおいて優先されちょりもす。憲法ちゅうもんの範囲ん中でしか、政府といえども民に命令すっことかなかもはん。現状ん法では、民ん行動については要請しかできもはん。つまりお願いにとどまっちゅうこってす。さらに、そいを執行しきったぁ知事ん権限となっちょりもす」

「なんじゃそれは？　それでは政府などただのお飾りではにゃーか！」

大久保の言葉に秀吉が大仰に反応する。

「それがこの時代の決まりじゃ。致し方あるまい」

信長は鼻で嗤った。

「これはしたり。上様のお言葉とは思えませぬ。お館さまならばそのような決まり、打ち壊してしまわれ、逆らう者はなで斬りにされましょうに」

秀吉はさらに大仰に驚いてみせた。たしかに、生前の信長は自分の認めぬ慣習や伝統などはすべて打ち破り、それを壊滅するためには虐殺も厭《いと》わなかった。それが秀吉が畏怖した〝革命児織田信長〟である。その信長の口から「決まりだからしかたない」と出てくるのは秀吉にとって天地がひっくり返るようなものであった。

「筑前《ちくぜん》〈10〉」

「は」

「この場の差配はすべて徳川殿が決めればよい。わしにとって、このできごとは死後の暇つぶ

〈9〉鉄面皮　面の皮がまるで鉄でできているように、恥知らずで厚かましいこと。
〈10〉筑前　秀吉の呼び名。信長から拝命を受け、木下藤吉郎から羽柴筑前守《はしばちくぜんかみ》秀吉に名前を変えた。

しのようなものじゃ。大して気ものっておらぬ。それより徳川殿がどうされるのかを楽しみにしておる。わし亡きあと、天下泰平をつくった男の手腕をみてみたいのじゃ。そのためにわしはこの時代の決まりの中でしか動かぬ。すべては余興じゃ」

信長は家康を見た。

ＡＩによって、歴史の因縁が恣意的に判断に影響を及ぼすことは防がれているはずだが、信長という思考はそれを凌駕《りょうが》しているのであろうか。いや。家康の邪魔をせぬというところをみると、ＡＩの抑制が効いているとみるべきか。

家康は何も言わず信長に頭を下げた。

一瞬、お互いの思考を読み合うようにふたりの視線が宙でぶつかり、火花が散ったかにみえたが、ふたりはまた平然と前を向いた。

「ははぁ……。そういうお考えもありまするか……」

秀吉は毒気を抜かれたように、信長と家康を交互に見ながら呟き、その小さな身体をソファに沈めた。

「ちゅうことは一蔵さぁ、この時代ではお願いしかできんとなると……戦の心構えどころではないろう……勝手に外に出たり商売したりする者も叱れぬということかの？」

龍馬は大久保に尋ねる。

「そういうことでごわす」

大久保は龍馬の方を見ず、家康に向かって答えた。

「そりゃ困ったことですのぅ」

旧知である自分を無視する大久保に対して、どうしたらいいものか戸惑いながらも、龍馬は閣僚たちに問いかけた。要請は、あくまでお願いであって命令ではない。そんなものを出す意味があるはずがないのだ。

龍馬でなくとも、この時代のばかばかしい論理には首を捻《ひね》るしかなかった。

「頼長殿」

家康は法務大臣である藤原頼長に声をかけた。

「そのことじゃが、先だって総理大臣殿からご質問があっての。手がないわけではない」

頼長は平安時代、栄華を極めた藤原家の長者として政権の中枢にいた男である。法を中心に据え、怠惰な朝廷の政治に対して強烈な綱紀《こうき》粛正《しゅくせい》〈11〉を行った。その苛烈な性格が災いし、政変により無念の最期を遂げた。頼長はいわば日本史上において有数の法の権化《ごんげ》といってもよい。

その頼長が自信ありげに返答したのだ。

龍馬は思わず身を乗り出した。

「ほう。それはどんな手じゃ？」

「江藤」

〈11〉綱紀粛正　国の規律を引き締めて不正を厳しく取り締まること。また、一般に規律を引き締めて、不正をなくすこと。

頼長が声をあげた。

その言葉に大久保の肩がぴくりと動いた。

先ほど、大久保が入ってきたのとは別の扉から、小柄な和装の男が現れた。

男は大久保をじろりとにらみつけると、大久保の隣に平伏した。


江《え》藤《とう》新《しん》平《ぺい》。

江藤新平（明治時代）　明治政府の初代司法卿《しほうきょう》（法務省の前身である司法省の長官）。強烈な意志のもと新国家を作りあげようとしたが、政変に巻き込まれ、故郷佐賀の不平士族に担ぎ上げられて佐賀の乱を起こし、処刑される。日本史上、最後のさらし首になった男。その思想、性格、運命は法務大臣である頼長と驚くほどよく似ている。

「この者。わが法務副大臣に任命された江藤新平という者でおじゃる。法においてはこの者の右に出る者はおらぬ」

頼長は頼もしそうに江藤を閣僚たちに紹介した。

「江藤新平でござります」

江藤は短く挨拶をした。

「江藤はたしか大久保と同輩であったそうじゃの」

頼長が大久保に声をかける。

「はっ」

　大久保は、短く返答した。しかし、その言葉は同輩に向けたものというよりは、敵に対する警戒心ともいえるものであった。それも致し方ない。江藤と大久保は明治新政府にあってことあるごとに激突した。法治国家《ほうちこっか》〈12〉を目指し、薩長による藩閥政治を否定した江藤と、強力な政治力による富国強兵《ふこくきょうへい》〈13〉を目指した大久保では志す国家観が違った。思考がまったく違うふたりであった。

「ほいたら、江藤さぁもわしと同じ時代のもんじゃのう!!」

　龍馬は喜んで手を叩いた。龍馬は明治政府ができる前に暗殺されたため、江藤のことは知らなかった。

「君が坂本くんか」

　江藤は、龍馬に視線を送った。

「君が用心を怠り、暗殺などされたため、薩長の者どもが政《まつりごと》を私《わたくし》ごとにしたのだ。いい迷惑である」

「殺されたことを叱られるとは思わざった。おんしはおもしろいのう」

　江藤の皮肉に大久保はまったく反応をしなかった。大久保は本来、短気な男だが、若い頃か

〈12〉法治国家　国民の社会生活が法律によって保護され、法に従って政治が行われる国。現代のほぼ全ての国が法治国家である。
〈13〉富国強兵　欧米に負けない強い日本を作ろうと掲げた明治政府のスローガン。

らおのれの感情をセーブすることになれている。江藤の挑発を完璧に無視した。

「一蔵さぁ。わしがいなくなったあとにもおもしろい者がいっぱいおったんじゃろなぁ」

龍馬はふたりの間をとりもつように言ったが、大久保はそれをも無視した。

江藤はそれ以上、大久保に関わらず、家康に向かい平伏し、大声をあげた。

「この時代の法には解釈を挟む余地があります。憲法第9章にある緊急事態第98条の解釈を広げれば国民の生命、身体、財産を守るためには政府の強い権限をもって指示を行うことができると考えられます。今まで国民の行動を制限する権限まで解釈を広げた例はありませぬが、これに反対するものがあったとしても、止めるためには、裁判を起こし、この措置が憲法違反であると証明しなければなりませぬ。それには相応の時間がかかるでしょう。したがって、緊急事態宣言を拡大解釈のもと進めれば徳川総理大臣のお考えどおりにはできると思われます」

「あとはそのことを法律にすることが必要なのじゃな」

頼長が江藤の言葉に補足した。

「その通りでございます」

江藤は大きく頷いた。

「国民の行動制限まで盛り込んだ感染症《かんせんしょう》特別措置《とくべつそち》法案なるものを閣議決定し、国会に諮《はか》らねばなりませぬ。反対する者もおりましょうが、これらはすべて多数決で決しますので、強引にすすめれば衆院1日、参院1日で決定できると思いまする。今は、政府側の方が大勢《たいせい》を占めておりますゆえ」

「江藤がその法案すでにまとめておりまする」

頼長が懐から書面を取り、家康に渡した。家康はその書面に目を通し、静かに信長に渡す。

「江藤の案、おのおの方に見てもらおう。わしは、おおむね賛成じゃ」

「しかしあれじゃな。こげなことができれば、今までの政府も同じようにやっておったのかいの?」

龍馬が江藤に尋ねた。

「いや。皆無である」

「そりゃまたなんでじゃろ?」

「この時代は戦ではなく、選挙というもので政を統《す》べる者を民が決めるというしくみでござる。たとえそれが有益であっても民にとって不都合なことあらば、その不満が選挙の結果に出る。皆、それを恐れて民に不都合なことはせぬ」

江藤の言葉に義満が心底呆れ返ったように、

「あほらしいしくみじゃな」

「**民が決めるなど正気かの。きちんと上の者が決める。それが政じゃ。いちいち民の顔色をうかがっとっては正しいことなどできぬ。なんちゅう世になってしもうとるのじゃ。なげかわしい**」

秀吉も義満に賛同する。彼らの経験と思考には民主主義という言葉はない。龍馬や大久保、江藤らにはかろうじてその思想の萌芽というものはあるかもしれないが、現代の大衆に迎合せざるを得ない政治体制というのは非合理を超えてバカバカしくすらある。

「我らはこの時代の法の中でしか動けぬしくみになっておる。しかし、その法の中であれば、この時代のおかしなところあらば正してゆけばいいのではないか。それが我らに課せられた役目であると思うがいかに」

頼長が、一瞬白けた座をとりなすように言った。

家康は頼長の言葉に頷き、

「生きた者であれば、おのれの野心や欲望のために民に媚《こ》びることもするであろう。しかし死したわれらには関係ないことじゃ。この危機を救うことがわれらの仕事じゃ。強引であっても必要であれば断固として行う」

「ご英断にござりまする」

「ご英断でござりまする」

綱吉と吉宗がすかさず頭を下げる。

「おみゃーらはいちいちうるさいわ」

秀吉が綱吉と吉宗をからかった。

その後、江藤の書面が全閣僚に回り、いくつかの修正点を確認したあと、家康は最終の確認を行った。

「おのおの方、これでよろしいか」

閣僚たちは一様に頷いた。

「されば、この法案を閣議決定し、国会に提出し、速やかに可決す。法案成立後、ただちに宣言を行う。宣言後は、正信。警察庁長官に命じて、全警察を動かし、無用の外出を民がせぬよう取り締まらせよ。無断の外出を行った者は厳罰に処せ」

「承知つかまつりました」

「各都道府県への指示は、織田殿におまかせしたいがいかがでござろうか」

家康は信長を見た。信長は、家康には視線を送らず、大久保に視線を向けた。

「よかろう。大久保。働け」

「承知つかまつりもす」

大久保は表情ひとつかえず、信長に向かい頭を下げる。

龍馬は、信長と大久保を見て、このふたりも似たもの同士じゃと小さく呟いた。このふたりを敵に回した者はとんでもないことになるであろう。ふたりとも徹底した合理主義者であり、人に交渉の余地を与えない激しさを秘めた冷静な佇まいは、どんな交渉上手な相手でもものの数分で匙《さじ》を投げてしまうことになるのは必定《ひつじょう》だ。

「大権現さま。異国の者の取り計らいはいかにしましょうぞ。民に無理を強《し》いる以上、異国の者に対しても厳しい処置を行わねばならぬと拝察します」

吉宗が声をあげた。それにつづいて綱吉も、

「この病。もとはといえば異国より入ったもの。病を防ぐ以上、異国の者の立ち入りは厳しくせねばなりませぬ」

と述べた。

「よいよい。わかった。この外務大臣たる足利義満が異国の者の件、しかと引き受けた」

義満は鷹揚《おうよう》に答えた。さすがにかつて天皇をも超える権力をもった怪人である。義満のひと言ですでにことがなったかのような安心感が漂った。

「よろしくお頼み申す」

家康は義満に頭を下げた。

「それでは……もろもろ、皆々さまよろしゅうござりますかいの？」

龍馬が閣議を締めようとした時、

「異論はにゃーが、ちとあれじゃの。民に媚びるつもりはにゃーが、こういう時は暗いことばっかでは人心は掌握できぬのー」

秀吉が鼻の頭を掻《か》きながら大声をあげた。

龍馬はややうんざりした面持ちで秀吉を見た。

秀吉のその表情にはこの男特有のいたずらめいた、天性の閃《ひらめ》きが宿っていた。

「どういうことでござるかの？」

家康は静かに秀吉にたずねた。家康にとって、信長よりも秀吉の方がどこか苦手なようであった。秀吉は家康の言葉に我が意を得たりと立ち上がった。

「屋敷にわずか一月であっても一歩も出てはならぬとなれば、いわば籠城《ろうじょう》戦〈14〉じゃ。兵糧がなくなれば死ぬ者も出るであろう。戦であれば規律と同時に士気も上げねばならぬ。徳川殿。

そのことわしに腹案があるのじゃが、わしに任せてもりゃーぬかの」

「よろしゅうござる」

家康は即座に答えた。秀吉は家康の人生において、味方であり敵であり、主となったこともある。苦手ではあっても秀吉という男の能力を知り抜いている家康にとって迷いはなかった。秀吉もまた、家康が〝何をするのか〟といちいち聞いてくるような器の小さい男でないことは知っている。

秀吉は破顔するや、龍馬を見た。

「坂本とやら。おみゃーが民に知らせる役目であったの」

「ほうでございますが……」

「その場にわしも出させてもろうても良いかの」

「かまいませんが……何をされるおつもりか？」

秀吉は楽しくてしかたがないといった風情で身をよじった。

「まぁ。それはお楽しみじゃ。われらの胆力をこの時代の民どもに見せつけてやろうぞ」

〈14〉**籠城戦**　城に籠もって敵の攻撃に耐え、味方の援軍を待つこと。籠城戦の末、劇的に勝利した有名な戦として、信長・家康連合軍が武田勝頼軍に足軽鉄砲隊で勝利した、「長篠の戦い」などがある。

天下は天下の人の天下にして、
我一人の天下と思ってはならぬ。
家もまた、一家の人びとの家であって、
我一人の家ではない。何ごとも、
我一人では成り立たぬものと知れ。

徳川家康

『武《ぶ》野《や》燭《しょく》談《だん》』
（初代徳川家康から５代綱吉に至る歴代将軍や諸大名の事績や言行を書き留めた書）より

2

龍馬と秀吉の記者会見

将（リーダー）の器

西村理沙は、スマートフォンのけたたましい呼び出し音で目を醒ました。

頭が重い。

昨日、調子に乗って飲みすぎるんじゃなかった……。

頭全体がぐわんぐわんと揺れるような、鈍い痛みと、込み上げてくる吐き気に理沙は舌打ちした。

西村理沙《にしむらりさ》。大日本テレビアナウンス部所属。入社8年目。今年で30歳になる。

入社当初は、一流大学の剣道部主将・インターハイ優勝経験者として文武両道の経歴と愛らしいルックス、頭の回転の速さを評価され、バラエティを中心に数多くの番組を担当し瞬く間にエースアナウンサーとしての地位を確立した。順調に人気アナウンサーのキャリアを積んでいくかと思われた理沙だが、彼女には致命的な欠点があった。それは、〝酒癖の悪さ〟である。

学生時代にも何度か失態を犯したことがあったが、入社してしばらくは、自制していたので問題が起こることはなかった。しかし、人気が出て、酒席に誘われることが増えると、その自制心のコントロールが徐々に利かなくなってきた。そして、入社5年目の時に決定的な問題を起こす。朝のワイドショーの司会を務めていた時のことだ。番組の飲み会で泥酔し、メインキャスターの大物芸人に暴言を吐き、そのまま酔い潰れて翌日の番組を寝過ごしたのだ。

当然、番組は降板となり、そのことから週刊誌にあることないことを書かれ、さらにそのストレスから飲酒を繰り返し、また問題を起こす、という負のスパイラルに陥ってしまった。

結局、1年近く、謹慎処分として番組を持たせてもらえず、資料整理などの閑職《かんしょく》に追いやられ、ようやく処分が解けた頃には、かつての座は後輩たちに奪われていた。

ここ数年は、担当番組も少なく、鳴かず飛ばずの状態であった。

もっとも、今となっては本人はそのこと自体に後悔はなく、むしろ入社した頃の、人気に追われ、プレッシャーを感じる毎日より今の方が気楽で〝自分らしい〟とすら感じていた。一度、結婚を考えたこともあったが、その相手と別れてからは、自分のペースで仕事をする日々も悪くはないと割り切っていた。

昨夜も、翌日が休みということもあり、大学時代の仲間たちとオンラインで飲み会を開き、明け方近くまで飲み明かしていた。気のおけない仲間と終電を気にせずにリラックスした状態で飲んだせいか、酒量は気がつけばいつもの倍近くになっていた。

「誰……？」

痛む頭を抱えながら、スマートフォンを手に取った。

「森本部長……」

森本は、最近昇格したアナウンス部の新部長であり、理沙にアナウンサーとしての基礎を指導した大先輩である。前任の部長は、理沙と折り合いが悪く、なるだけ番組を担当させないようにしていたが、森本は理沙の実力を買っており、なんとかかつての輝きを取り戻させようと考えていた。本当はもう少し早く部長に昇格してもよかったのだが、現場にこだわる森本は部長職への昇格を断っていた経緯がある。森本は部長への昇格にあたり理沙の復活を秘かな目標においていた。それは理沙にとってはありがた迷惑でもあったのだが……。

「もしもし……」

とにもかくにも理沙は電話に出た。

「西村か？」

「あ……はい……」

「おまえ……また呑んでたな」

森本は理沙に事あるごとに禁酒を勧めていた。以前の失敗もあるので、酒からなるだけ遠ざけることが理沙の復活には重要だと考えていたのである。それもまた、理沙にとってはありがた迷惑なことであった。

「え……まぁ……今日、休みなんで……」

「悪いが今日17時から始まる内閣官房長官の記者会見に行ってくれないか？」

「はい？」

政府が唐突《とうとつ》に、ＡＩによる偉人で構成された新内閣を、天皇陛下の特別認証により発足させたことは、理沙も当然知っている。野党はこぞって反発し、国民の間でも大きな議論を巻き起こしている。

「記者会見って……ＡＩが行うんですか？」

「わからん。臨時国会でも報道陣はシャットアウトだったんだが、今日、突然、初めての官房長官の記者会見を行うと通達があった。官房長官は坂本龍馬だ」

政府与党は、臨時国会〈15〉で、「感染症《かんせんしょう》 特別措置法案《とくべつそちほうあん》」を審議し、衆参たった1日の審議で強引に可決して法案を成立させた。その国会は異例の中継なし、報道陣シャットアウトで行われたのだ。当然、マスコミはこの措置に猛反発をし、国民も〝密室国会〟に大批判の声をあげた。何よりも最強内閣と言われるものの実態が何ひとつ明らかにされないのだ。そもそも〝ＡＩとホログラムで復活した最強内閣〟の存在そのものが疑わしいという声も多数上がっていた。

そんな中、突如その最強内閣の官房長官による記者会見が行われるというのだから、メディアは一斉に色めきたったわけだ。

「でも、それって報道の仕事ですよね」

「担当の蒼井が今朝から発熱して今病院に向かっている」

〈15〉臨時国会　通常国会とは別に、内閣が必要と認めた時、または、衆参いずれかの総議員の4分の1以上の要求があった時に召集される国会。

「報道の方で代わりがいるんじゃ……」

「バカだな！　お前！」

森本は少しイラついた様子で言った。

「俺が無理やり、報道に頼み込んだんだ。お前もここいらで一皮むけなきゃいかんだろ。この記者会見でチャンスを掴め。話題の新政権だ。ここで食い込むことができたら、報道番組の担当の可能性も出るんだ」

それが余計なお世話なんです……と言いそうになったが、

「しのごのいわずに行け!!」

森本の怒鳴り声で、電話は切られた。


午後5時。首相《しゅしょう》官邸《かんてい》、記者会見室。

世界初のＡＩで蘇った最強内閣の官房長官〈16〉である坂本龍馬の記者会見がいよいよ始まる。この席上で、この内閣の最初の政策決定が発表されることになっている。

通常、重要な政策決定については事前に記者クラブに情報が流され、ある程度、先行報道されるのが常だ。先に報道することによって、ある程度、国民に理解を求めることと、記者会見での混乱を防ぐのが狙いだ。

しかし、今回は、その内容についてはほぼ明らかにされることはなかった。先に決まった「感染症特別措置法案」に国民の行動を規制できる条項が盛り込まれているのはわかっていたが、それをいつどのような範囲で施行するのかということはわからなかった。

取材しようにも閣僚はホログラムであり、国会が終わると雲のように消えてしまうのだ。毎日2回行われていた官房長官の定例会見も、閣議後の各大臣の会見も一方的に取りやめとなっていた。

取材のしようがない。官僚たちには徹底した箝口令《かんこうれい》が敷かれており、かつてないほどの情報管理が行われている。一番不思議なのは、野党の面々である。本来、彼らは与党と対決姿勢を示し、そのためにマスコミに積極的に情報を提供するものだが、なぜか彼らの口が重いのだ。

いずれにせよ。

まもなく、その最強内閣の姿を実際に拝める。

取材陣の熱量は尋常でないほど高まっていた。

「ホログラムっていうぐらいだから、半透明のいかにもって感じだよね……きっと」

理沙は、同行してきた政治部の関根に話しかけた。関根とは年齢も近く、仕事をする機会も

〈16〉官房長官　内閣の大臣のひとり。毎週2回開かれる閣議で議長を務め、内閣で決定したことを国民に伝える役割もあるので、毎日午前と午後の2回記者会見を開く。政治と国民をつなぎ、内閣の運命を左右する重要なポスト。

多い。気兼ねなく話をする仲だ。

「そうだろうなぁ」

「なんかそんなのだったら興ざめだね」

理沙はため息をついた。基本的に政治に興味があるわけではない。どちらかというとスポーツやバラエティのような華やかな場所に身を置くことに自分のキャリアを考えていたので、報道に携わるなど考えたこともなかった。

「そもそもコンピューターに国を任せるのってどうなんだろ」

「それでも生身の政治家よりはいいんじゃない」

関根の言うことももっともで、ここ数年は与党も出てくるのはスキャンダルばかり。それも政治資金規正法違反《せいじしきんきせいほういはん》（政治資金の流用）や不謹慎《ふきんしん》発言などのせせこましいスキャンダルだ。それを追及する野党にもまったくといっていいほど人材がなく、政治への国民の関心は薄れ、選挙は投票率〈17〉が50％に満たない有様だ。その上、この新型コロナウイルスのパンデミックでの政治の大混乱だ。日に日に変わる方針とその場しのぎのような閣僚たちの発言に、国民の政治に対する信頼は地に堕ちたと言っていい。そんな状態では生身の政治家よりは、コンピューターの方がましかもしれない。

「それもそうか……まったく世も末だわ」

理沙は苦笑した。

「お。始まるみたいだぞ」

関根がカメラを構えた。

司会を務める官邸報道室長が現れたのだ。

いつもは傲慢《ごうまん》な態度で有名な報道室長が今日は珍しくかしこまった雰囲気であった。

彼は落ち着きなく、報道陣に目をやると、マスクを外して大きく深呼吸をした。

「それでは、これより坂本官房長官の会見を行います」

報道室長がスタッフに目配せをすると、慌ただしくスタッフが会見場の扉に向かった。

「プロジェクターか何かセッティングするのかな?」

スタッフの緊迫した雰囲気に理沙は少しワクワクし始めていた。

「さぁ? どうだろ」

関根もカメラを構えたまま答える。ごくりと関根が唾を呑む音が聞こえた。

ゆっくりと会見場の扉が開いた。

報道陣の視線が集中する。

扉の奥から現れたのはプロジェクターでもコンピューターでもなかった。

人間であった。

報道陣から一斉にどよめきがあがる。

〈17〉日本の投票率　2019年の参議院の投票率が48・8%を記録した。50%を割り込むのは過去最低だった1995年の44・52%以来で、24年ぶり2回目。

大柄の袴姿《はかますがた》の男。くせ毛の蓬髪に浅黒い顔、右手を着物の懐に入れていて、足元は革靴。

「坂本龍馬だ……」

理沙がかろうじて聞き取れるくらいの声で関根が呟いた。坂本龍馬は現代にも写真が残っている。理沙も教科書で見たことがある。まさにその写真の主が目の前を歩いている。なんと表現したらいいのだろうか……。不思議な感覚である。

幕末に撮られた写真の主が色鮮やかに、そして確かな実体をもって動いているのだ。後方にいた記者やカメラマンは思わず立ち上がって、自分の目で龍馬の実体を確かめようと演台の前に集まってきた。龍馬は、密集する取材陣を見て呆れ返るように、

「こりゃどうしたもんかの……えらい人じゃ……」

龍馬は龍馬で初めて出会う現代のマスコミに驚いたようであった。

取材陣は予想外の展開に皆、我を忘れたかのように静まり返っている。

「おまんら多すぎぜよ！」

「龍馬ってこんな声なんだ……」

野太い、少しかすれた、それでいて声の芯がしっかりとのっていて、明瞭に耳に飛び込んでくる。アナウンサーである理沙は声については敏感だ。たくさんのタレントや著名人の声を聞いてきた。その理沙でも龍馬の声は魅力的でカリスマ性のある響きに感じられた。

「かっこいい……」

人は衝撃を受けると心の声がそのまま出てしまうらしい。理沙は自分が独り言をそこそこの

声量で発してしまっているのに気が付かなかった。

その声に龍馬が反応した。声の主を龍馬の目が探す。

「おや……おまん……」

龍馬はきょとんとした表情で理沙の方を見た。

「え？」

「おり……」

龍馬は理沙に何か言おうとしたが、取材陣は、そこで我を取り戻した。

「坂本龍馬さんですか！！！」

「しっかり撮れ!!」

一瞬で狂騒《きょうそう》が訪れた。

一斉にシャッターを切り、一気に前に押し寄せる。演台の前には仕切りがあり、すぐ近くまではいけないようになっていたが、それでも少しでもいいポジションで龍馬の声、姿をおさめようとする。

「おんしら、まぶしいぜよ！　落ち着け！」

龍馬はシャッターの音とストロボの光に閉口しながら手で光を遮ろうとした。どういうメカニズムなのかはわからないが、その仕草、動きは生きている人間そのものである。さらに取材陣は興奮し、お互いを小突き合いながら龍馬に迫る。理沙も、その熱狂の渦の中、自らも龍馬に近づくため人混みの中の押し合い圧《へ》し合いに果敢に参加した。

「おなごもおるぜよ！　もちっと静まらんかい‼　写真ならあとでなんぼでも撮らせたるきに！」

押し寄せる取材陣を龍馬が声をあげて制するが、一旦、興奮した群衆というものはそう簡単におさまらない。皆口々に叫びながら、肘を相手の顔に押し付けたり、足を踏みつけたり、大騒ぎだ。龍馬は困った顔をして、報道室長を見た。

「皆さん‼　落ち着いてください！！！　危ないです‼　けが人が出たら会見を打ち切らざるをえませんよ！」

報道室長も声を張り上げて注意するが、誰も耳を貸そうとしない。

龍馬は大きく息を吸った。

「ほたえな！！！！」

とんでもない声量であった。

取材陣はそのあまりの声の大きさに呆気にとられるように動きを止めた。

「ええか。今から大事な話をするがぜよ。おんしらがそがな騒いだら話できんじゃろが。まずはわしの話を聞くぜよ‼　写真はそれからじゃ。まずは座るがぜよ」

有無を言わせぬだけのものが龍馬の声にはあった。

龍馬の言葉に取材陣は、ようやく狂騒状態から醒めて、めいめい席についた。

「凄い迫力だな……」

関根は理沙に囁《ささや》いた。

「やっぱり、偉人の迫力は尋常じゃないな」

「歴史の偉人っていってもプログラミングなんでしょ。どんな仕組みになってるのかな」

理沙は、龍馬の一喝で、皆がおとなしく引き下がったことに少しばかり反感をおぼえていた。

自分自身も一瞬、龍馬をまるで生きている人間のようにとらえてしまったのが癪《しゃく》に障《さわ》ったのだ。

そんな理沙の気持ちなど知る由もない龍馬は、鼻の頭をひとつ掻いて、大きく咳払《せきばら》いをした。

もちろん、生きている人間ではないので飛沫が飛ぶ心配はない。

「ええか。今からわしが話すことをよく聞くがじゃ」

龍馬は懐から紙を取り出した。

理沙はにらみつけるように龍馬を観察する。距離が離れているので、はっきりとはわからないが、やはり本当の肉体にくらべると、全体の輪郭が淡くぼけており、こころなしか透けているようにも思える。しかしながら、その動きや表情、そして反応はまさに人間そのものである。

誰か役者が裏で演技をしているのをモーションキャプチャーで表現しているのだろうか？

理沙は龍馬に魅入られないように頭の中でいろいろと想像を膨らませてみた。

「政府は昨日成立した感染症特別措置法に基づき1ヶ月の緊急事態を宣言するきに。そして外出禁止は今夜からじゃ。今夜から、許可なき国民はすべからく1ヶ月の間、家から出てはならん」

「今夜？」

取材陣はざわついた。

通常、このような重要な施策は数日の猶予《ゆうよ》があるものだ。即日と言われて準備できるものではない。

ざわつく取材陣を前に、龍馬は涼しげな顔で言葉を続ける。

「何を驚いちゅうが。おんしら、疫病は姿こそ見えんけれど、戦や天災とおんなじじゃ。**おんしら、嵐や地震に準備ができんから2日ほど待ってくれと言うがか？**　言わんじゃろ。命惜しくばさっさと家にこもるぜよ」

「そ、それはロックダウンということでしょうか……？」

記者のひとりがたまりかねて質問をした。

「ろっくだうん??」

龍馬は首を傾げた。

「許可なく外出をした人を罰するかということです」

報道室長が助け舟を出す。

「おお！　そういうことかや」

龍馬は頷いた。

「もちろんじゃ。出る出ないいうがは、命を守るいうことじゃ。そして、この災難に打ち勝ついうことじゃ。そのためには皆がひとつにならんといかん。勝手な行いを許しては勝てるものも勝てんじゃろ」

さらに龍馬は取材陣を一瞥《いちべつ》して、

「おんしらも同様じゃ。そもそも人が多すぎるわい。おんしらがこがいに集まっちゅうところを、皆が見ること自体がようないことじゃ。おんしらもこれが終わったらさっさと家へ帰るぜよ」

「帰れと言われましても……我々も仕事ですんで……」

「それがいかんぜよ。おんしひとりの仕事を認めれば、我も、我もと声をあげる」

「しかし、我々が報道しないと、国民に政府の方針が届きません」

「ほいたらそれを済ませたら帰れ」

いつの間にか、龍馬と取材陣の間でやりとりが始まっていた。なんというのか不思議な魅力である。殺気だっていた取材陣がなぜか皆、和やかなムードになっている。皆が坂本龍馬のペースに呑み込まれていく。理沙も、いつしかコンピューターにつくられたものという感覚が薄れ、坂本龍馬という男に魅入られ始めていた。

「ええかいの。わしらはもう死んだ人間じゃき、病なぞ怖くはないが、おんしら生きてる人間にとっては、人斬りのようなもんじゃ。人斬りがうろうろ歩いてる町を出歩こうとは思わんじゃろ。しかもこの人斬りは目に見えん」

「官房長官。それは1ヶ月でなんとかなるものなのでしょうか?」

「そりゃわからん。わからんが、洪庵先生によるち、人斬りの数は減らすことができるとのことじゃ。この人斬りは斬る相手がおらんようになったら、どこかに行ってしまうらしい。数が減れば、こっちのもんじゃ」

龍馬の喩《たと》えはうまくはないのだが、なんとなくわかった気になってしまうからおかしなものだ。龍馬は天性の話術をもっていると言われたものだが、現代においてもいかんなくその才能を発揮していた。

「許可を与えるもんの〝りすと〟は、一蔵さぁがつくっちょる。このあと細かく発表するきに、その他にどうしても出かけにゃならんもんは許可証の申請が必要じゃ。それも詳しく〝ほーむぺーじ〟とやらにのせるきにそれを見とうせ。それでええのう。室長」

龍馬は室長に顔を向けた。

「はい。その通りでございます」

室長は深々と頭を下げた。

「官房長官。その申請はどれくらいで許可がおりるのでしょうか？」

「はぁ？　おんしらはそうやってすぐに特例をつくりたがるの。出てはいかんちゅうがが基本じゃ。命に関わること、食いもんを調達するがは別儀じゃ。その他のことはがまんしてもらうきに」

「買い出しはオーケーということでしょうか？」

「それも細かく決めちょる。もう、各自治体に指示しちょるから、それらはそこから発表じゃ」

「しかし、1ヶ月といえども、休業ということになれば、死活問題になる人もいるのでは」

「そこじゃ」

龍馬は大きく手を打った。

「勝手に出歩いた者を罰するちゅうことは、それなりの手を打たねばいかんきに」

ここで突然、照明が落ちた。

爆音で陽気なサンバ調の曲が流れた。

「なになに?」

理沙は突然のできごとに驚いて思わず席から立ち上がった。

次の瞬間。

明かりが戻った。

理沙の目に飛び込んできたのは、ド派手な金色の羽織袴《はおりはかま》を身に纏った小柄な老人であった。薄い髪の毛を強引にちょんまげにしている。いわゆる月代《さかやき》〈18〉は剃っていて明らかに江戸時代より前の人物だとわかった。

浅黒いネズミのようなしわくちゃな顔に薄いちょび髭。醜男の部類であるのに、おそろしいまでに明るく颯爽《さっそう》としている。龍馬とはまた違ったオーラ、カリスマ性が全身から放たれている。

「財務大臣の豊臣秀吉公じゃき」

取材陣がどっとどよめいた。

〈18〉月代　額からちょんまげを結っている部分を剃る髪型のこと。室町時代に、烏帽子や冠をかぶる際に蒸れるため、額の部分を剃り始めた。戦国時代に入り、武士がかぶとをかぶることが多くなると、一気に広まり、江戸時代には町民や農民もこのスタイルを真似る者が増えた。

坂本龍馬は、後世に写真が残っているが、秀吉はもちろんのこと写真はない。肖像画が数枚残されているだけだ。まさに今回のＡＩの実力が発揮される再現といえよう。もちろん元データは肖像画なので、その面影は残っているが、目の前にいるのは〝絵〟ではなく〝人間〟だ。

「わしが財務大臣の豊臣秀吉じゃ！」

秀吉が高らかに宣言した。龍馬も声が大きいが、それをさらに上回る大声。

取材陣から無数のフラッシュが焚かれる。

一度おさまりかけた取材陣の興奮は瞬く間に再び沸点に達した。

「わはははは‼ 悪い気はせんのう。龍馬‼ これが写真というものか？」

「まぶしいきに……わしゃあんまり好きませぬ」

「わはははっははっは‼ わしは一向に気にならんぞ。もっと撮るがよいぞ‼ 苦しゅうない。わははははは！！！」

豊臣秀吉と坂本龍馬が並んで写真を撮られている。

とんでもないことが起こっていた。

もう、目の前のふたりがコンピューターにつくられたものかどうかなど、どうでもよくなってきた。

「なんか……わたし……頭がおかしくなりそう……」

理沙はこめかみをおさえて首を振った。

「……おれもだ……」

理沙の呟きに関根が応える。

たぶんこの場にいる全員が同じ気持ちであったであろう。龍馬とのやりとりだけでも異常事態なのに、そこに豊臣秀吉までも登場したせいで、人間の想像力のキャパシティを超え、何をどうしていいのか思考が停止してしまったのだ。

しばらく、取材陣は撮影会よろしく秀吉をカメラに収め続けた。

当の秀吉は終始ご機嫌で、ポーズなどをとる有様であったが、

「秀吉公そろそろ時間じゃき……」

と龍馬に促され、

「なんじゃ。おみゃーは急《せ》かすのう」

と小さくこぼしてふりかえり、

「疲れた。床机《しょうぎ》〈19〉をもて!!」

と報道室長に大声で命令した。天下を取った大英傑の命令である。文字どおり室長は跳び上がって、スタッフに指示するのも忘れて自らが椅子を運んだ。

「はっ! 殿下……」

普段は威張り散らして評判の悪かった室長の平身低頭ぶりに、官邸担当の記者たちは笑いを噛み殺していた。

〈19〉床机　陣中・狩り場・儀式などで用いられた折り畳み式の腰掛け。

「うむ」

　秀吉は椅子に腰をおろす。よくよく考えれば、実体がないのだから、疲れるも何もないのだが、これも思考の習慣のようなものかもしれない。

　秀吉は一息つくと、取材陣を見回した。

　すると、その表情は先ほどの朗らかな表情から一気に天下人の迫力が溢れ出す。朗らかさが変わらない龍馬と違って、秀吉には戦国武将ならではの凄みがある。

　取材陣は思わず、皆、席につき、秀吉の言葉を待つ。まるで戦国時代の家臣のようである。

　秀吉は、威儀を正すと、一気に大声でまくし立てた。

「良く聞きゃぁ！　わが財務省は、民ぜーんぶに一律50万円を支給することに決めた。赤子も異国の者もここに住む者はひとり残らずにじゃ!!」

「50万!?」

　どよめきが起こった。

「それだけあれば1ヶ月ぐらい屋敷から一歩も出んでもなんとかなるじゃろ」

　秀吉は言い放った。

「そ、そんな予算……どこから……」

「金の心配はおみゃーどもの仕事ではにゃあ。わしの仕事じゃ」

　秀吉はカラカラと笑った。

「金は今より10日間以内にすべて行き渡らせる」

さらにどよめきが大きくなった。どう考えても無理な話である。今までも政府による給付金という例がなかったわけではない。しかし、いずれも支給までには半年近くかかった。資金の手当ても大事だが、何よりも不正受給を防ぐ仕組みづくりとそれを実行する各自治体との連携の手間を考えると、10日間で全国民に給付するなど世迷《よま》いごとに思われた。

「いくらなんでもそれは……」

「わしを誰だと思うておる！！！」

秀吉は、現代人の戸惑った表情を見て愉快そうに大笑いした。手で膝をバンバンと叩く。

「人がなし得ないことをすべてやってきたのがこのわしじゃ。できないことを口にすることなどにゃーわ」

「し、しかし……1億人もの人に……10日間で……」

「この首を賭けてもよいぞ！　まぁ、もう死んどるがな。がはははは！！！！　人ができぬと思うことをやってきたからわしは草履《ぞうり》取りから天下人になったのじゃわい」

秀吉はさらに小さな身体をのけぞらせて大笑いした。

たしかに。

豊臣秀吉という男の桁外れのスケールは、歴史が証明している。敵の度肝を抜いた高松城の水攻めや、中国大返し、小田原城攻め、失敗に終わったとはいえ、朝鮮出兵など、現代から考えても到底想像できないようなできごとをいとも簡単に行ってきた男である。秀吉の最大の強みはその構想力と計画性と実行力。現代の政治家などが思いもよらないことをやってのけるであろう。

とはいえだ……。

「時に秀吉公。わしもその話は初めて聞いたんじゃが……」

龍馬が目を輝かせて秀吉に話しかけた。龍馬も無類の企画屋である。秀吉がどんな方法で、この途方もないことをやってのけるのかと気になってしょうがない。

「どがいするがじゃ？」

「は？」

「1億人もの人にどうやって10日間で銭を配るがじゃ？」

「知らん」

「知らん⁇」

「それはわしの仕事ではにゃー。それをやるのは三成じゃ」

三成とは言わずとしれた、のちに関ヶ原の戦いの主役となる石田三成である。三成は秀吉政権下での最も有能な官僚でもあった。

きょとんとする龍馬に、秀吉はこともなげに言った。

「ええか。龍馬。**将たるものの仕事は決めることじゃ。決めたことは何があってもやる。そういう将の下には、それを成し遂げる者が集まるものじゃ。あとは将はその者たちを信じて任せる**」

「こりゃ……至言じゃのぅ……」

龍馬は、懐から紙と筆を取り出してしたため始めた。

「さすが太閤さま。いいこと言うね。うちの上司にも聞かせてやりたい……」

理沙は関根に耳打ちした。

「ほんとだな」

関根も頷く。とかく、決めないのが最近の政治家や上司の傾向だ。決めるリスクを避け、秘書や部下からの進言を採択した形をとりたがる。何かあった時、「それは部下の意見でした」と言うためだ。それでは誰も意見を言わないし、重要な決定は時機を逃す。秀吉の言うように、自らリスクをとって決断し、部下に任せる。それゆえ、才能ある者が集まってくる。これこそまさにリーダーとしてのありかたであった。

理沙は秀吉が天下を取った理由が少しわかるような気がした。

「それでじゃ」

秀吉は、龍馬から視線を外し、取材陣の方に改めて向き直った。

「わしが言うことを民たちに必ず伝えよ。その〝かめら〟とやらでしっかりとらえよ」

秀吉は、椅子から立ち上がった。

カメラマンたちが秀吉の前に移動する。秀吉の威圧におされて、皆、粛々と移動し、カメラを構えた。

「わしは言ったことは必ず守る。わしが守る以上、おみゃーらも守らねばならん。もらうもんをもろうて命令を違える者は厳罰じゃ」

秀吉の言葉に力がこもった。思わずぞくっとするほどの迫力であった。

「よいか。1ヶ月の間、屋敷から出てはならぬ」

秀吉はカメラに向かい、念押しのように言った。現代の政治家にはない言葉の重みが、あたりの空気を変える。これが、血で血を洗う戦いを勝ち抜いた者がもつ、統治者としてのおそろしさかもしれない。

誰ひとりとして声をあげる者はいなかった。

「わしの話はここまでじゃ。疲れた。帰る」

秀吉は再び、あたりを一気に明るく照らすような笑顔になった。この大英傑は表情だけでここまで人の心を揺さぶり掴む。理沙は感動と共にそのことに対する一抹の不安をおぼえた。それは龍馬にはない秀吉に対する感情であった。

「それではこの会はお開きじゃ。皆、さっさと仕事を済ませて帰るがぜよ。ほいで、屋敷から出てはならんぞ。おんしらも一緒じゃ」

秀吉と龍馬は共にその場から立ち去ろうとした。

通常は、ここで質疑応答であるが、ふたりは有無を言わせぬ調子で去ろうとした。理沙はそのふたりの後ろ姿を見て、身体に不思議な衝動が走った。

「あの!!!」

気がつけば、理沙は立ち上がっていた。

「ん?」

龍馬と秀吉が振り返る。

「おまんは……」

「ひとつ聞いてもいいでしょうか!!」

「なんじゃ?」

秀吉が答えた。

「きれいなおなごはわしの好物じゃが、何せ仮の身体での。抱いてやれぬが残念じゃ。それゆえ応えてやれるかどうかはわからんがな。申すだけ申してみよ」

「あの……おふたりから見て……現代の我々を見てどう思われるのでしょうか……」

秀吉は、少し考えて、ほんの少し嗤うと龍馬を見た。そして、軽く顎で龍馬に促した。

「わしがかえ……」

「わしよりおみゃーの方が良さそうじゃ」

秀吉は今度ははっきり声をあげて笑った。

龍馬は困った表情になり少し首を捻って考えていたが、

「ちぃとばかり……都合が良すぎる気がするのぅ」

それだけ言うと、背を向け、秀吉と共に文字どおり消えてしまった。

ふたりの偉人が生身ではないということを、改めて思い出させた瞬間だった。

そして、理沙の脳裏にはこのときの龍馬の言葉が長く残ることとなった。

すべて大将たらん者は、
物ごとについて、鷹揚をむねとし、
胸中に余裕があって、それほど大節を
破らなければ、そのほかの些細なことは、
捨てておくがよい。

徳川家康

『故《こ》老《ろう》諸《しょ》談《だん》』
（家康に関わる逸話について、
聞書や覚書をもとにまとめた書）より

3

全国民に50万円を10日で配る方法

秀吉と三成の最強のＰＤＣＡ

衝撃の会見の翌日から徳川内閣のふたつの施策が動き出した。

政府は感染症特別措置法案と、秀吉がぶち上げた「国民全員に一律50万の給付金」を補正予算[20]案に組み込み、審議、2日で成立させた。

そして、日本で初めていわゆる〝ロックダウン〟が実施されることになった。

現代の民主主義社会に生きる者に、封建時代の「命令」というものの本質を理解をしろというのは無理な話かもしれない。一方、家康以下の最強内閣メンバーは、民主主義というものを理解しようとするのではなく、現行の法律をひとつの縛りとして、その範囲内であれば彼らの判断の自由と捉えていた。したがって、彼らの行動基準、思考は封建時代のものがベースになっている。

封建時代の為政者《いせいしゃ》[21]と国民の関係は〝支配〟である。つまり国民の意思や自由はすべて為政者の手に委ねられており、原則的に為政者の考えに逆らうことは許されない。最強内閣の命令が現行の法律に則《のっと》っている限り、それは絶対なのである。

首相である徳川家康は政策の完全遂行を成し遂げるための秘策を用意していた。それは、政策実行のための〝最強官僚〟の投入である。

官僚とは、実動部隊である。それゆえ、優秀な官僚には、実行力がある。

日本は歴史的に見て、世界でもトップクラスの官僚国家であった。特に、江戸時代から明治にかけての時代は、官僚の力が最大限に活かされた時代であった。実質上の鎖国時代でありながら、世界最大の都市〝江戸〟を筆頭に、災害や飢饉などの困難に見舞われながらも平和を維持し得たのも類まれなる組織力を持っていた官僚（地方自治も含めて）たちの力であったし、開国し、列強と対等に渡り合うことができた明治政府は、徳川幕府の官僚を大量に採用し、その能力を活かしきった。大蔵省でその類まれなる才を発揮し〝日本資本主義の父〟と呼ばれている渋沢栄一《しぶさわえいいち》もその代表的な例である。

現代においても日本の官僚の能力は、世界に比しても高いものであるが、いかんせん、長年の熟しきった政治体系の中で、縦割り行政〈22〉が横行し、選挙で選ばれた人気だけの無能な政

〈20〉**補正予算**　本予算（年度予算として当初に成立した予算）成立後に当初予算通りの執行が困難になったときに、本予算の内容を変更するように組まれる予算。

〈21〉**為政者**　政治を行っている人。単に政治に関わっている人ではなく、権限を持ち、政権を握っている人。

〈22〉**縦割り行政**　個々の行政事務の処理・遂行にあたり、各省庁間の横の連絡・調整がほとんどなく、それぞれが縦のつながりだけで行われている日本の行政のありかた。そのため、類似した行政が別々の機関で行われ、手続きが二度手間になったり、行政機関同士の綱引きで行政事務が変更になったりする弊害が生まれている。

治家を取り込み、おのれの省庁の権益のみを追求するようになっていた。政策とは政治家の決断を官僚が遂行して初めて成立する。いかなる政策も官僚が機能しないと無意味なのだ。

おそらく日本史上最大のリアリストである家康は、トップの決断も実行力のある人材がいて初めて意味をなすことを骨の髄から知っていた。

家康が秀吉や信長に比して優れていたのは、政治を「安定」させる「組織構築」能力である。その鍵が官僚であった。いわば、現代における官僚の生みの親は家康といってもよい。

したがって、家康は、おのれの政策を遂行させるためには、現代の官僚を現場で監督する官僚が必要と考えたのだ。本来の官僚のあるべき姿と新内閣の実行力を国民に示すためにも。

ロックダウンにおける、国民の外出禁止を徹底するために、家康が抜擢した官僚は、警察を統括する**大《おお》岡《おか》忠《ただ》相《すけ》**であった。

大岡忠相（江戸時代中期）　8代将軍吉宗が進めた享保の改革を町奉行《まちぶぎょう》として支えた幕臣。テレビドラマ『暴れん坊将軍』などで〝大岡越前《おおおかえちぜん》〟の名前でおなじみだが、町奉行は、ドラマで見られるような「裁判官」ではなく、いわば都知事のような強力な権力を有する高級官僚である。

忠相は、徳川吉宗に41歳という若さで町奉行に大抜擢され、その力を発揮した。その吉宗が今回、農林水産大臣として入閣している。今回は、特に人口の多い、東京での外出制限の徹底が重要だと考え、時代は違っても東京を熟知している忠相が吉宗の推薦により採用されたのである。警察庁長官に任命された大岡忠相は、全国の警察を出動させ、繁華街を中心に徹底した見回りを強化した。外出許可証を持っていない人間には帰宅を命じ、その際は住所と名前を報告させ、度重なる者は逮捕するように指示を出した。特に新宿、六本木、池袋などの歓楽街には「新選組《しんせんぐみ》」を特別任務担当として配置し、違法に店を開けている者はその場で検挙した。新選組は特殊な装置によって、官邸や各省庁などの政府関連施設以外での出現を可能にした（細かい移動はできないものの、捜査本部を外部に設けそこで指揮をとった）。

違法に店を開いている者の中にはいわゆる反社会勢力の者たちもいたが、新選組の近藤勇《こんどういさみ》、土方歳三《ひじかたとしぞう》、沖田総司《おきたそうじ》らを前にすると震え上がった。彼らは〝暴力的〟であるゆえに、本当の暴力を嗅ぎ分けることができる。新選組は幕末、幾多の浪士を斬り、血で血を洗う戦いを駆け抜けた猛者《もさ》ばかりだ。壬生狼《みぶろ》〈23〉と呼ばれた凶暴性は、ホログラムといえども反社会勢力の人間たちにはよりリアルに伝わった。いや、彼らだからこそ伝わったのかもしれない。また、新選組の抜擢がメディアを通して国民に広まると、映画やドラマの影響もあり、彼らは正義のヒーローとして熱狂的に受け入れられた。その結果、違法な店は瞬く間に姿を消すこととなった。

警察機構というものは、権力の後ろ盾があるとその実力を一気に発揮する。東京の成果は瞬く間に全国に波及した。全国の警察機構も勇躍《ゆうやく》し、違法開店や違法外出の取り締まりは徹底さ

〈23〉壬生狼　新選組の俗称。京都の町外れに拠点を置き、地元の人から恐れられていたことからこのように呼ばれていた。

れた。

〝命令とはなんたるか〟

家康は国民に知らしめたのである。

一方、国民の生活の基盤を支える食料品や医薬品、最低限の生活用品の買い出しは、時間を決めて行われた。それらは厳格に地域、年齢、人数によって定められ規則正しく実行された。その陣頭指揮をとったのが大久保利通である。その大久保の下で働いたのが、彼が手塩にかけて育てた明治政府内務省の官僚たちであった。彼らは、欧米列強にはるか後れを取っていた日本に近代的な欧米の仕組みを取り入れて、明治維新からわずか数年で廃藩置県《はいはんちけん》〈24〉、廃刀令《はいとうれい》という前代未聞の構造改革、社会変革を行い、日本中に汽車を走らせ、殖産興業《しょくさんこうぎょう》〈25〉を行い、列強に対抗しうる近代国家を作り上げた。

彼ら明治政府内務省の官僚たちには「国家の創造」という理念がある。富国強兵し、欧米列強に伍《ご》したる国家をつくる。そのためにまさに命を懸けて働いた。大久保が目指すものは政府が主導し、民間がこれを支える完璧な官民一体型の経済成長計画である。

大久保は経済産業省の中に執務スペースをつくり、そこで指揮をふるった。かつて大久保が現れると一斉にあたりが厳粛《げんしゅく》になったと言われている。その圧倒的な威厳をもって官僚たちの指揮にあたった。明治時代に大久保指揮下にあった最強官僚たちの能力は凄まじいものがあった。彼らは大久保の指示に対し、迅速に計画を立案し、それを実行しながら、修正点を見つけてはゴールに向けて改善を続ける。現代風に言えば〝ＰＤＣＡサイクル〟である。

大久保の指示は明確であった。

〝国民の生活の基盤を壊さず、人との接触を最低限に抑え込む〟

ということである。その目的の最適な方法をみつけるべく、大久保配下の最強官僚が次々とシミュレーションのためのデータを要求した。現代の官僚たちが舌を巻いたのは、彼らの妥協なき目的追求と、目的のためには、どんなに時間や労力を費やした計画でもいとも簡単に葬《ほうむ》り、一からやり直すことであった。大久保の薫陶《くんとう》をうけた官僚たちは、目的達成がすべてであり、そのための労力に対する忖度というものは一切しなかった。

意外であったのが、最強官僚に対する現代官僚たちの反応であった。最強官僚の有能さは、現代官僚たちが本来持つ能力に火をつけた。おそらく、彼らに対する反発心、ライバル心もあったのであろう。有能な人間はおのれの能力で戦う。現代の官僚たちもまた、最強官僚と共に、不眠不休で職務にあたった。

国難に対する新旧の官僚がまさに死力を尽くす。今までにない活気と興奮が現場に溢れた。

続いて、大久保は政府での立案をまとめるとそれを実行すべく、さらに地方へ廃藩置県を担

〈24〉廃藩置県　1871年に明治新政府により実施された全国の藩を廃止（廃藩）して府や県を置く（置県）政策。

〈25〉殖産興業　明治政府が掲げた富国強兵の中の「産業をさかんにして生産力を増やす」ことを目的とした政策のこと。当時の日本は、お茶と生糸が主要な輸出品だったため、このふたつの生産は特に重視された。この時設立された富岡製糸場は、2014年に世界遺産に登録されている。

当した官僚たちを送り込んだ。彼らは、今の「県」をつくった者たちである。混乱を統制した経験は現代の地方官僚たちにはないものだ。

大久保は彼らを地方に派遣し、地方官僚たちの指揮をとらせた。彼らは中央の指示を各地方自治体の状況に合わせながら、実行レベルを揃《そろ》えることに注力した。大きな危機的状況の際に中央と地方の関係性で問われるのは「目的」の達成水準と速度がいかに揃っているかである。この点、明治に比べるとIT技術の進んでいる現代は、過去の官僚たちにとっては信じられない利便性を有していた。彼らの実行能力とあいまって、ほぼどの地域でも速やかに、「国民の生活の基盤を壊さず、人との接触を最低限に抑え込む」ことに成功した。

これらの迅速《じんそく》な政府の動きに「拙速《せっそく》ではないか？」という批判的な声がなかったわけではない。しかしながら、比較的スムーズに国民は指示に従った。今までの中途半端なスタンスではなく、明確に「あるべき姿」を示し、そのための「具体的な指示」を行った政府に対して、国民の中に〝まずは従ってみよう〟という空気が流れたのである。指示される者から不満が出るのは、指示が曖昧であるか、指示を出す側が迷っているが故に、指示に従う者が従った未来にどんなメリットがあるか、想像できないからである。

そして何よりも国民の関心は、自分たちの行動制限に対する補償がどのような形で行われるかということに向けられていた。つまり財務大臣豊臣秀吉が記者会見で発言した「全国民に50万を10日間以内に支給する」という前代未聞の政策が本当に実行されるのか、国民は半信半疑だったのである。

この給付金政策の指揮官に、秀吉により任命されたのが**石田三成**《いしだみつなり》であった。

石田三成（安土桃山時代）豊臣政権の中核を担い、太閤検地、朝鮮出兵などで活躍した戦国武将。秀吉亡き後、家康と対決し、日本を二分した〝関ヶ原の戦い〟〈26〉を起こした。

「よいか!! 正しさなどは後回しじゃ! 速やかに下げ渡す。そのことのみに腐心せよ!!!」

財務省の特別対策室で小柄な武士が切り裂くように声をあげた。

痩せ型の身体に大きな頭、後頭部がせり出し、異様に額が広い。肌は青白く、一見、不健康そうだが、目尻が吊り上がり、そこから生気に満ち溢れた眼があたりを睥睨《へいげい》〈27〉している。一見して只者ではないことがわかる。

「不正あらば、あとから正せばよい!」

三成は叫んだ。

「はは!!!」

〈26〉関ヶ原の戦い　1600年9月に西軍石田三成と東軍徳川家康が激突した天下分け目の合戦。この戦に勝利した徳川家康は、1603年に江戸幕府を設立する。
〈27〉睥睨　周囲をにらみつけて勢いを示すこと。

三成の声に一斉に反応したのは、100人近い侍たちであった。彼らの背後には現代の官僚たちが控えている。

秀吉の子飼いの中でも、突出した官僚的才能を持っていた三成である。秀吉の天下統一の大事業の後半はすべて三成が〝ヒト・モノ・カネ〟の手配を行っていた。希代の大事業家である秀吉の功績はこの石田三成という異能の男がいなければ成し遂げられなかったと言っても過言ではない。

そして、この三成の手足となって働くのは、江戸幕府の勘定奉行《かんじょうぶぎょう》〈28〉の配下であったよりすぐりの官僚たちである。いわば、財務省官僚の先祖のような者たちだ。

家康最大の敵であった三成が、家康内閣の一員として働くのも皮肉な話だが、その三成の配下に江戸幕府の官僚たちがつくというのもこれまた皮肉な話である。

しかしながら、今は、三成も官僚たちも一丸となってこの難題に取り組んでいた。有能な者たちにとって〝難題〟は最高の娯楽なのだ。

「石田殿。大久保殿の了承は得られましたぞ」

そこにひとりの男が入ってきた。

裃姿《かみしもすがた》〈29〉で綺麗に剃り上げられた月代が青々としている。背は高く、やや猫背で痩せ型、顔立ちは秀麗《しゅうれい》と言っていいだろう。涼やかな目元と引き締まった薄い唇。いかにも秀才といった風情だ。

この男の名は、荻《おぎ》原《わら》重《しげ》秀《ひで》という。

荻原重秀（江戸時代中期）　第5代将軍徳川綱吉のもとで勘定奉行を務め、財政破綻の危機にあった幕府の経済を元禄の貨幣改鋳などの経済政策で立て直し、元禄のバブルをつくりあげた天才経済官僚。

彼が徳川綱吉の時代に行った政策は、日本で初めて大規模な貨《か》幣《へい》改《かい》鋳《ちゅう》による貨幣の流通量のアップである。当時、金銀の生産量低下や貿易による金銀の流出などにより市場に出回る貨幣が不足することで経済が停滞していた。また、綱吉の散財癖により幕府の財政赤字が深刻な問題であった。これらを解決するため、重秀は当時出回っていた慶《けい》長《ちょう》小《こ》判《ばん》を回収し、金銀の含有量を減らして新たな貨幣をつくることで流通量を増やしたのだった。インフレ〈30〉を招くリスクのある政策だが、現代においても貨幣の流通量の引き上げは、不況期にスタンダードに使われる手法である。農業主体の当時において重秀の行った経済政策の先見性には目を見張るものがあった。彼の思考の根幹は、当時の常識であった「実《じつ》物《ぶつ》貨《か》幣《へい》〈31〉」から「名《めい》目《もく》貨《か》幣《へい》」へ

〈28〉勘定奉行　勘定方と呼ばれる幕府の財政を担当する機関のトップ。現代の財務大臣に近い。
〈29〉裃姿　江戸時代の武士の礼服で、上下が同質同色で対になったもの。
〈30〉インフレーション　モノの値段が上がり続けること。言い換えれば、お金の価値が下がること。

の画期的な転換である。彼はそのおのれの考えをこう書き記している。

〝貨幣は国家がつくるもの。たとえ瓦礫であっても行うべし〟

これは現在の「紙」の貨幣に対する考えと同じである。

「貨幣」とは「モノ」の価値を定義するためのあくまでも〝ツール〟でしかない。モノを手に入れるためには、別の価値ある「モノ」で交換するという物々交換が原始的な取り引きであった。しかし、モノとモノを交換するには運搬など、手間や労力がかかるので、モノを交換するための等価として〝貨幣〟が発明された。本来は同等の価値のあるモノとモノを交換していたので、最初は貨幣そのものに皆が納得する価値がなければならなかった。つまり、魚を米で交換していたのを、いきなり〝紙きれ〟で交換することにしても誰も納得しないのである。そこで、金や銀といった希少価値がありどこでも通用するものが貨幣の素材として使われた。これが〝実物貨幣〟である。しかし、実物貨幣は材料になる金や銀に限りがあり、製造コストも流通できる量も限りがある。それでは、国が経済をコントロールすることはできない。〝名目貨幣〟はその課題を克服するために、政府がその貨幣の価値を市場に信頼させることや保証ができれば、何も限りのある金や銀でなくてもよいという考え方である。要は「モノ」の価値を信頼の上に定義できれば紙でも瓦礫でも何でもよいということだ。素材に制限がなくなれば、国は貨幣の流通量をコントロールでき、インフレなどの課題はあれど、経済をコントロールできるようになる。現在の貨幣に対する考えはこの〝名目貨幣〟に統一されている。

重秀は、現代の金融の仕組みを江戸時代の中期にすでに理解していたことになる。

また、重秀は不況の対策として東大寺大仏再建の公共事業を行った。不況期における公共事業の積極的な施行も現代の経済政策ではスタンダードだが、これを提唱したのは、高名なイギリスの経済学者ケインズで1900年代に入ってからのことである。重秀はこれを実に200年前に実行していたことになる。

しかしながら、重秀はその独創的な発想と異例の出世を妬《ねた》まれ、綱吉のあとを継いだ第6代将軍家宣とその閣僚たちに疎《うと》まれ失脚に追い込まれる。重秀は秀才ゆえにおのれを曲げないプライドの高い性格であった。そのため、彼を庇《かば》う人も少なかったと言われる。そのあたりは、今回のパートナーである三成とも相通ずるものがあった。

三成と重秀。もうひとつ、このふたりを結ぶものがある。

それは「検地」である。

三成が行ったのは歴史の教科書にも載っている「太閤検地」だ。それまで、土地の測量は、それぞれの領主と村との慣習の中でアバウトに行われていたものだったが、秀吉が初めて日本

〈31〉実物貨幣　素材そのものが商品としての価値をもっている貨幣のこと。反対に素材自体にほとんど商品としての価値を持たない貨幣を名目貨幣と呼ぶ。

全国で調査し、〝国家としての基準〟を定めたのである。これにより、全国の土地の生産力を米で表し把握するシステム「石高制《こくだかせい》」が確立したのである。農民は石高に応じて年貢を納め、大名の所領の規模は面積ではなく、石高で表された。例えば「加賀百万石」という様に。石高制は明治時代の地租改正《ちそかいせい》まで続き、この大事業を担当したのが三成であった。

その「太閤検地」から80年後、五畿内の直轄領の再検地が行われた。「延宝検地《えんぽう》」である。その検地を担当したのが重秀である。明治維新まで行われた大規模な検地は数少なく、検地とはそれほど難しい事業であった。

ふたりは、時代を超えて同じ難題に向かった者同士であった。豊臣と徳川。相対する関係でありながらふたりはすぐに意気投合した。ふたりの配下には、江戸幕府のよりすぐりの勘定方（財務官僚）の面々がついている。大久保利通が指揮をとる経済産業省が明治政府の秀才官僚群であるのに対して、財務省は江戸幕府の秀才官僚群で構成されていた。

「織田さまが早急に商人どもを集めるそうでございます」

「左様か。ご苦労であった」

「金の始末は後からなんとでも致しましょう。金はつくれるだけつくらせておりますゆえ」

重秀は、秀吉の命令を受けたあと、その資金分の札を輪転機が燃えるほどの勢いで刷らせていた。まずはそれで国債を発行する。引き受け先は日銀が妥当であるが、ここで三成と重秀は一案を練っていた。それは、信長率いる経済産業省の管轄となる。その下交渉を重秀に行わせていたのである。ただ時間的に間に合うかどうかはわからない。まずは何といっても給付金を全国民に10日で手渡す方法を考えなければならない。

「口座というものはどれくらいわかりましたでしょうや？」

重秀は三成に尋ねた。

通常、給付金というものは申請がベースである。受給する者が、申請書に記入をして提出、それを審査して、そこから給付を行う。したがって、アクションとしては、

申請書の発行→受給者の申請→申請書の確認→給付

という流れになる。

ふたりはこのフローを簡略化することを考えていた。

「吉田を呼んで参れ」

三成が命じると、ほどなくして、スーツ姿の官僚が現れた。現代の官僚である。吉田《よしだ》拓也《たくや》。35歳。入省13年目の中堅である。灘高、東大を首席で卒業した筋金入りのエリートである。

三成は就任早々に財務省の幹部と面談し、能力が高いと判断した者を数人抜擢し、対策本部のリーダーにおいた。吉田はその中でも筆頭であった。吉田は、三成に対して反感を示す同僚や上司とは違い、三成の論理性や視座の高さ、課題解決能力の高さにすぐに気づき、心酔し、現代官僚と三成たちとをつなぐ役割を忠実に果たしていた。

「お呼びでしょうか?」

「口座はどれくらい集まったか?」

「はい。税金の還付口座、年金の受け取り口座、以前給付した児童手当、災害給付金など集められるだけ集めております」

「それでどれくらいの割合になろうや?」

　重秀が尋ねる。

「およそ3割から4割。各地方自治体独自の政策で判明するものもありますので、半分くらいにはなるかと」

　さすが、三成が選んだエリートである吉田は淀みなく返答した。

「よい。それでは、わかったものから順次、下げ渡しを進めよ。今すぐにじゃ」

　三成は吉田に言った。

「今すぐ……で、ございますか」

「今すぐにじゃ。少々の間違いがあってもよい。間違いはあとで正す。まずは手をつけることじゃ」

「わかりました」

　吉田は、三成の発想に感心した。通常、官僚は〝不正〟や〝間違い〟を恐れる。それゆえ、すべてのデータが揃い、すべての工程を精査してから実行しようとする。つまり、PDCA《ピーディーシーエー》サイクル[32]のPであるプランに主軸を置き、Cであるチェック時での変更を好まない。

しかし、三成の発想は、「全員給付」という大目的に対して、とにかく実行を求め、CのチェックとAである改善により対処することでスピードをあげようという考えだ。しかも、一元的な計画ではなく、口座がわかる者とわからない者のふたつに計画をわけ、複層的なPDCAを行おうとしている。

秀吉や三成が生きた戦国時代において戦は生き物だ。常に状況が変化し、その変化にうまく対応できない者は命を落とす。最初に立てた計画どおりにすべてが進むことなどほとんどないと言っても過言ではないだろう。計画が完璧だと思っている者ほど、急な状況の変化に対応できず判断を誤る。CとAに主軸をおいた複合的なPDCAは三成が生涯かけて身につけたものであった。そして、戦国時代における〝戦〟は、資本主義社会におけるビジネスや政治の現場に置き換えられる。

これは誰でもできることではない。実行部隊には相当のレベルが必要だ。それを託せるだけの能力が重秀以下の江戸幕府官僚にあることは、吉田の目を通してもわかる。と、同時に、自分たち、現代の官僚にも同じだけの能力はある。吉田はそう自負している。吉田の中の闘争心に火がついた。

三成は、吉田の表情から察したのであろう。少し微笑むと重秀を見た。重秀も同じように感

〈32〉PDCAサイクル　Plan（計画）→Do（実行）→Check（評価）→Act（改善）の4段階を繰り返すことによって、業務を継続的に改善する手法。

じたのであろう。大きく頷いた。

三成にはリーダーシップというものが備わっている。能力のある者には能力に見合った仕事をさせる。かつて、三成の家臣に島左近《しまさこん》という者がいた。彼は当時、その能力の高さを世間に評価されていた。三成は彼を招き入れるため、自分の給与の半分である破格の条件を提示して彼をスカウトしたという逸話が残っている。才能を活かす。その点においては三成は主君である秀吉譲りの才能を持っていた。


「吉田。重秀と共に、残りの者共についての下げ渡しの方法を考えよ」

「承知しました!」

吉田の表情に喜色が広がった。「重秀と共に」という言葉は、三成が吉田を重秀と同等と評価したということだ。彼を片腕として認めたということになる。

「よいか。10日以内という太閤殿下のお言葉に二言はない。必ず成し遂げるのじゃ」

「わかりました!」

「ははっ!」

吉田と重秀は頭を下げた。ここから吉田と重秀はまさに不眠不休で対策を練った。

ふたりは10日で全国民に50万円を給付するために、工程を次の3つに分けた。

① 既に口座がわかっている者の振込み(役所に振り込んだ履歴が残っている者)

② 振込み口座がわからない者に口座を申請させ、振込み

③ ①②で振込めなかった者の給付

第1は、口座のわかっている者の振込み作業。これは一番単純な作業で、最初の3日をめどにした。

そして、それと同時に、口座のわからない者に関しては、各地方自治体のホームページでマイナンバーを公示し（氏名は公示せず）、ホームページ上で口座の申請をさせた。口座は公共料金および、給与などを動かすメインバンクの口座に限定させ、通帳のコピーを添付させた。これが第2の工程で、6日間で完遂することをめどとした。

本来は、この申請の確認に膨大な時間を要するが、三成は、住民票との突き合わせのみで、確認作業を省いて振込み作業に突入させた。振込み作業だけでも膨大な手間である。これを三成はすべての官僚、地方官僚も含めて総動員で行わせた。集中的な人力作業の指揮は三成の得意中の得意であった。作業を細かく分け、ひとつひとつの作業をシンプルに担当させる。決してマルチタスクにはさせない。シングルタスクによる能力の差は是正しやすく、課題発見しやすい。マルチタスクは、一度に複数の出来事を判断しなければならないので、当然、求められる能力も失敗する確率も高くなり、課題の発見は難しくなる。結果、是正も適切でないものになる可能性が高まる。あくまで1人にひとつの仕事をさせる。その仕事を管理する者にも、決して複数の管理をさせることはしない。あくまでも同じ種類の仕事を管理させる。これが、信

じられないスピードで城や町を造った秀吉と三成による〝最強のPDCAサイクル〟と言っていいだろう。膨大な人数を必要とするが、その分短期間で終えることが可能になる。

ちなみに、この秀吉、三成が得意とした方式は、江戸時代に引き継がれていく。江戸時代は世界史上でも稀に見る「専門職」の多かった時代だ。例えば、筆をつくる工程ひとつにしても、穂先だけをつくる職人、筆管だけをつくる職人、というようにシングルタスクで専門職が分かれていた。ひとつの工芸品をつくるのにも、各工程ごとに職業が成立していたのだ。このことがひとつひとつの工程のクオリティを高め、完成品の水準を高めた。

続いて三成は、地方の自治体に江戸官僚を派遣した。地方には、時を同じくして大久保から派遣された明治官僚たちもいた。彼らは、「過去の人間」という共通意識がある。共に協力して、現代の官僚たちの指揮をとった。現代で起こりがちな縦割り行政の弊害は、「時代」という別のファクターによって解消された。江戸、明治、現代、時を超えて官僚たちは一丸となって作業に取り組み、凄まじい勢いで2つ目の工程を消化しつつあった。

残るは、3つ目の工程である。

①や②の工程で給付できなかった、最後に残った面々である。これにはいわゆるフリーターや外国人在留者といった人たちも多く含まれていた。これは難関であった。

「割り切りをせねばならぬ」

重秀は吉田に言った。ちょうど、給付金プロジェクトがスタートして5日目のことである。吉田は、もう3日近く自宅に帰っていなかった。不思議だが一種の高揚感が彼を突き動かし、疲れを感じさせないでいた。国家の緊急時に自分が必要とされている。それだけで身体の中から無限の力が湧き出てくるようであった。昨今の働き方改革の流れから言えば、とんでもないブラック企業だが、ここにいる者は誰もそんなことは考えていない。江戸時代の官僚も現代の官僚も皆、一丸となって目標に向かって突き進んでいた。

「割り切りとは何でしょうか?」

「理屈でなく強引に行うということじゃ」

「強引とは?」

吉田は重秀に尋ねた。

「最後は直接受け付けるしかなかろう」

重秀は言った。6日の時点で振込みのない者は直接、窓口を設けて口座の申請を受け付ける。この場合、まずは混雑という問題が発生する。緊急事態宣言を行っている最中である。その最中に人が密集する状態を生み出すのは矛盾といえる。重秀は、その混雑を見据えた上であえて、割り切ると言った。

「いかなる形であっても下げ渡すことが優先じゃ」

「なるほど……」

吉田は少し首を捻《ひね》った。彼もここしばらくの経験で、三成や重秀の考え方について理解が深まっていた。やれない理由よりやれる方法を考える。それはエリートたちの本来持っている課題解決欲求だ。

「それではこうしませんか。現時点で口座が判明しない者については今から通知書を送ります。その通知書と、本人の身分証明書、そして本人名義の銀行の通帳持参で受け付けるのであればば」

今から、手配をして各自の住所に送る。それだけでも膨大な作業である。しかし、三成、重秀なら成し遂げるであろう。少し前なら荒唐無稽《こうとうむけい》な話であり、そんな考えは頭に浮かべることもなかったに違いない。荒唐無稽なことをやってきた人間たちを前にすると、人間の常識とはすぐに塗り替えられてしまうのだ。吉田は改めておのれの思考の変化を実感していた。

「よかろう」

重秀は頷いた。

「早速、口座未確認者の精査に入ります」

あとは、作業だ。そうなると1秒でも早い方が良い。

吉田が動こうとしたその時であった。

「受け付けるなど手ぬるいのう。そのまま渡してしまうのじゃ」

飛び抜けて、明るい大声が鳴り響いた。

驚いて、振り返るとそこには財務大臣豊臣秀吉がいた。その脇には三成が控えている。

「これは財務大臣さま」

重秀が平伏する。吉田もつられて平伏しようとしたが、秀吉はそれを押し留めた。

「良い良い。堅苦しい挨拶は抜きじゃわ。重秀。来たやつにその場で金をくれてやれ」

「は？」

重秀も吉田もキョトンとした。

秀吉が言っていることが一瞬、理解できなかったのだ。

秀吉はその様子を見て、大声で笑った。あまりの大声に江戸の官僚も、現代の官僚も、その場にいた者全員が気を呑まれ呆然と手を止めて、突っ立っていた。冷静なのは三成だけだ。

「受け付けてのちに振り込むなどとまどろっこしいことをするなと言っておるのじゃ。来た者にその場で金を掴ませれば良い。それならいっぺんに済むじゃろうが！」

「しかし、そのようなことをすれば、それを目当てに不正を働こうとする者が増えるのでは……」

あまりに大胆な秀吉に思わず吉田が口を開いた。

秀吉はその吉田の唇を手に持っていた扇で押さえた。そして、ニヤリと笑った。

「良い良い。くれてやれ。そのあとでたっぷり懲らしめてやれば良いのじゃ」

秀吉の笑みは快活な明るい色合いから、独裁者の冷酷で陰惨な笑みへと変化した。それは現代の日本人が触れたことのない狂気と圧力を秘めた笑みであった。吉田は自分の背中に冷たい汗が滑り落ちるのを感じた。

「三成」
「はは」
「金の準備はできるな」
「もちろんでございます」

三成は眉ひとつ動かさずに答えた。並大抵のことではない。しかし、これが秀吉と三成の関係なのであろう。三成はそれがまるでさも簡単なことのように受け止めている。吉田は三成に対して底知れぬ深い沼のような恐ろしさを感じた。そして同時に畏敬の念と敗北感に見舞われた。

「おみゃーたち。よく聞くのじゃ」

秀吉はその場にいる全員に向けて声を発した。

「良いか。仕事と思うな。祭りと思え。祭りならば気も浮き立ち、頭も回る。役目を思わば、気は重くなる。おみゃーらはどえりゃー祭りを今からやるのじゃ。歌え！　舞え！　狂え!!　それでこそこの秀吉の配下の者じゃ。今から祭りを始めようぞ！！！」

秀吉は扇を開いて、舞うようにその場にいる者を鼓舞した。地鳴りのような、全身に震えがくるような興奮があたりを揺るがせた。

これが、奇跡を可能にするカリスマ、豊臣秀吉である。

かつて、主君、織田信長が明智光秀に本能寺で討たれた際、前面の敵である毛利家と和議を結び、わずか10日間で230キロを行軍し、光秀と戦い勝利するという離れ業、中国大返し〈33〉を起こしたが、それは彼についてくる配下の兵たちが常人以上の力を発揮して可能になることだ。あの時もきっと、このようなカリスマ性に兵たちは酔いしれ突き進んだのであろう。

まさにここから祭りがスタートすることになった。

振込みという馴染みのない仕組みより、〝実物を運ぶ〟ということの方が、三成にとって簡単であった。秀吉の配下として幾多の大戦場や築城での軍資金の運搬に慣れている三成は、重秀を従え、瞬く間に全国への運搬計画と、給付の計画を立てた。

一方、吉田は、日本郵便株式会社に現金直接給付の案内をねじ込み、口座不明の家庭への速達郵便を依頼する。

三成から資金の運搬を任された重秀は、現金の運搬と手配をすべて秘密裡《ひみつり》に行った。運搬する者にも受け取る者にも中身を伝えず、すべての情報を完璧に伏せた。情報の統制は江戸幕府のお家芸である。重秀以下の江戸官僚たちだけがその秘密を知っており、吉田を始めとする現代官僚はもちろんのこと、重秀は上司である三成にさえその秘密を伝えない徹底ぶりであった。

〈33〉中国大返し　織田信長が本能寺で討たれたと報告を受けた豊臣秀吉は、当時岡山県の備中高松城で毛利氏と戦っていたが、即刻毛利氏に和解を取り付け、光秀を討つため京都山崎まで230キロを約10日で大移動した。

三成は続いて、給付の段取りを組み立てた。現場の混乱を防ぐため、給付の受付人数と時間を細かく分けた。それを地区ごとに分け、24時間体制で給付を行うことにした。人は「金」のためには、少々の不便は受け入れる。その割り切りで体制を組む。重秀によって運搬された資金は、その地区の割り振りによってさらに準備される。

ここからは吉田も加わり、実際に給付する人員の手配に入る。公務員をすべて投入する勢いで人員配置を行い、足りないところは民間から動員した。

給付の際に、その任にあたる者が不正を働く可能性はあるが、それを防ぐことよりも、まず給付することに全力をあげる。トップである秀吉の明確な指示は、その配下のメンバーの目的に対する迅速な意思決定をスムーズにさせた。

三成は、さらに現場の混乱を防ぐために、警察庁長官の大岡忠相に依頼し、警察を投入した。現場での厳格な運営をすることともうひとつ狙いがあった。その狙いのために東京の繁華街における不法開店の取締りに大きな成果を上げた新選組が再び投入されることになった。

第3の工程である〝現金現場給付〟は、残された最後の2日間で行われた。

口座の登録だと思いこんで足を運んだ人々は、現金がその場で給付され度肝を抜かれた。その噂はSNSによって瞬く間に広まり、人が殺到したが、そこには大岡忠相率いる警察が待ち構えていた。

大岡は、〝現金直接給付〟という前代未聞の行いに、メディアなどで予想されていた混乱よりも大きな混乱を想定し、人数を配備していた。そのため、混乱はあれどいっときで収まり、三成が想定した通り、決まった人数だけがソーシャルディスタンスを遵守して並び、人数に入れなかった者は次の時間を指定されるという仕組みで、一応の統制がとれた。日本人は「決まりごと」が明確であると、その決まりに従う側面がある。警察、官僚たちの一糸乱れぬ連携は、人々に安心を与えた。

また、秀吉が言った〝不正はあとで正す〟を三成と大岡は効果的に演出した。

不正を働いた者をその場で検挙し、その模様を公開したのである。

現場で給付する担当者が着服をしようとした件、他人になりすまし着服しようとした件、それぞれの犯人は、カメラの前で新選組、近藤勇、土方歳三のもとに引き出された。

映画でよく見る浅葱《あさぎ》色の新選組の羽織を纏った新選組局長は、大きな顎《あご》と鋭い目を持ち、鍛え抜かれた体躯は〝人斬り〟の暴力の匂いを発し、殺気そのものを被疑者に向ける。

「この金は、すべての者に与えられる。それはその方にも与えられるものである。それを欲どうしくも他人のものまで奪うとはいかなる了見《りょうけん》か」

低く、感情は抑えられた声だが、その声には少しでも反論すれば〝斬る〟という意志が籠められている。もちろん、近藤の身体はホログラムなので実際に斬られることはない。しかし、本物の人斬りの殺意というのは、実体でなくとも、十分に伝わるらしい。被疑者はおのれの身体が近藤の愛刀虎徹《あいとうこてつ》〈34〉によってまっぷたつにされ、血煙をあげる姿を想像し、震え上がった。

「おまえさん。じぶんがやったことわかってるだろうな。ただの盗みじゃねぇ。皆を助ける公金に手をつけたんだ。新選組なら切腹どころじゃすまさねぇ。殺してくれと泣いて頼むまで痛めつけてから、首じゃなく腹を試し切りしてやるぜ」

近藤の隣に座っている、現代風なイケメンは土方歳三である。細面《ほそおもて》に切れ長な目、通った鼻筋。その整った顔立ちから発せられる言葉は、近藤とは正反対の残忍さと荒っぽさが特徴的だ。新選組を鉄の掟で縛り、反対するものは容赦なく粛清し、どんな拷問も厭わず、口を割らせた男。土方は目を細める。ぞっとするまでの冷酷さが表情に広がる。被疑者は思わず失禁した。

「よいか。公金はすべての民のためにある。不正を働く者あらばわれら新選組が地の果てまでも追いかけて、縄にかける」

近藤はカメラに向けて一喝した。

この動画に対して批判的な意見も当然あったが、伝説の新選組の局長・副長の肉声による勧《かん》善懲悪《ぜんちょうあく》[35]の宣言は、熱狂的に受け入れられた。このことは不正の抑止力に大いに貢献した。

2日間の第3工程「現金直接給付」は、類まれなる豊臣秀吉の構想力、石田三成の計画力、荻原重秀の実行力と、吉田を始めとする現代官僚たちの力と江戸官僚の協力によって成し遂げられた。

この2日間で給付を受けられなかった者もいたが、それらの者もその後に皆、給付を受けることになった。

この奇跡のような大事業は日本だけでなく世界にも広く喧伝《けんでん》された。

そして、太閤豊臣秀吉の名からこの給付金は【太閤給付金】と名付けられることになった。

徳川内閣は、最初の大仕事である「緊急事態宣言」と「給付金」というふたつの大仕事を成功させたのである。

〈34〉愛刀虎徹　新選組のメンバーにはそれぞれ愛刀があり、近藤の愛刀「長曽祢虎徹」、土方の「和泉守兼定」、沖田の「菊一文字則宗」は特に有名。
〈35〉勧善懲悪　善事をすすめ、悪事をこらすこと。

やるべきことが
明確であるからこそ、
日夜、寝食を忘れて没頭できる。

豊臣秀吉

『名将言行録』より

4

独裁者、信長の交渉

国の借金、どうする?

「坂本龍馬と直接会うなんてことはまたとない機会だ。いいか。なんとしてでも龍馬に食い込むんだ。今、どこのメディアも徳川内閣の閣僚、できれば徳川家康総理大臣の取材が喉から手が出るほどしたいんだ。ここで龍馬を掴めば、我々がどこよりも早くその権利を手に入れることができるかもしれない」

理沙は、昨夜の興奮した森本の声を思い出しながら、官邸に向かっていた。坂本龍馬に会うためだ。

徳川内閣の閣僚の面々はとにかくその姿をメディアの前に出さなかった。考えてみれば、彼らが生きた時代には〝報道〟などという概念はない。統治者がわざわざ、民の前に出て話すなど余程のことがない限り行われない。

しかし、一方で、緊急事態宣言や太閤給付金における新選組を使ったメディア操作は巧みであったことから、必ずしも彼らはメディアに対して無理解ではないのであろう。本来であれば夜討ち、朝駆け〈36〉でコメントのひとつも狙うことができるのだが、何せ彼らは実体をもたないホログラムだ。閣議が終わるとその場から消えてしまうため追うこともできない。

今回はその彼らからのアプローチである。

その真意はわからなくてもこのチャンスを掴みたい。そう森本が意気込むのも無理はなかった。

「いいか。もし首相でなくても閣僚の独占インタビューができれば、おまえを報道番組のメインキャスターに据えてやる」

「それは……特に……いいですけど……」

森本の意気込みも、理沙に対する期待も理解できるが、今の理沙にとって、以前のような気持ちで仕事に向き合えないのが正直なところだ。できればまたスポットライトを浴びる場所に戻るようなことはしたくない。

「西村。おまえのことは俺が一番わかっている。心配するな」

心配もしていないし、一番わかっていないのは森本かもしれない、と思ったがそれは口にしなかった。

「とにかく龍馬に会ってくれ」

「わかりました」


〈36〉夜討ち、朝駆け　晩方に訪ね、また早朝にも訪ねて接触を図ることを意味する語。主に新聞記者などが取材のために行うことを指す。

龍馬に会うことには、仕事とは関係なく心が動いていた。あの記者会見での龍馬は今まで理沙が出会ったことのない魅力を放っていた。あの不思議な魅力に一対一で向き合えることには、理沙個人として惹かれた。

「ただ、うまくやれるかどうかはわかりません。相手の目的もわからないので」

理沙は森本に釘を刺した。妙な期待は重いだけだ。

「それはわかってる。とにかく会ってくれ」

移動の間、理沙は改めてこの数週間の最強内閣について振り返ってみる。記者会見に出席したこともあり、普段は政治に興味のなかった理沙だが、この内閣の動向については興味をもって追っていた。

まず、徳川内閣のロックダウンは極めて厳格に行われていた。最低限必要なライフライン関係と医療関係以外は厳しい審査を経ないと活動できなかった。基本は自宅でのリモートワーク以外は認められなかった。それは、メディアも同じで、番組の収録も禁止され、最低限の報道番組だけが許可された。

そして、何よりも徳川内閣は身内である政治家に厳しかった。すべての国会議員を自宅でのリモートワークにさせた。自宅作業についてこられない名ばかり議員には、仕事はほとんど与えられなくなった。〝今まさに緊急事態である〟ということを社会に認識させるに価《あたい》する対応であった。不正な行動を取った者は容赦なく拘束する厳しさは、目を見張るものがあったが、今のところ目立った不平不満は少ない。その原因は、財務大臣豊臣秀吉が実施した太閤給付金だ。わずか10日間で50万という金額を給付したその手腕に国民は度肝を抜かれた。50万という金額も法外だが、10日間という脅威のスピードは、この内閣が最強であることの証明であった。厳しさと同時にきちんとその責任もとる。その姿勢に表立って反論することは難しい。

もっとも……。〝その巨額の支出をどうやって国家財政の中でカバーするのか〟は有識者の間では密やかに議論されていたが……。


理沙は、記者会見の時に龍馬が呟いた「都合が良すぎる」という言葉を思い返してみた。考えてみれば、たしかに今までの国民と政治の関係は共に都合が良すぎたのかもしれない。政治家はおのれが当選するために、国民に対して耳ざわりはいいが実現性の低い政策ばかりを打ち出し、当選すれば反故《ほご》にする。国民はその都度、自分たちにとって都合のいい話に飛びつき、それが叶わないとなればヒステリックに批判をし、新しく耳ざわりのいいものに飛びつく。それでは、社会が良くなることはたしかに難しい。

最強内閣の出現は、私たち現代人にとってあたりまえだった民主主義社会に大きな変革を起こすのではないか。理沙は漠然とそんなことを考えていた。


そして。

今、龍馬たちが何を考えているのか理沙は無性に知りたくなった。

車が官邸に着くと、理沙は地下の部屋に招かれた。厳重な電子セキュリティが施され、無数の監視カメラが作動している。そこはまさにサイバー基地の様相を呈していた。まるでSF映画のワンシーンのような光景であった。

理沙が通された部屋はそんな地下の一室であった。簡素な部屋である。小さなソファとテーブル。少し妙なことといえば全体の壁がうすい緑色で構成されているくらいか。そして、ソファと向き合うように椅子がひとつ置かれている。よく見ると、壁には無数の小型のプロジェクターが仕込まれている。

理沙は急に緊張をおぼえ、出されたお茶に口をつけた。

歴史上の英雄とふたりきりで会う。龍馬は自分に何を聞きたいのだろう。そう思うと鼓動が自分の意思とは無関係にどくどくと脈打つ。

最初になんて言葉を交わせばいいのだろう……。

そんなことをとりとめもなく考えていると、突如、目の前にまるで陽炎のように人の影が現れた。その影はみるみるうちに、色を帯び、立体を帯び、形を成し、質量を伴っていく。大柄な身体、縮れた蓬髪《ほうはつ》。よれよれの着物に革靴。

坂本龍馬である。

「おお！ すまんの。足を運ばせてしもうた」

龍馬は快活に理沙に話しかけた。

「あ……あの……初めまして……」

理沙は予想外の龍馬の登場の仕方にどぎまぎして、思わず、ぴょこんと立ち上がって頭をペこりと下げた。

「わははは。そうか。初めましてじゃな。たしかに、たしかに。あの時ちくと喋っただけで馴染みのように感じてしまったきに。申し訳ないのう。わしゃ坂本龍馬じゃ。役職とかそういうのは苦手での。ただの龍馬でええきに」

龍馬は愉快そうに大笑いした。

「あ。よく存じ上げています。有名人ですから。あ。申し遅れました。わたくし、大日本テレビのアナウンサーの西村理沙と申します」

「あなうんさー？」

「えっと……なんて……説明したらいいんだろ……」

「まぁええきに。おまんが何者であろうが、わしゃ構わん」

龍馬は頭を掻き、鼻をほじる。

普通の人間がやれば眉をひそめるような行為が、龍馬が行うといやな気持ちにならない。なんなら親しみがわく。不思議なものだ。

「ま。座るぜよ」

龍馬は、自分が椅子に座ると、理沙にも座るように勧めた。

「あの……わたくしになにかお確かめになりたいことがあるとか……」

「おう。そうじゃき。あのあれじゃ」

龍馬は鼻の頭を掻いた。なんとなく言いにくそうである。

「こんなことをいきなり聞くのもなんじゃと思ったけんど、どうにも気になってしもうての……」

「はい。なんなりとおっしゃってください」

言いよどむ龍馬を見て、理沙の方は少し余裕が出てきた。

「あのあれじゃ……おまんの身内に楢崎《ならさき》という苗字の者はおらんかえ？」

予想外の龍馬の問いに理沙はキョトンとした。

「おまんは、横浜……の生まれかや？」

「いえ。東京です」

「東京か……。その……あれじゃ……誰か親戚に横浜の出で楢崎という姓の者はおらんがか？」

「楢崎……楢崎……」

理沙は首を捻り、記憶を遡《さかのぼ》る。しかし。楢崎という名の親戚は少なくとも理沙の記憶にはなかった。

「おらんかえ？」

「残念ながら……」

「そうかえ……」

理沙の言葉に龍馬は、気の毒なほどしょんぼりとして肩を落とした。

「すみません……」

特に理沙が悪いわけではないが、あまりに龍馬が落ち込んでいるのを見て、理沙は理由もなく頭を下げた。その理沙を見て、龍馬は慌てて顔の前で手を振った。

「おまんが謝ることではないきに。他人の空似であったのじゃろ。しかたないきに。逆におまんに足を運んでもらって、わしの方こそ謝らにゃならんぜよ」

龍馬は頭を下げた。今度は理沙が慌てる番であった。

「そんな。頭をお上げください」

「そうかえ」

龍馬はにっこり笑ってぴょこっと頭を上げた。その仕草に思わず理沙は胸がきゅんとなるのを感じる。

理沙は、龍馬との不思議な空気感の中、気になることを尋ねてみた。

「あの……他人の空似とは……」

「それじゃ」

龍馬は少しはにかんだ表情を浮かべた。

「わしには女房がおっての。おりょうというんじゃが、おまんに顔立ちが似ておったんで、こりゃおりょうの子孫じゃなかろうかと思っての……」

「私が……」

理沙は驚いた。と同時に龍馬の妻と似ていると言われて悪い気はしなかった。

「おりょうには悪いことをした。添い遂げると言いながらあっさりわしは殺されてしもうたからの……おまんがおりょうの子孫であれば一言謝らないかん思うたぜよ。いずれにせよおんしには無駄足を運ばせてしもうた。このとおりじゃ」

もう一度龍馬は頭を下げた。

「いえいえ。本当にお気になさらないでください。私は坂本さまとお会いできて光栄ですので」

「お詫びになんかせねばならんとは思うが、何ぶん、仮の身体で実体はないもんでの。なんもしてやれんきに……」

「大丈夫です」

すまなそうにする龍馬に理沙は言った。

「それではわしの気が済まん……おんしは、あれじゃろ……記者ちゅうもんじゃろ」

龍馬は、記者会見をしたことで、〝記者〟という言葉を理解したらしい。

「したらあれじゃ。おもしろいもんを見せたるぜよ」

「おもしろいもの？」

「今、経済産業大臣の織田信長公と大久保一蔵さぁが、かんぱにーの連中を集めちゅうがじゃ。どえらいことを命じるきに、それを見物していくぜよ」

龍馬の申し出に理沙はどきりとした。

織田信長は、まさに歴史上のスーパーヒーローだ。人気でいえば、首相の徳川家康よりも上であろう。信長はまだ一度もメディアの前に姿を現していない。それゆえ、皆、信長の姿、声、そしてその考えを知りたがっている。信長だけではなくメディアに出ていない閣僚に関しては徹底して情報統制されており、いまだ謎のベールに包まれている。写真や映像に収められないにしても、その姿を垣間見ることができるなら大スクープである。

「見れるんですか？　私なんかが」

「見れるとも。まぁ、その場に行くことは無理じゃが、ここにその場を映し出すことはできるがぜよ」

龍馬は懐から小さなリモコンのようなものを取り出し、何やら操作した。

すると、部屋全体がホログラム化し、場所が大きな会議室へと変わった。

理沙と龍馬の目の前には、大きな会議室の風景が広がった。

バカでかい円卓にスーツとマスク姿の紳士たちが座っている。彼らの目の前にはネームプレートが置かれている。銀行、商社、メーカー、重工業、ＩＴ企業、新聞社、テレビ局、名だたる企業の社長たちがずらりと並んでいる。皆、マスクとフェイスシールドをつけており、十分な距離をとっている。基本的に政府の会合はリモートで行われていたが、今回は信長の希望により、完璧な感染対策のもと、財界の主だった者たちが集められたのである。

彼らの視線の先には、派手な南蛮風の洋装をした武士と、その左側に長い髭を蓄え、ぴっちりとした詰襟《つめえり》姿の男性が座っている。

「右側が織田信長公じゃ。左が大久保一蔵さぁじゃ」

龍馬が理沙に教えてくれた。

どうやらこちらの姿や声は会議室のメンバーには届かないようだ。理沙は、まず信長を見た。龍馬のように写真が残っているわけではない信長の印象は、教科書に載っている肖像画のイメージしかない。

目の前に映る信長は、肖像画よりはるかに険しく鋭い目と鷲鼻《わしばな》、高い頬骨《ほおぼね》と薄い唇を持ち、何よりもその眼力は見る者を圧倒する迫力があった。

続いて、その隣に座っている大久保一蔵こと大久保利通を見る。こちらは写真のままだ。オールバックと長い髭、その眼光は信長に負けず劣らず鋭い。信長との違いは、信長は全身から冷酷で残忍なオーラを発しているが、大久保には冷静で厳格なオーラがある。龍馬や秀吉が持っている人間的な魅力ではなく、超人的な威圧感がふたりにはあった。

「一蔵さぁも苦手じゃったが、信長公とはわしゃ関わりとうないのぅ」

龍馬が苦笑いを浮かべて言った。

龍馬でなくても、信長の前には立ちたくない。理沙はそう思った。信長という男の圧力は暴力や威圧というものだけではない、底なし沼のような〝恐怖〟が秘められている。

「あの者たちが気の毒じゃ」

龍馬は心底、気の毒にという表情を浮かべて言った。

信長と大久保は表情ひとつ変えず、黙って正面を向いている。経営者たちは、まるで蛇《へび》に睨まれた蛙《かえる》のように身動きひとつとれず静まり返っている。

「一蔵さぁは、いざという時は口を閉ざす。あんお人の得意技じゃ。黙られた方はいつも痺れを切らして、結局、一蔵さぁの思うがままになったもんぜよ。しかしながら、信長公はそれ以上じゃ。相手にとっては、たまったもんではないぜよ。西郷さぁも喋らざったが、あん人は、相手を包み込むような優しさがあったがの。信長公は、抜身の刀を黙って相手の首筋に突きつけとるようぜよ」

「一体、何が行われているんですか？」

理沙は龍馬に尋ねた。日本を代表する経営者を集めて信長たちは一体何をしようというのか？

「金じゃ」

「お金？」

「今回の太閤給付金もそうじゃが、これからの政には金がいるきに。その金は国債いう、国の借金にするわけじゃが、その国債をかんぱにーに引き受けてもらおうちゅうのが目的じゃ。一蔵さぁが、先駆けて、かんぱにーの主だった者に声をかけたんじゃが色よい返事がもらえんでの。それならばちゅうて、信長公自らがご出馬ということになったがぜよ」

龍馬は、愉快そうに言った。

政府は、今回の緊急の財政支出に関して、不足分に関しては中央銀行〈37〉で通貨を発行し、その分を国債〈38〉として引き受け先を探し、対策資金に充てる予定であった。

国債は本来、市場で引き受け先をみつけることが原則で中央銀行が引き受けることはできないようになっている。これは、通貨を発行する中央銀行が国債を引き受けてしまうと、通貨の信用が失われ悪性のインフレーションを起こすからだ。これは全世界と共通した認識だ。

しかしながら、日本は長きにわたりこの禁じ手を行い続けてきた。にもかかわらず、円の信用は落ちなかった。これにはからくりがある。今までは、国債を発行して得た資金を、日本の経済を支えるために、日本企業の株に投資し続けていたのである。このことにより、実体経済と金融経済の乖離《かいり》が起こった。つまり、企業の実際の業績とは関係なく、国が株を購入することで、株価は上がるが、それで業績そのものが上がるわけではない。業績が上がっていないので、社員の給与を上げる必要がない。したがって、労働者たる国民全般の所得は上がらず、企業の内部留保だけが増えることになり、一般生活に対する資金不足が解消されないためデフレが続く、という皮肉な結果を生んだ。日経平均株価が上がっても国民に景気が上がった実感がないのはこのためだ。これは、まさに歪んだ政治のメカニズムである。どんなに国民が苦境に陥ろうとも、金融経済のみを注視し、その金融経済の成果のみを〝経済成長〟と位置づけた政府の偏向的な経済政策の結果であった。

この問題に気づいたのは、荻原重秀であった。いわば、この経済政策はかつて重秀が行った「貨幣改鋳《かへいかいちゅう》」と根本が同じであったからだ。

重秀はすぐにこのからくりを見破り、今回に関しては、徹底して国民に資金を流さなければならず、そのためには中央銀行が国債を引き受けるという禁じ手ではなく、本来の「日銀以外の国債の引き受け先を決める」ことが重要だと考えた。そして、国債を日本の優良企業が引き受けることで、日本の国債の信用力は上がり、ひいては日本の通貨の信用が高まると考えたのである。また、重秀は、今まで日本の優良企業は、税制においても優遇されており、十分に引き受けるだけの余力を残していると読んでいた。

重秀の案はすぐに三成にあげられ、三成から秀吉に、秀吉から信長に伝わり、信長の許可を得たのち、大久保が動いたというわけである。

しかし、あくまでも現行の法律では「引き受け」はお願いであって、命令はできない。大久保の「お願い」を企業のトップたちは言を左右にして婉曲に拒否した。そのことに業を煮やした信長が自ら動いたというのがことの顛末である。

「大臣のおっしゃることはよくわかっております。我々としてもご協力したいのはやまやまです。ですが、先行き不透明な中、我々も株主、社員を守る責任がございまして……」

ひとりの経営者が低姿勢で、信長に話しかけた。日本を代表するメーカーのこの人物はメ

〈37〉中央銀行　国家や特定の地域の金融機構の中核となる機関。日本の中央銀行は日本銀行。その国や地域で通貨として利用される銀行券（紙幣、貨幣）を発行する「発券銀行」であり、通貨価値の安定を図る金融政策を司るため、「通貨の番人」とも呼ばれる。また、市中銀行に対しては預金を受け入れると共に、最後の貸し手として資金を貸し出す「銀行の銀行」であり、国の預金を受け入れることで政府の資金を管理する「政府の銀行」という立場を持つ。

〈38〉国債　国が発行する債権。つまり、国の借金。

ディアに登場する機会も多く、理沙も見覚えのある人物であった。いつもは歯切れのいい強気の発言が特徴の人物であったが、さすがに信長と大久保の圧力を前に声が震えている。

「…………」

信長はその言葉を黙殺した。声の方に視線すら向けず、前を向いているだけだ。

「これはきついぜよ」

龍馬は膝を叩いて、鼻を鳴らした。

とりつく島もないとはこのことだ。信長は魔王のように前を向いている。無言というものがこれほど心理的圧迫を与えるとは理沙には想像もつかなかった。どんな脅し文句よりも恐ろしい……。

「貴殿らは今まで散々、政府の恩恵を受けてきたこつ、この国の難局にたのみごとのひとつも聞き入れぬとはいかなる了見か」

大久保が静かに口を開く。口調は穏やかだがその内側に秘めたる怒りは、彼の鋭い眼光に籠められている。

「たのみごとのひとつと言われましても、そのたのみごとが法外で……」

財界の長老と呼ばれる経営者が困惑した表情で言った。大久保の口から出ているたのみごとは1兆円におよぶものだ。おいそれと引き受けるわけにはいかない。

「法外？」

大久保は長老を睨《にら》みつけた。

「何が法外であるこつか。国ありて貴殿らの商売はあるのではなかか？　国に危機がおよび、政府が国民すべてを救おうとしている時に、なして貴殿らは法外という言葉を使うのか？　それは貴殿らがこの国の法の外にいるということでごわすか？」

大久保は舌鋒《ぜっぽう》鋭く、長老を含めその場にいる面々を睨《ね》め回す。大久保の気迫に皆、視線を下に落とした。

「こりゃめずらしいこともあるもんじゃ！　一蔵さぁがあげに喋るのをはじめて見たぜよ！」

龍馬は興奮して大声を出した。

理沙は、龍馬の声が、会議室の面々に聞こえるのではないかとヒヤヒヤしたが、そもそも別空間だ。わかっていても部屋の重苦しい緊張感が関係ないはずの理沙にものしかかっていた。

「大久保さま。そういうわけではありません。協力はしたいのですが、限度と……」

なおも長老が抗弁しようとした時……、

「是非に及ばず！」

怪鳥のような声が突然雷鳴のごとく鳴り響いた。

おそらく会議室にいた者、大久保を除いた全員が椅子から転げ落ちそうになるほど驚いた。

声の主は……。

信長であった。

「是非に及ばず！！！」

魔王はもう一度鋭く声を発した。その声は振り下ろされる刃のごとく突き刺さった。長老は首を刎《は》ねられたかのようにうしろにのけぞった。そして派手にひっくり返った。

したたかに腰を打ち、長老は小さくうめいた。しかし、誰も身動きがとれなかった。全員の目が魔王に釘付けになっていた。

魔王は、右手に持っていた刀を握り直した。

そして、その刀を支えに、魔王はゆっくりと立ち上がる。

それだけであたりが血の匂いで満ちるような狂気が立ち上る。秀吉とは異質のものだ。

「かの昔。比叡山の僧侶共は、朝廷の庇護《ひご》のもと、おのれのことのみを考え、堕落し、富をかき集めた。彼奴《きゃつ》らは変わることを拒んだ。わしの天下布武の想いを聞き入れなかった。ならば、是非に及ばず」

信長は言葉を止め、無表情のまま、経営者たちを見つめた。大久保のような怒りではない。まるで、ビー玉のような漆黒のなんの感情も持たぬ目だ。

誰かが喉を鳴らした。

「焼き尽くすのみ」

あたりに不気味な静寂が漂う。誰も口を開く者はいなかった。

「むちゃくちゃぜよ」

龍馬が呆れたように言った。

「完全な脅迫ですね……」

「まぁ。直接的ではないきに……昔話をしとるだけじゃ……」

たしかに……と理沙は思ったが、聞いている側には完全に〝焼き討ちする〟と聞こえる。理沙は歴史に詳しくはないが、比叡山の焼き討ちは知っている。何千という僧侶、女子供までひとり残らず織田軍に虐殺されたと伝えられている。目の前にいる男は、その虐殺を指揮した男である。単なる脅しですまないリアリティがある。


会議室は息をするのも憚《はばか》られるような重苦しい空気に包まれた。

魔王も大久保も一言も発しない。

動かないと決めたら動かない。英傑というものは、動くだけではない。いざとなればまるで、石になったかのように動かないことができる。そこに妥協はない。常に相手の顔色をうかがい妥協と落とし所をさぐることに慣れている現代人には、妥協の余地のない圧力は経験のない種類のものだった。

いや。ここにいるのは日本を代表する経営者ばかりだ。彼ら自身、相当の修羅場《しゅらば》をくぐり抜け、妥協のない交渉も経験しているのに違いない。しかし、信長や大久保たちはそこに〝命〟がかかっている。彼らは、理想のためには、他人の命を奪うことも厭わなかった。もちろん自分の命もだ。何においても〝命が大切〟という価値観の現代人にとって、〝理想〟のためには

〝命を奪う〟ことをあたりまえのように手段として考えている人間との交渉など、まともにできるわけがなかった。理解の範疇をはるかに超えているのだから。

永遠に続くかと思われた静寂を破ったのはひとりの経営者の発言であった。

「わたしども、大日本テレビは、この難局にあたり政府に対して協力を惜しまぬ所存です！」

「会長……」

理沙は驚いた。発言したのは理沙が所属する大日本テレビの河原会長であったからだ。

さらに河原の発言につづいて、大手通信会社のＣＥＯである北山が立ち上がった。北山は、世界でも有数の政商《せいしょう》〈39〉としても名高い名経営者である。北山はその特徴的な甲高い声で叫んだ。

「我らも同じくご協力させてくださいませ！」

流れというものであろう。

そこからは、我も我も、と協力を願い出た。

「わははははは！ 人というものはおもしろいものぜよ!! 大久保さぁ、一芝居打ちよったな！ こりゃたまるか!! わはははは！！！」

龍馬は次々と協力を願い出る企業トップたちを眺めながら腹を抱えて笑った。

「一芝居？」

「最初から筋書きができておったぜよ」

「筋書き?」

「わしらは、初めからこの時代の法には逆らえんしくみになっちゅう。それは一蔵さぁも信長公もようご存じじゃ。あくまでも、かんぱにーの連中がすすんで協力するちゅうように持っていかなあかんぜよ。そこでじゃ、あの口火を切ったふたりに最初に話をつけておったんじゃろ」

「それにしても……それじゃ、なぜ最初から申し出なかったんですか?」

理沙は尋ねた。

「そこぜよ! そこが一蔵さぁの人の悪いところぜよ」

龍馬はご機嫌に自分の額をぴしゃりと打った。

「最初からあのふたりが申し出れば、皆、あのふたりにやらせればええとなって、皆、自分ごとと考えんじゃろ。じゃが、信長公の恐ろしさをたっぷり味わわせた後じゃと効き目は抜群ぜよ。人間はそういう具合に動くもんぜよ。理ばかりではないきに」

たしかに……。

理沙ももしあの場所で信長を前に決断を迫られたなら……と思うと、きっと、協力すると言ったに違いない。信長は生粋の独裁者だ。我々現代の日本人は独裁者という者を長らく目にしていない。企業の創業者で独裁的な者もいるだろうが、あくまでもそれは独裁〝的〟だ。生

〈39〉政商　政治権力者と結託して受注することを主とする企業家。戦前日本の三井、三菱、住友などの財閥はその代表例。

粋の独裁者とは人の命を自由に扱える者をいう。現代ではそんな思考の持ち主は〝狂人〟に他ならない。もしくは大量殺人鬼だ。今の信長が実際に戦国時代のように、敵対する者を焼き討ちし、皆殺しにすることはできない。それでも〝平気でそれを考える思考〟に恐怖をおぼえるのだ。経営トップの優れた思考回路の持ち主ほど、信長の恐ろしさがわかるというものだ。

その心理をついた大久保もさすがというべきだった。

大久保にはカリスマが持つ恐怖の威力に対する経験があった。

それは「廃藩置県」である。

明治政府の最大の難関であった。土地の支配権を大名から奪うのである。それは、一歩間違えれば日本を内戦の嵐に巻き込む可能性のあるものであった。大久保はその難関を、自分の所属していた薩摩藩を説得し（半ば騙し）、当時日本最強の薩摩の軍事力を背景に、大カリスマ西郷隆盛の威圧によって成功させた。

威圧と段取りによって最大の譲歩《じょうほ》を引き出したのである。

その大久保にとって、西郷を遥かに凌ぐ狂気と威圧をもつ信長を担げば、これぐらいのことは容易《たやす》いことであった。

大久保利通という男は、自分の理想のためであれば手段を選ばず、どんな裏技でも使う。それが明治維新という奇跡を起こした手腕だ。

「一蔵さぁも相変わらずじゃ。どえらいことを涼しげにやってのける」

龍馬はうんうんと頷いた。

「信長さんはそれを知っていて一芝居打ったのですか？」

理沙は少し違和感をおぼえていた。大久保の考えはよくわかる。しかし、信長には何か違う〝考え〟があるように感じたのだ。それが何かはわからない。女の勘というものであろうか。

理沙の質問に、龍馬はほんの少し首を傾げた。

「わからん」

「わからん？」

「信長公は読めん……あんお人はまっこと……」

龍馬の表情が曇った。

理沙は、再び信長を見た。

信長の目は何も映し出していなかった。ただ漆黒の闇がその目の奥に広がっていた。


翌日、大日本テレビおよび系列の大日本新聞はこの会議を大々的に発表した。この会議だけで、日本の国債の3兆円の引き受け先が決まったのである。

国民はこの国債を、織田信長にあやかって【安土国債】と名付け、太閤給付金と共に熱狂的に支持した。新聞やメディアはこぞって「英傑の奇跡」「現代に蘇る天下布武」「鳴かぬなら鳴かせてみせた秀吉大臣」「〝鳴かぬなら〟を選択させない信長大臣」など、この二大政策を瞬く間に成し遂げてみせた秀吉、信長を讃《たた》えた。ここに最強内閣はその実力を国民に見せつけることに成功したのである。

　秀吉、信長の活躍でまずは当初の家康の狙いである〝国民が政府の方針に従う〟という目的は達成された。次なる課題は、ロックダウンの解除時期と、経済の復活であった。

　このふたつの課題については、国民の間には様々な考えがあり、対策強化派（ロックダウン延長派）と経済活動再開派が激しく対立していた。そして、最強内閣の首班たる徳川家康はそのことについて深く考えていたのである。

部下の予想を破って、刀をくれるだろうと思っているところに小袖をやったり、この人へは重いものを賜るようなことはないと取り沙汰しているようなとき、その者に金子をどっさり取らせるようなことこそ、大将のなすべきことなのだ。**ありきたりの手段を取らずに下から予想**されぬが本当の**大将**なのだぞ。

織田信長

『名将言行録』より

5

この国が罹《かか》っているほんとうの病

どれだけ優れた仕組みも必ず綻（ほころ）ぶ

3兆円分の国債の引き受け先が決まった後、信長、大久保がさらに財界に協力を求め、最終的には30兆に及ぶ国債引き受けに成功し、大きな反響を呼んだ。大企業ではない中小企業もすすんで国債を引き受け、一般の投資家も同じように引き受けを行った。その結果、重秀が睨んだ通り、日本の国債の信用は高まり、海外からの引き受けも殺到し、日本の〝円〟はドルを超える信用を勝ち取った。

新型コロナ感染症は世界中の経済に打撃を与えたが、日本は徳川家康首相の徹底したロックダウン、豊臣秀吉の神速ともいえる給付金の配布、織田信長の財界を巻き込む国債の大型引き受けという大政策の連発で世界に類をみない信用を勝ち取ることに成功した。

当初、世界の人々は「過去の偉人たちが政権を担う」というこの信じられない日本の試みを馬鹿にしていたが、にわかに注目を集めるようになっていた。

しかし、肝心の感染症対策の効果が表れるにはまだ時間がかかる。感染症の封じ込めと、社会の経済活動をどう並行させて行うか、難しいところであった。本日は、非公式の会合が首相官邸で行われることになっていた。

緊急事態宣言から20日後のことである。

出席者は、徳川家康首相、徳川綱吉厚生大臣、緒方洪庵厚生副大臣、徳川吉宗農林水産大臣、そして坂本龍馬官房長官。

「こりゃまた、徳川幕府の歴代将軍さまにわしとはなんとも皮肉な組み合わせじゃのう。居づらいきに……」

龍馬は頭を掻いた。

初代将軍、5代将軍、8代将軍、まさに徳川幕府のスーパー将軍の集結である。今のところ、世間の熱狂は、織田信長、豊臣秀吉に集まっている。それに対して、家康以下、徳川一門がどう感じているか、〝対抗意識〟はあるのか、「居づらい」などと言いながらも龍馬は興味津々であった。

「綱吉。病の状況はいかがじゃ」

そんな好奇心丸出しの龍馬を家康は気にする風でもなく、厚生大臣である綱吉に尋ねた。

「大権現さま。申し上げまする」

綱吉は、深々と家康に頭を下げた。綱吉や吉宗にとって家康は〝神〟に近い存在だ。おいそれと口を利くのも恐れ多いといった体《てい》であった。

「民の外出を控えさせたことにより、病にかかる者はめっきり減っておりまする」

綱吉の言う通り、緊急事態宣言後のロックダウン徹底の成果は大きく出ていた。人口密集度の高い東京や大阪などの大都市でもここ数日新規感染者は一桁の推移であり、地方は軒並み0となっていた。

「ふむ。それではこれで病の勢いは衰えるということか」

家康は、ほんの少し安堵の表情を浮かべた。その家康の表情を見て、綱吉は側に控えている緒方洪庵に目配せをした。綱吉の合図に、洪庵は額を膝につけるようにして声をあげた。

「大権現さま。左様ともいえませぬ」

「ほう」

家康は、首を傾げた。

「それはどういう意味じゃ。洪庵。苦しゅうない。顔をあげて話すがよい」

「はは！」

「洪庵。大権現さまが仰せじゃ。遠慮のう申しあぐるがよい」

綱吉が声をかけ、洪庵は顔をあげた。

「申し上げまする。この病。いま調べておりますれば、我らが考えるより厄介なものでござりまする。人との接触を行わないことで、感染が拡大する速度を抑えることができましたが、どうやら、かなり長いあいだ、人の身体にとどまるようでございまする。ほとんどの者には大きな害を及ぼしませぬが、一旦、他の病をもつ者にうつれば瞬く間に死を迎えるものでございまする」

「ふむ」

「民が町中を出歩けば、再び病が流行《はや》ることになりまする」

「しかし、いつまでも民を閉じ込めるわけにはいかんきに」

龍馬が口を挟んだ。綱吉と吉宗が嫌そうな表情を浮かべたが、龍馬はおかまいなしだ。

「先生。なんか良い手はないろうか？」

「厄介な病ではありますが、ころり〈40〉や結核〈41〉などに比べればおそろしくはありませぬ」

「おそろしくはない？」

「死に至る者はころりや結核に比べるとはるかに少のうございます」

「それなら安心じゃ。されば、もう普通の暮らしに戻してもええということじゃろ？」

「いえ」

洪庵は首を振った。

「この病。まだわからぬところが多いのでござりまする。ひとつは人にうつる早さに関しては、ころりや結核の数倍の早さと広がりを見せまする。ころりや結核なれば症状が重くでますゆえ、わかりやすいのですが、症状が軽い者も多いゆえに目に見えず、あたりをみれば皆、病もちに見え人々の不安が募りまする」

〈40〉ころり　「コロリと死んでしまう」ような病気のことをこのように呼び、江戸時代末期にはコレラのことを指す言葉になった。
〈41〉結核　昭和20年代までは、日本人の死因1位で〝国民病〟と言われていた感染症。現在でも年間2万人近くが発病している。

「症状が軽ければよいではないんかのう？」

「その中に重症化してあっという間に死ぬ者もおりまする。その数が増えればこれは見過ごせませぬ」

「それは、どんな病でも同じじゃろうて」

龍馬は納得いかぬという風に首を振った。

「この病の根源はそこにありまする」

洪庵ははっきりと言った。

「病とは本来、完全に治るという保証はございませぬ。しかし、治る見込みがあるのと、治る見込みがわからないものでは大きな差がありますす」

「ふむ」

家康が頷いた。

「治療薬がなく、治る見込みのわからない正体不明の病が人にうつり、しかも病を持っている者も元気に動き回れるゆえ、いつうつされるかわからぬ、という人の不安こそがこの病のもっともおそろしいところでござりまする」

洪庵は言った。

洪庵は感染症の流行により不安に陥った民衆がいかにコントロールできないかということを身に染みて知っている。幕末にころりが大流行した際には、「水銀が効く」「酒が効く」「ネギがよくない」など根拠のない治療法や情報が出回り、罹患者は激しく恐れられ、遠ざけられ、家族も含めて文字通り村八分になった。混乱は疑心暗鬼を深め、人々は往来を避け、当時の経済も深刻な打撃を受けた。このあたりはマスクやトイレットペーパーの買い占めが起こった現在の状況にも相通じるものがある。

「病かもしれぬと、医者のもとに民がおしかけることで、他の病の手当ても行えませぬ。何よりもおそろしいのは医者が病にかかれば、医療そのものが崩壊しまする。介護する者が逃げてしまうことも起こりましょう」

洪庵の言う通り、病院での集団感染（クラスター）が緊急事態宣言前には多発していた。当然、看護師や医師が感染するケースも起こっていた。看護師の中には、激務と感染リスクとの戦いに疲れ、退職する者も増え、純粋な医療体制（ベッドの数など）だけではなく、医療に従事する人々の疲弊も大きな課題であった。

「時が経てば流行はおさまりまする。本来はそこまで耐えるのが一番でございますが……」

「それでは暮らしが成り立つまい」

家康が言った。

「折り合いをつけることが必要じゃな」

「ご明察でございます」

「洪庵の考えを述べよ」

「日本の国以外の方策は、なるだけたくさんの民に、検査なるものを受けさせ、疑わしい者を片っ端から隔離しておりまする」

「ふむ」

「しかし、そのやりかたでは、医療が崩壊してしまいまする。医者の数と患者の数が見合いませぬ」

「ふむ」

「先ほども申し上げましたが、時が経てば必ず勢いがおさまりまする。すべてをおさえこむのは無理ですが、患者の数をなだらかに少なくすることが大切でございまする」

洪庵は言った。その言葉をついで綱吉が続く。

「我が国は、検査のきめごとを厳格に取り決めることが肝要かと存じます。前の内閣は、方針をたびたび変えたことにより民の疑心暗鬼が広がっておりまする」

「どう決めるのじゃ」

「発熱がある者に限るべきかと思いまする」

洪庵が答えた。

「本来であれば病を抱える者は動ける者も隔離するのが一番でございますが、人数が多くなればそれを行うことは現実的ではありませぬ。病の重い者に医療の力を注ぐべきかと。あとは、民の暮らしそのものを変えていくことかと」

「どう変えるがじゃ?」

龍馬は尋ねた。この男の場合、好奇心が常に優先するようだ。

「出歩く刻を決めることじゃ」

綱吉が答える。

「出歩く刻？」

「この時代はまるで不夜城じゃ。色街などは夜を知らぬ」

「ええことじゃき。わしにちゃんとした身体があれば遊びたかったぜよ」

「坂本。それが問題なのじゃ。夜通し出歩くことができればそれだけ人にうつることも多くなる。このあたりは、考えねばならぬ」

綱吉は龍馬に強く言った。綱吉は「生類憐れみの令」で有名であるが、彼の基本的な政治スタンスは、経済対策であった。綱吉は、危機的な幕府財政を立て直すため、新田開発を推し進め、米の収穫量を増やし、同時に荻原重秀を抜擢し、重秀の施策である貨幣改鋳で、貨幣の流通を増やし、それによって景気の浮揚に成功した。彼の治世《ちせい》〈42〉の前半は江戸期を通じて最も経済が潤ったいわばバブル時代でもあった。そして、綱吉は文化の育成にも積極的であり、彼の時代に歌舞伎や能、芝居小屋、文学などは著しく発展し、元禄文化と呼ばれ、現代の日本の文化の基礎となった。いわば、綱吉は日本風俗の育ての親ともいえる。その綱吉をして、現代の繁華街の喧騒は驚くに足るものであった。

「緊急事態宣言を解いたあとも、ある程度の制限を行う必要がござります。夜の街だけではなく、働く者も、おのが屋敷で働ける者は、そのまま働かせた方がようござります」

〈42〉治世　統治者として世を治めること。また、その期間。

綱吉は家康に言った。

「ふむ」

「そうして、感染をなだらかにおさえれば病の流行も収まりまする」

綱吉は言った。

「戦で言えば籠城戦でござりまする。なるべく外に出ないようにして凌ぐしかありませぬ」

「されば、商う者共に言って聞かせねばならぬ。織田殿、豊臣殿と談合せねばなるまい。色街で商う者共が職を失うことにもつながろう。手を打たねばならぬ」

「そのことでござりまするが」

それまで一言も言葉を発しなかった男が家康の前に進み出た。

農林水産大臣に抜擢された第8代将軍**徳川吉宗《よしむね》**である。

徳川吉宗（江戸時代中期）　徳川家康のころの政治を理想とし、質素・倹約をすすめた将軍。増える裁判に対して「公事方御定書《くじがたおさだめがき》」を定め、人々の意見を広く聞くために目安箱を設置したことでも有名。

現代では「暴れん坊将軍」でお馴染みの吉宗ではあるが、実際の吉宗は暴れん坊ではなく、徳川歴代将軍の中でも極めてリアリストである。紀州徳川家の当主から将軍に就任した、吉宗の治世は「経済対策」のひとことであった。「享保《きょうほう》の改革〈43〉」で名高い吉宗だが、綱吉の代か

ら坂道を転げるように悪化した幕府の財政回復に奮闘した日々であった。倹約を率先し、支出をおさえながら、米や銀の相場のコントロールに腐心し、幕府主導の経済政策を行おうとした。綱吉と同様に能力主義の人事、法整備、教育改革、新田開発などの公共事業。歴代将軍の中で最も多くの政策を行った将軍である。5代将軍綱吉とは紀州徳川当主として面識があり、吉宗は綱吉を尊敬し、その政策の多くを引き継いだ。そして何より吉宗は家康を敬慕《けいぼ》し、家康に近づくことを夢見た将軍でもあった。

龍馬は改めて吉宗を見た。

小柄で痩せ型なのは、綱吉と相通じるものがあるが、綱吉よりも武骨《ぶこつ》で、いかにも武門の棟《とう》梁《りょう》という顔つきである。柔和《にゅうわ》さはなく、甘さもない。どことなく彼が敬愛する家康の面影を残している。極端に口数が少なく、ここまで龍馬は吉宗という男の考えに触れてはいなかった。それだけに吉宗が何を話すのか、龍馬の興味は吉宗に向けられた。

「民の行動をおさえれば、それだけ商いは厳しくなりまする。さすれば職を失う者が大量に出る恐れがありまする」

「ふむ」

「それらの者を、農業に利用したいと考えております る」

〈43〉享保の改革　徳川吉宗が主導した江戸中期の幕政改革。年貢を増やし米価を調整するなどして幕府財政の再建をめざし、また行政の諸改革を推進した。寛政の改革や天保の改革に並ぶ3大改革のひとつ。

「農業に？」

龍馬は、吉宗の言葉に驚いた。

「この時代の大きな問題は、食料の自給率にありまする」

「食料の自給率？」

聞き慣れぬ言葉に龍馬は目を白黒させた。吉宗の考えがまったく読めない。吉宗は冷ややかな目で龍馬を見た。

「この国がおのれ自身で食べていけるだけの食料をどこまで自分の国で作り出せるかじゃ」

「そんなもん全部に決まっておるではないがか？」

「わずか6割じゃ」

「6割⁉」

「かろりーべーす、というものだと4割に満たぬ」

「4割⁉」

日本の食料の自給率はなかなか伸びない。吉宗が言ったふたつの指標は、ひとつは生産額ベースといい、国内で消費される食料の生産額のうちの国内比率であり、カロリーベースは、国民の基礎代謝エネルギーに基づいて出された国内で賄えるエネルギー量の割合である。日本は長きにわたって食料自給率のアップを課題としていたが、高度成長時代での第二次産業の成長と、高度成長期以降の第三次産業の発展により、第一次産業の従事者が大激減し、なかなか改善に向かわない状況にあった。

「それでは足りない分はどうしておるがぜよ」

「外国から貿易により仕入れておる」

　吉宗は答えた。

「自分の国で食料が賄えぬ。これは異常なことじゃ。ひとたび、外国との関係が悪くなれば、食料の調達に困ることになる」

「それは大変なことぜよ。しかし……そんなに食いもんに困ってるように見えんぜよ」

「仕入れが滞ることがないからじゃ。備蓄も今のところはたっぷりある」

「それじゃったら安心じゃ……」

「農は国の根幹である。いくら今が良いからといって放っておくべきではない」

「それで吉宗はどうしようというのじゃ？」

　家康が吉宗に尋ねた。

「国の事業として新たな農業開発を行いたいと考えております。そこで職を失うものたちに仕事を与えたいと思うておりまする。農業であれば、広い場所で、換気も行き届き、感染の危険も少のうございます」

「大胆なことを吉宗公は考えちょるのう。しかもわしの知らんことばかりぜよ」

「少し調べればわかる。我らを生み出したこんぴゅーたーなるものを使えばたいていのことはわかる」

「吉宗公は勤勉じゃのう……」

「吉宗の考え。まことに理に適《かな》っておると思いまする。どうもこの時代の者は農を軽んじておるように思いまする」

綱吉があとに続いた。家康は、静かに両名を見た。家康は秀吉のような軽やかさもなく、信長のような強烈な威圧もない。しかし、家康には秀吉にも信長にもない重厚さがあった。物事に動じず、決断まで時間がかかったとしても、決断した時には〝間違いない〟と周りに思わせる安心感がある。

そして、秀吉や信長がいわば独断専行であるのに対して家康は、周りの意見をくまなく聞いて、そののちに決断を行う。それゆえ周りの者は常におのれの考えを家康に捧げようとした。

龍馬は、なぜ家康がこの内閣のトップに立っているのかがわかるような気がした。

「吉宗。その方の考え、すすめよ。ただし、織田、豊臣両大臣とよく相談せよ」

「はは」

吉宗は頭を下げた。

「話を戻す。洪庵。この病との籠城じゃが目処はあるか」

「はは。少なくともあと1年はみた方がよろしいかと。今までの流行病は、ほぼその間に収束をしておりまする」

「ならば、2年を想定せよ」

家康は洪庵に言った。

「2年間耐えられるためのしくみを考えよ。その上で、途中でさらに時がかかると思えば、期限をのばせ。そのために医療は何があっても崩壊させてはならぬ。策を講じる必要があればなんなりと申すがよい」

「されば」

家康の言葉に綱吉が進み出た。

「医療に関わる者に恩賞を与えていただけませぬか?」

「恩賞とな」

「いま、医療に関わる者は医師を含め、疲弊しております。そこに2年となると心折れる者も現れましょう。医療に関わる者が減ればそれだけ対応は難しくなりまする。彼の者たちが、もうひと踏ん張りできますよう恩賞を賜れば、意気に感じ逃げ出す者も減るのではないかと考えまする」

「よかろう」

このことについて家康は即断した。

「この病を戦と考えれば、医に携わる者は将であり兵である。手厚く処置せよ。わしから、豊臣殿にはその旨申し入れよう」

「ありがたき幸せ」

綱吉と洪庵は共に頭を下げた。

「それでは坂本に頼みがある」

家康は龍馬に目を向けた。

「ほい。大権現さまの頼みとはただごとではないぜよ」

「まずは、この病との戦が2年かかる旨を民にはっきりと示せ。そして場合によってはさらに延びるということもじゃ」

「わしがかえ？」

「そうじゃ」

家康はその大きな目を少し細めた。家康は就任以来、一度もメディアの前に出ていない。そろそろ家康自身の言葉で語った方が良いのではないか？　そう龍馬は考えているのだが、家康はそう考えていないらしい。

「綱吉」

「はは」

「坂本と共にそちから、病の検査についての方針をしかと伝えよ。そして方針が覆らぬ旨、徹底させよ」

「承知いたしました」

綱吉、洪庵は頭を下げる。

「吉宗」

「はは」

「そちの策、積極的にすすめよ。農は国の根幹である。この病は、国と国との関係に必ずや変をもたらす。今できていることがこれからできるとも限らぬ。今のうちに手を打つことは重要であろう。ただ、織田殿と豊臣殿は必ずしもそう考えておらぬやもしれぬ。くれぐれも慎重にすすめよ」

「はは」

吉宗は、信長、秀吉を立てろとの家康の命にやや不満げであったが、そこは〝神〟のお告げである。おとなしく引き下がった。

「時に坂本」

家康は、龍馬に再び声をかけた。その目にはほんの少しばかり、柔らかさがあった。

「そちはこの時代において何が最も大切だと思う」

「大切なもの……」

「わしはな、坂本。我らがここに来たのはわけがあると思うておる」

「わけ……それはこの厄介な病から民を救い信頼を取り戻すためじゃなかですかいのう？」

「病は、洪庵の言う通り、時が経てばおさまるであろう。我らがおろうがおるまいが、程度の差こそあれいずれはおさまる。我らは別の病を治しに来たのじゃ」

家康は、爪を噛んだ。考え事をしている時のこの男特有の癖だ。

「別の病？」

「そちはわが幕府を終わらせたのであったな」

家康は爪を吐き出した。その目は再び覇王の目になっていた。鋭く龍馬を見据える。

「終わらせたといえば終わらせたぜよ」

龍馬は家康の言葉になんらかの意図が籠められていることを察した。このような場合、変にごまかす必要はない。龍馬は幕府を終わらせた者として、幕府を始めた者と対面した。

「別にわしはそのことを責めとらん」

家康は苦笑した。

「織田殿が足利幕府を終わらせ、織田殿が成し遂げられなんだことを豊臣殿が継がれ、その豊臣家をわしが滅ぼし天下を継いだ。それらはすべて必要であったからじゃ。どんなしくみも時がたてばほころび傷む。修理をすれば保つこともあろうが、それよりもつくり直した方が早い場合もある。そちが幕府を終わらせたのは、幕府のしくみが保たなかったからじゃ」

家康の言葉に龍馬は、はっとした。

「それはこの時代のしくみを作り直すということですろうか？」

「今、この国のしくみは変えねばならぬ」

家康は、はっきりと言った。

「しかし」

家康は言葉をつなぐ。

「多かれ少なかれ、この内閣の者は皆同じ考えであろう。もっとも、変える先にあるものは同じかどうかはわからぬ。それはこれからのことじゃ」

龍馬も、家康の言葉に頷けるものはあった。たしかにこの時代の政治や社会は龍馬の目にも疲弊しているように見えていた。誰もが、飢えることも、戦の危険もない。自由と平等を（少なくとも龍馬の時代に比べて）謳歌できる。過去の時代と比べればまさに天国のような社会だ。しかし、その一方で、多くの人々には当事者意識が少なく、何かといえば他人を批判し、自分を正当化することで自我を保っているように龍馬には見えた。龍馬は生まれた身分によって、人生が決まってしまうような社会を打破すべく命を懸けて戦った。そうして手に入れたはずの自由で平等な社会が、何か活力のない無味乾燥なものに龍馬には感じられたのだ。それがなぜなのかは龍馬にもわからなかった。

　徳川一門には、明らかにこの時代の政治、社会に対する危機感があった。

　家康が感じたのは、政治に関わる者たちのどうしようもない〝軽さ〟であった。戦国の世を生き抜いた家康にとって、トップの意思決定というものは限りなく〝重い〟ものであった。意思決定者から一度出た言葉は、瞬く間に現実になる。その結果、場合によっては何千、何万という命が消えてなくなることもある。だからこそ、意思決定者は自分の判断に対してギリギリまで考え抜く。それは天才的な閃きを持つ信長もそうであったし、口数の多い表現豊かな秀吉であっても、できないことを軽々しく口にすることはなかった。口に出したら何があってもやり切るのだ。しかし、現代の政治家たちは思いつきのような言葉を吐き、それを平気で反故にする。政治家の下で働く官僚たちは、当然ながらそんな政治家の言葉を信用しない。政権与党が大きな勢力を持ち、その期間が長くなると、それまでは政治家を思うがままに操っていた官僚たちにも変化が生まれた。能力以前に政治家に媚《こ》び諂《へつら》う者だけが出世するようになったのだ。そうして意思決定者も実行者も皆、無責任になっていく。これは何も現代だけのことではない。

戦国時代の前の室町幕府もそうであったし、江戸幕府の末期も同じような状態に陥った。

社会や組織には必ず〝仕組み〟が存在する。組織が大きかろうと小さかろうと人と人とがうまく関わり、生きていくためには必要不可欠なものである。民主主義も資本主義も人間がうまく生きていくための仕組みである。しかし、時間が経てばどんな優れた仕組みにも歪みが出る。そしてその歪みは大きくなり、組織や社会を蝕《むしば》み、やがて崩壊に導く。

日本が第二次世界大戦の敗戦からつくり上げてきた仕組みも75年経ち、綻《ほころ》びが見え始めている。室町幕府の崩壊を目の当たりにし、そこから江戸幕府をつくった家康は感覚的にその綻びを感じていたし、綱吉、吉宗は、江戸幕府の初期に起こった綻びを修正した将軍である。政治家（意思決定者）と官僚（実行者）との関係を見て現代の仕組みが重大な危機を迎えていると感じていた。


「まず始めることは役人の改革でございます」

吉宗が家康の前に出た。

「有能な者も多くござりまするが、その者たちが冷遇されておりまする」

綱吉も吉宗の隣に出た。

「わが省は、危機感がなく淡々と仕事をする者が多く、民間からも人材を採用し難局に当たらなければなりませぬ。医に関しては、我らの時代の者たちよりもこの時代の者を採用すべきかと愚考する次第でございます」

「よかろう」

家康は立ち上がった。

「役人の配置換えは速やかに行え。一切の遠慮はいらぬ」


家康の大号令のもと各省庁で、一斉に組織人事改革が行われ始めた。

最強内閣発足25日後のことである。

本来、省庁の人事は年次や序列、経歴や派閥など様々な先例と内部事情が絡み合う複雑なものだ。日本はアメリカのように政権が変わると官僚も入れ替わる仕組みではない。政権が変わっても官僚組織は変わらない。これは「前政権の政策を継続させやすい」というメリットもあるが、「人事に複雑な関係性を生み出し組織を停滞させる」というデメリットもある。現代はこのデメリットが肥大化し、官僚組織はその有能さではなく、硬直した組織体制と必要以上の政権への忖度で、悪循環に陥っていた。

そこに現れたのが徳川最強内閣である。

彼らはそれまでのしがらみや先例を気にする必要がない。大臣それぞれは、自分の時代では皆〝独裁者〟であった。彼らには一切の遠慮がなかった。

中でも一番、激しく人事改革を行ったのは厚生大臣の徳川綱吉である。そもそも綱吉は、自身の将軍としての在任期間中、当時の幕府の役人（地方役人も含む）の実に3分の2を入れ替えたほどの能力至上主義である。能力がないと思えば、どんな家柄の者でも罷免《ひめん》し、能力があるとなれば、出自《しゅつじ》を問わず登用した。彼が、〝犬将軍〟と揶揄《やゆ》されたのは、これら綱吉に罷免された者たちがのちに復権した際に、綱吉に対する復讐を籠めて彼の治世を貶めたことによる。彼らは、江戸の市民にも不評であった「生類憐れみの令」を必要以上に悪意を持って批判し（もちろん綱吉逝去のあと）、荻原重秀を始めとする腹心たちを「愚昧《ぐまい》な将軍を操った悪臣」として葬った。これが「犬（愚かな）将軍」の由縁である。歴史とは常に権力側の記録だけが正式なものとして残っていく。綱吉の犬将軍はその代表的な例といえよう。

封建制度、家柄重視の社会にあってもそれだけ激しい人事改革を行った綱吉だ。しがらみのない現代で、彼が遠慮する要素はない。綱吉の厚生労働省の人事改革は熾烈《しれつ》を極めた。綱吉は全官僚に対し、「感染症に対する国家対策」をテーマにレポートを提出させ、管理職クラスで、そのレポートの視座が低いと判断した者は次々と罷免し、能力が高いと判断した者は、入省年次や経歴を無視して、管理職に抜擢した。

また、民間の優秀な人間を特別スタッフとして登用した。

その綱吉と同じく、農林水産大臣の徳川吉宗もまた激しい人事改革を行った。彼もまた将軍時代、幕閣の人事改革に注力をした将軍であった。彼は、家康に進言したように、「第一次産業の復活」を国家事業とし、そこにコロナ禍の経済混乱による失業者を充てようと考えていた。

そのためには、農業、林業、水産業などのいわゆる「利権《りけん》」の解体が必要であると考えていた。吉宗の人事改革はそれら利権団体とのつながりが深い者を更迭《こうてつ》することに狙いがあった。吉宗は実際の業務には江戸幕府の官僚を起用することを考えていたので、どちらかというとそのための地ならし的な意味合いが大きかった。

綱吉、吉宗以外の閣僚も程度の差こそあれ、人事改革には積極的であり、特に「人材の発掘・抜擢」には大胆な決定を下していた。

その抜擢人事の中に、財務省の吉田拓也《よしだたくや》も入っていた。

吉田は突然、財務副大臣である石田三成に呼び出された。この日、吉田はリモートワークの日であったが、〝至急の用〟で出勤の命が出されたので、慌てて外出許可を申請し、財務省に自分の車で向かった。

徳川内閣における緊急事態宣言のレギュレーション〈44〉は完璧に施行されており、たとえ、国会議員であっても許可なき外出は固く禁じられていた。許可の申請は、スマートフォンで行い、東京23区にくまなく設置されている検問でチェックされることになっている。

吉田もいくつかの検問を経て、財務省の中に特別につくられた副大臣の部屋に着いたのは、自宅を出て1時間後のことであった。

〈44〉レギュレーション　守らなければならない規則や禁止事項のこと。

「失礼します」

吉田が入ると、

「吉田か」

三成が静かに吉田を迎えた。その三成の隣には荻原重秀がいた。

「このたび、荻原はわしと同じく財務副大臣に任じられることになった」

三成は言った。重秀が三成に向かい深く頭を下げた。

「それはおめでとうございます」

吉田は重秀に頭を下げた。重秀とは共に太閤給付金で仕事をした仲だ。その見識の高さ、聡明さ、実行力はよくわかっている。自分など遠く及ばない存在だと吉田は何度も舌を巻いた。

重秀が、副大臣として三成と肩を並べることはまったくもって当然のことであると思う。

「石田さまと同列などとはおこがましいが、与えられた働き場所に力を尽くす所存でござる」

重秀は、その特徴的な切れ長の目をやや伏せて言った。

「いや。重秀なればこそじゃ。そちの智謀《ちぼう》〈45〉をより大きな権限で使うのは天下の幸いじゃ。わしを気にせずどしどしやるがよい」

三成は重秀に声をかけた。その姿を見て、吉田は改めてこのふたりに自分が惹かれるわけがわかったような気がした。今までの吉田の周りは派閥やしがらみに搦《から》めとられて、見識も才もないその場限りのアイディアをふりかざす大臣に尻尾を振るものだけが出世をする世界であった。心から尊敬できる政治家などは目にしたことがない。愚か者の権力者ほど怖いものはない。

頭の良い官僚たちは、そのことにすぐ気づく。気づくがゆえにおのれを守ることだけに汲々《きゅうきゅう》とし、〝国のために働く〟という入省時の夢やエネルギーが色あせていく。

そんな中で出会った石田三成と荻原重秀は自分の立場ではなく、自分の能力をまっすぐに国のために使っていた。それゆえに立場を超え、お互いの才覚を認め合う。また、その才覚を存分に発揮できるのは豊臣秀吉という偉大なリーダーが上にいるゆえだ。圧倒的なスケール感と構想力とリーダーシップ。秀吉の下で働くと、自分の力が何倍にも跳ね上がるそんな気持ちがする。吉田は、秀吉の下でおのれの才覚を思うがままに振るう三成と重秀が羨ましくもあった。

「ときに吉田」

三成が吉田を見た。

「そちを呼んだのは他でもない。殿下がそちの処遇を決めた」

殿下とは秀吉のことだ。三成は秀吉を常にこう呼ぶ。

「異動ですか」

「異動ではない。昇格じゃ」

戸惑う吉田に三成は言った。

「そちを事務次官に登用する」

吉田は、ぽかんと口を開けた。

〈45〉智謀　知恵にあふれた巧みな計略。

三成の言っている意味が一瞬わからなかったのだ。おそらく、ただ呆然とした顔になっていたであろう。自分でも間抜けな顔になっていたと思う。

「なんと……おっしゃいましたか……」

「そちを事務次官に登用すると言ったのじゃ」

「事務次官て……正気ですか⁉」

吉田は狼狽《ろうばい》のあまり自分でも驚くほどの大声をあげた。それもそのはずだ。事務次官は、大臣、副大臣、政務官につぐポストであり、事務方がつくことのできる最高のポスト。つまり財務省官僚のトップである。課長、局長と出世して、ようやくたどり着けるのは、入省して40年ぐらい後のことである。しかもそこにたどり着けるのはそれまでの出世レースを生き残った一握りのキャリア官僚だけで、それもほんの1、2年だけつける役職である。入省13年目の課長にもなっていない若造がたどり着ける役職ではない。驚天動地《きょうてんどうち》どころか、天地が逆さまになるくらい不可能なことなのである。

吉田はまるで鯉《こい》のように口をパクパクさせた。

「驚くほどのことでもあるまい。そちの太閤給付金での働き見事であった。そのことを重秀が殿下に熱く進言したのじゃ。殿下もそちを高く評価しておる」

「吉田殿の能力であれば、十分につとまりましょう。吉田殿は我らにとって同志でござる」

「お言葉は大変嬉しいのですが……とても私には……」

吉田は首をふった。吉田のような若輩ものが財務省のトップなどに立てば、その反感は凄まじいものになるであろう。今までの序列や秩序は崩れ組織は大混乱になる。とてもまともに組織が機能するとは思えない。

「他の方を立ててください」

「ならぬ！」

三成は鋭く言った。

「やらねばならぬ！」

「しかし……私では、他の方々が納得しません」

「今、納得せんでもええではにゃーか」

突然、後ろで大声がした。

「殿下！」

三成と、重秀が平伏する。慌てて吉田も平伏した。

秀吉であった。

「おみゃーのこれからの仕事で納得させりゃええ。ここにおる三成も若い時分にわしが取り立てた。気に食わぬ者も多かったが、三成は仕事で納得させた。三成は槍働《やりばたら》き〈46〉はさしたるものではなかったが、誰よりも早く、誰よりも遅くまで、そして誰よりも熱心に働いた。この時

〈46〉槍働き　戦国時代の合戦においての実績。

代は早く、遅くまで働くことをぶらっく……なんとかというらしいが、わしらの時代も同じじゃ。皆、怠けもんじゃった。だからこそ早く、遅くまで働くもんは目立つのじゃ。仕事の成果よりもある意味わかりやすいでな。重秀も同じじゃ。かくいうわしも上様に引き立てられて、草履《ぞうり》取りから、織田の一翼の将となった。**文句を言う者は出世しようがしまいが文句を言う。おみゃーはおみゃーの仕事をすればええ。おみゃーの足を引っ張る者あらば、このわしが容赦はせぬ。**それはわしへの反逆じゃ。そのような無能の者共の代わりはいくらでもおるわ」

秀吉は、平伏する吉田の顔をのぞき込みながら言った。有無を言わせぬ迫力であった。現代の人事は、仕事の目的よりも調和を優先する。したがって、すべての意思決定が遅くなり、玉《たま》虫色《むしいろ》になる。

一方、戦乱時代のリーダーは、人事そのものがリーダーの〝意志〟であり、それに逆らう者は〝反逆者〟とみなす。秀吉はそのことを、吉田の抜擢で示そうとしているのだ。吉田は理解した。

もはや後にはひけない……。

「ありがとうございます。吉田拓也、命に代えても殿下のご期待に沿えるよう励みます！」

吉田は床に頭をこすりつけるようにして叫んだ。

この瞬間、吉田拓也は現代の官僚ではなく、三成、重秀らと同じ時代の者となった。

「よいよい。立て。これからが祭りじゃぞ」

秀吉は、どかっと三成の副大臣室の椅子に腰をかけた。秀吉ら閣僚たちを始め過去の者たちは急速にこの時代の生活スタイルや言葉遣いなどを吸収していた。彼らは〝変化〟に対して極めて強い柔軟性を持っていた。

「徳川殿から新たな財政支出の要請があった。いくら金を刷っても間に合わん」

「徳川殿はなんと？」

三成が尋ねる。

「医に従事する者たちに与える恩賞と、この騒動で職を失う者たちを使って国として農業を興すための金じゃわ」

秀吉はポンと腹を叩いた。

「頼まれれば、それ以上のことをせにゃならん」

「国債を発行いたしますか？」

重秀が尋ねた。

「一旦は発行せねばならんが、それだけではつまらんのー」

秀吉は答えた。その表情に不敵な笑みが浮かぶ。三成はそれが秀吉に新しいアイディアが浮かんだ時の顔だということを知っている。わくわくする気持ちと同時に、また常軌を逸した難題なのだろうと肝が冷える思いがこみ上げてくる。

「そもそも出るばかりでは成り立たぬ。入りも考えねばのぅ」

「それは……増税でしょうか……」

吉田が尋ねた。財務省で「入り」を考えるとすれば増税以外にはない。ただ、このタイミングでの増税はあまりに無謀だと言わざるをえない。

「いま、税を増やしてどうするのじゃ。わはははは。気でもおかしくなったと思われるわい」

秀吉は腹を抱えて笑い出した。

「そうではない。商売をするのじゃ」

「商売でございますか？」

吉田は秀吉の思考が読めず目を白黒させた。

「もちろん、わが財務省で商売はできぬ。それはわかっておるがの。だからといって、手をこまねいて金だけ刷っておれば国が滅びるわ。したがって他の省庁の力を借りるのじゃ」

「つまり発案は殿下であって、実行するのは別の省庁ということでございまするな」

三成は秀吉の考えが読めたようで、同じくいたずらっ子のような笑みを浮かべた。

「国としての事業をやるのじゃ。すでに上様にはご相談申し上げた。するとじゃ。わしの案にえらく大久保がのってきてのう。あやつは一度、同じことをやったようじゃ」

「それはどのようなものでございまするか？」

重秀が興味津々という体で秀吉に尋ねた。秀吉は目を輝かせてこう言った。

「万国博覧会じゃ」

人は多いが、その人の中にも、
これぞと思う人はいないものだ。しかし、
どうせ、この世に生まれたからには、
その、**これぞと思われる人**になれ。いや、
そういう**人**になるように、
人を教育せよ。

徳川家康

『故《こ》老《ろう》諸《しょ》談《だん》』より

6

リモート国会と歌舞伎町再編計画

人を動かすということ

緊急事態宣言の期間があと1週間で終了という時、徳川内閣は臨時国会を召集した。それは、2度目となる補正予算案の審議のためであったが、驚いたのは、この国会はリモートで行われることと、この国会の模様がインターネットで完全中継されることであった。

現在、徳川首相の厳しい要求で、国会議員も許可なき者はすべて自宅待機とされているので、このリモート国会の流れは予想できないことではなかったが、意外であったのはこれまで完全に非公開であった国会を突然、公開することであった。いやが上にも国民の関心は高まっていた。メディアの前に姿を現しているのは、いまだ坂本龍馬官房長官と、豊臣秀吉財務大臣のみだ。徳川首相を始め、織田信長経済産業大臣、足利義満外務大臣など歴史の偉人が勢揃いするのだ。皆、異常な関心をもって、この国会に注目した。

そして、その初めての国会中継は本会議ではなく、予算委員会〈47〉で行われることになっていた。本会議での首相の所信表明演説〈48〉と代表質問は、あらかじめ取り交わされたものであり、いわば儀式的色彩が強いが、予算委員会は、質問者と閣僚が激しく議論する。わざわざその予算委員会を初めての国会中継に選んだのは最強内閣の自信の表れととれた。

一方、野党の面々の焦りは大きかった。迅速で大胆な最強内閣の政策に、国民はかつてない熱狂と支持を示している。このままでは自分たちの存在価値はなくなってしまうのでは……と、野党は危惧していた。そんな野党にとっても全国民が注目していると言ってもいいこの審議会は、いかに存在をアピールできるかのチャンスでもあった。

最強内閣と野党。

国民の関心はいやが上にも高まっていた。


「いよいよだな」

大日本テレビの市ヶ谷スタジオ。

〝最強内閣の全貌がついに明らかになる！　総力中継！　歴史的国会‼〟

興奮が特番のタイトルに表れているが、担当プロデューサーの小野自身、興奮を止められないでいた。中継自体はインターネットでも公開されるが、テレビとして、いかにこの歴史的な瞬間を切り取るか。長年培った技術をもって挑めば、ただの国会中継を超えたものになる。小

〈47〉予算委員会　国会に提出された議案を予算本会議で討論や採決する前に、専門的な知識を持った与党と野党の議員が十分に審議するための会。
〈48〉所信表明演説　政府の長が自分の考えを述べる演説。日本の国会では、臨時国会の冒頭や、特別国会、国会の会期途中で総理大臣が交代した場合に本会議場で行われる。

野はそう自負している。大日本テレビは、先の信長の財界会議で決定した国債引き受け（安土国債）のニュースを他局よりも早く大々的に報じ、主導的役割を果たした。さらに前代未聞の政治劇を、これまでの取材を活かしながら多くの国民に分かりやすく伝えることで、メディアとして信頼感を一気に高めることができる。そのためにもこの特番はどうしても成功させたいものであった。

小野はあえて、タレントや評論家などをゲストに呼ばず、大日本テレビのアナウンサー、報道局長などの身内だけで出演者を固めた。番組制作にも厳しい外出制限がかかっている。ならば、最低限のスタッフで、硬派なつくりにしようと考えたのだ。

そして、大日本テレビには切り札があった。

「西村。頼んだぞ」

小野は、メインキャスター席に座る理沙に声をかけた。坂本龍馬と直接言葉を交わした理沙をメインに据えることは、他のどんなタレントや評論家の起用よりも有効である。もともと理沙には、力量はある。アナウンス部長の森本の推薦に小野はすぐにのった。人気ナンバーワンの男性アナウンサー鳥川《とりかわ》と理沙を組ませて、この歴史的瞬間をどこのメディアよりも深く切り込もうと小野は狙っていた。

一方の理沙は乗り気ではなかった。理沙は政治に詳しくない。龍馬と会ってから、政治のニュースに注目するようにはなったが、自分に報道番組のキャスターがつとまるとは到底思わなかった。

また、龍馬との面会はあくまでも私的なものであり、それを自分の出世の種に使うようで、抵抗があった。

しかし、あの時、龍馬は別れ際、理沙にこう言った。

「わしと会ったこと、信長公と財界の会合、何を話してもいいきに。おまんも仕事じゃろ。わしがおまんにしてやれることはそれぐらいしかないきに」

理沙は、あれからこの言葉を幾度も反芻《はんすう》した。次第に理沙は龍馬が〝話してもいい〟ではなく〝話せ〟と言ったのではないかと思えてきた。この不可思議な内閣を国民に理解してもらうことは、この難局にあってこれから必要になってくるのかもしれない。であれば、アナウンサーである自分が協力することは大事なことではないのだろうか。理沙は龍馬のために協力できることがあればそれは行わなければならない、そう思った。

なぜそう思ったかはわからなかったが……。

「今回の予算委員会、内閣は事前の質問の通告は必要なしと伝えたそうだ」

メインキャスターの相方である鳥川が理沙に話しかけてきた。

鳥川は、理沙の5年先輩であり、バラエティで人気を博し、大日本テレビの看板アナウンサーにのぼりつめたが、本人は報道キャスターへの志向が強く、今回の番組にはひとかたならぬ意欲を見せていて、小野と共に念入りに取材をすすめていた。

「どういうことですか？」

「通常、国会の委員会では質問の大まかな内容が事前に通告されるようになっている。あくまでも大まかな内容だから、詳しい内容まではわからない。だから、その内容を想定し、どんな質問がきて、どう答えると良いかを記した想定問答集を官僚が作成するわけだ」

「そうなんですね」

「野党は、なるだけその準備に時間をかけさせないようにするため、わざと通告を遅らせたりするわけだ。結果、官僚は徹夜して一晩中その問答集を作成するはめになるんだ」

「ひどい話ですね」

理沙は眉をひそめた。

「国会の時期になるとほとんどの官僚は家に帰れない日々が続くそうだ。ある意味、日本一ブラックな職場だな」

「なんかフェアじゃないですね……」

「野党も必死だからな」

鳥川は当然だろうという感じで答えたが、理沙は違和感しかおぼえなかった。本来、国会議員は〝国民のため〟に存在しているはずだ。それが自己の利害を前面に出して、半《なか》ばいやがらせのようなレベルで、国の方向を決める話し合いを行っていることは明らかに本末転倒ではないか。

「ところが、今回は家康首相が一切の事前通告不要と言って、想定問答集を官僚がつくることも禁じたそうだ。官僚は感涙にむせんだそうだよ」

「凄い自信ですね」

「しかし、それがどう出るかだな」

ふたりの話に番組の解説をつとめる山内が割って入った。山内は報道局の局次長であり政治部部長を歴任している大日本テレビきっての論客だ。

「何せ今回の補正予算の内容が凄まじいからな」

山内はマスクの上から鼻を掻きながら、先週行われた本会議の徳川家康首相の所信表明演説の原稿をめくって苦笑した。

「補正予算50兆の上積みだ。この間60兆積んだばかりだから100兆超えだ。内容も凄い、新宿歌舞伎町の再開発に、国営の農業事業、そしてリモート博覧会だ。感染症対策の枠を超えた予算組みだ。野党にとっちゃつっこみどころ満載だろう」

「緊急事態宣言下での新選組の行動にも批判を浴びせてますからね。やりすぎだって」

鳥川も興味津々といった体で、山内に続いた。官僚の問答集なしにどうやって最強内閣が野党の追及を乗り切ろうというのか。現在、圧倒的議席数を誇る与党であるから数の論理で法案は通るだろうが、最強内閣が野党の追及にあたふたする姿を見せれば一気に国民の不満が噴き上がる可能性もある。


「そろそろ始めるぞ」

小野の指示が入り、スタジオは本番を前に一気に熱を帯びた。

番組がスタートし、出演者などの紹介を終え、今回のリモート国会の仕組みを簡単に伝える。

予算委員会に出席する家康たち閣僚は首相官邸の特別室に控え、衆議院議員は、政府が用意したアプリケーションで、リモートで自宅からつないで出席することになっている。

「つながりました」

フロアディレクターから指示が届いた。

画面はすぐさま、首相官邸から配信される映像に切り替わった。

冒頭から30分はそのまま中継することが内閣から要望として届いていた。

委員会がスタートする。特別室に設けられた委員長席には人ではなくモニターが置かれ、画面上にリモートで出席している委員長である中村《なかむら》航一郎《こういちろう》の映像が映し出される。中村は政権与党の長老的存在だ。中村は、きっちりとスーツを着て、緊張した面持ちだ。

一方、徳川家康総理大臣を始めとする国務大臣はずらりと特別室に居並んでいる。

「これが……最強内閣か……」

モニターを見つめながら中村は呟いた。スタジオの理沙も画面を食い入るように見た。

スタジオには視聴者がわかりやすいように、すべての国務大臣の肖像画や写真が並べられている。原則的にはホログラムのもとになっているのは、写真、肖像画、あとは文献などの記述なので、大きくかけ離れているものはないが、それでもホログラムが映し出すリアリティは、衝撃的であった。時代を超えた英傑がずらりと揃う姿は、現実離れしているのに不思議な説得力がある。

そして、その対比として、衆議院議員の席の代わりにリモートの画面が並んでいる。議員たちはめいめい自宅からリモートで参加しているのだが、何人かはリモート接続できなかった者もいるようで、その者の画面は、与党は緑、野党は紫で名前と共に大きく示される仕組みになっている。与党側はほんの数名だが、野党の方は少なくない人数が紫になっている。

「野党の方は欠席者多いですね」

「政治家はＩＴ音痴が多いからな。ただ与党の方は事前に徹底して議員に対してレクチャーが行われたようだ。内閣からかなり厳しく参加に対しての注意が伝達されていたようだ」

「そうなんですね」

「せっかくのチャンスなのに野党は詰めが甘いな」

鳥川はそう言って、画面を凝視する。

「それにしても……すごいメンツだな……実感がないはずなのに、なぜか納得してしまう……」

「だって本物ですから」

「西村は龍馬に直接会ったんだったよな」

「はい」

「どうだった？」

「本物でしたよ。そうとしか思えませんでした。会話もスムーズだったし、仕草や反応も人間としか思えませんでした」

鳥川が信じられないというように首をふった。しかし、理沙は間近でこの目で見ている。記者会見と個人で会ったあの時間、そこにいたのは〝人間〟そのものだった。その感覚は説明しにくいが、人を人として認識したということを説明するのは誰にだって難しいはずだ。

そうこうするうちに、野党の代表による質疑の時間になった。

質問をするのは野党第一党の立民党の女性党首である常盤《ときわ》美子《よしこ》であった。タレント出身で野党第一党の党首にまでのぼりつめた彼女は、自己主張が激しくいい意味でも悪い意味でも目立ちたがりである。そして天性ともいえる度胸の良さがあった。彼女は野党を代表してのこの質疑が自分の存在価値を示せる絶好の機会と捉えていた。

彼女はリモートの画面の中で、彼女の代名詞ともいえる薄いグリーンのワンピースを着て、メイクも完璧に整えている。おそらく照明もきちんとセッティングしているのだろう。上品に画面にまっすぐな視線を送っている。

「総理にご質問致します。まずはこの巨額の補正予算をどこから手当てされるおつもりですか？　また国債ですか？　国債は国民の借金です。これ以上、国民に負担をせよとおっしゃるのでしょうか？」

常盤の質問に家康がゆらりと立ち上がり、演壇の方に歩く。おそらく日本中の人の視線が家康に注がれているであろう。画面に映る家康は、小柄ではあるが、時代小説によくあるような〝狸親父〟といった老人の姿ではなく、全身に生気が漲《みなぎ》っていて、威風堂々《いふうどうどう》とした姿だ。まさに〝覇王〟としての風格であった。

「印象が違うな」

画面を見つめている鳥川がぽつりと呟いた。

「本当ですね。まるで格闘家みたい……」

理沙も呟いた。家康の動きには隙というものがない。その大きな瞳は、相手の動きをすべて読み取り、いつでも攻撃に転じられそうな緊張感がある。

「そのことについては、担当する豊臣大臣に答えてもらうことにする」

家康は野太く、少ししわがれた声で言った。有無を言わせぬ口調で言うとそのまま席に戻る。

その家康に代わって、秀吉が軽やかに演壇に向かった。

「総理‼ わたくしは総理にお伺いしているのです‼」

常盤はヒステリックに叫んだ。

「その仕事はこの秀吉の仕事じゃ。わしが答えた方がよかろうて。おみゃーは激しいのう。茶々〈49〉もびっくりじゃ」

秀吉はド派手な金箔がちりばめられた着物をひらひらさせながら、常盤をからかった。

「それでは豊臣大臣にお聞きします！！ 50兆の財源をお示しいただきたい！！！」

特徴ある金切り声で彼女は叫ぶように質問した。その様子がおかしかったのか秀吉は大笑いした。

「えらい張り切っちょるのぅ。そんなに気張らんでええぞな。カネは、まずは国債で賄うこと

〈49〉茶々　秀吉の側室である淀殿のこと。本名、浅井茶々。

になるのう」

「だから、それは国民の借金なのです。我々の子供や孫が支払っていかなければならないのです。今は感染症の対策にだけ絞り、他の支出は極力抑えるべきです！」

「ほほう。それではおみゃーはどうすればよいと思う？」

「どうすればって……。まずはわたくしの質問にお答えください」

「おみゃーの質問には答えてやるが、おみゃーの考えも聞いてみたいのう。おみゃーら議員とやらは民に選ばれた者なのであろう。であれば、おみゃーもそれなりの考えはあろうて。もしおみゃーの考えが良き考えであればそちらにのってもええ。誰が考えたかなどどうでもよいのじゃ。いい案があれば使えばええ。されば聞かせてくれ」

秀吉に切り返されて、常盤はとたんにおどおどした。いつもならば、周りに仲間の議員などがいて、野次を飛ばし応援してくれるが、リモートだとその声は届かない。発言者のみの音声が活かされる仕組みになっているからだ。

「それは……」

「遠慮せんでもええ。かたちにとらわれるな。今は非常の時じゃ。さぞ良い考えをもっているんじゃろう。さぁ、言ってみるがよい」

「ま……あれですね……まずは、営業自粛に追い込まれるなど苦境に喘《あえ》いでいる中小企業に持続化給付金を支給する必要がありますし、飲食店などにも営業禁止するのであればその補償をせねばなりません」

「ほうほう。その財源はどうするのじゃ。もう国の金庫がからっぽじゃぞ」

「それは……」

「その持続化給付金と営業補償にいくら積むつもりじゃ? この病は、まだおさまらぬぞ。その間、生きていけるだけの金を払い続けるとしたらいくら必要じゃ?」

「いえ……それは……」

完全に秀吉のペースであった。

「質問する方が質問されてますね」

理沙は、秀吉の話術のうまさに感心した。高圧的でもなく軽妙な語り口は、龍馬とつながる部分がある。秀吉は信長や家康のように最初からリーダーとして生まれてきたわけではない。苦労に苦労を重ね、他人に仕え、利用し利用され、のし上がってきた人物である。人間の心理操作という意味では、現代の政治家など足もとにも及ばないといえばそこまでであろうが……。

「はぐらかさないで!! わたしの質問に答えてくださいぃいいい!!」

追い詰められた常盤は完全にヒステリーを起こした。

「そう怒るでない。美しい顔が般若《はんにゃ》のようになっとるぞ」

秀吉はカラカラと笑った。

「そもそもカネとはなんじゃ?」

秀吉は、謎掛けのように常盤に尋ねる。常盤は秀吉の質問の意図がわからず目を白黒させた。

秀吉は特に常盤の回答を期待していたわけではないらしく、言葉を続ける。

「カネは何かに換《か》えるものじゃ。米であったり、武器であったり……わしらの時代は銀が使われていた。今、お主たちが使っているカネはただの紙切れじゃ。紙切れが価値をもつのは、その紙切れが何かに換わる保証があるからじゃ。したがって、カネというものは、常に何かに換わらねばもとの紙切れになってしまうのじゃ。したがって、カネの価値はそれが発行されれば、何かに換わるものに使われねばならぬ。わかるか？」

秀吉はその表情を引き締めた。

途端に帝王の闘気が全身から溢れ出す。

「困った民にカネを配るだけでは、そのカネは何も生み出すものはない。したがってカネはもとの紙切れに戻るわけじゃ」

「秀吉はハイパーインフレ〈50〉のことを言ってるな」

山内が感心したように言った。政府が財政を賄うために通貨を発行しすぎると、その通貨の信用が失われ、物価が急上昇していく。これは財政破綻を起こしたギリシャなどが陥ったもので、第一次世界大戦で敗戦したドイツも、莫大な賠償金を賄うために通貨を大量発行しこのパターンに陥った。

「国にカネがなくても刷ればいくらでもカネは生み出せるが、それだけではどうにもならん。そのためにはそのカネを使って、新しいものを生み出さにゃならんわけじゃ」

秀吉は扇子でポンとおのれの頭を叩いた。

「たとえば新宿歌舞伎町じゃ。色街は、緊急事態宣言が過ぎてももとのように商売はできん。

かというて、その者たちを救済するために金を配っても、それは何も生み出さぬ。生み出さぬということは、ただ金の価値を下げるわけじゃ。ならばじゃ。商売ができぬ者を無理やり助けるより、その土地を買い上げ、金を渡してやり、そこに新しい街をつくる。街をつくればそこに新しい仕事が生まれる。そこで働くもよし、得た金で別の場所で別の商売をしてもよい。それであればその金は価値を生み出すのじゃ。さらにまちづくりに関わった商人は儲かるであろう。さすればそこから税がとれるわけじゃ。出しっぱなしにはならぬ」

「歌舞伎町をまちづくりから変えてしまうとは……。さすが天下人の発想だ」

山内は、唸った。たしかに秀吉の言う通りである。医療施設の増強は東京にとって喫緊の課題だ。通常であれば、ホテルなどの施設の代用を考えるだろうが、そこを公共事業として、歌舞伎町の再編に結びつける発想はなかなかない。家康から相談を受けた秀吉は、三成、重秀、そして信長配下である大久保たちに命じてこの案を考えさせた。

「歌舞伎町の再編ができれば、犯罪なども減りそうですね」

鳥川も秀吉の発想に感銘を受け、そう言った。歌舞伎町は色街特有の反社会勢力の根城である。そこにメスを入れるとしたらこのタイミングしかないかもしれない。

〈50〉ハイパーインフレ　急激にインフレが起こること。お金の価値が急激に下がり、物価が急上昇する。戦後の日本でもハイパーインフレが起こり、1945年の終戦から1949年末までに物価が約70倍になった。もし、物価が70倍になると、100万円で買えていた車が、7000万円になり、100万円の貯金は7000円の価値しかなくなる。

「それだけではにゃー。委員長。わしの考えを補足するために吉宗殿に援軍にきてもろうてえかの？」

「あ……はい……」

秀吉の勢いに呑まれたように中村は頷いた。常盤もあっけにとられた状態だ。

「吉宗殿！」

秀吉が演壇から、吉宗を呼んだ。

「暴れん坊将軍ですね」

理沙は、頭の中でテレビドラマでお馴染みのあの姿を思い浮かべたが、実際の吉宗は小柄で神経質そうな、それでいていかにも利かん気の強い武骨な視線をもった男であった。秀吉のド派手な衣装とは真逆の実に質素な着物を纏っている。質素倹約を旨とした吉宗らしい。

「このたび、我らは国家事業として大農場計画を提案したい。北海道、東北、北陸、山陰、四国、南九州に国家運営の最先端技術の大農場を設立する。そこに参加する企業や個人も同時に募集する。大権現さまにも進言したが、この国の食料自給率の低さは問題である。しかるにその品質の高さは目を見張るものがある。日本にとって農業は世界に通用する事業である。また、感染症にかかる恐れの低い事業でもある。危機管理上、東京一極の体制を変えるよい機会とも考える。新しい産業を起こし、カネの価値を上げるという豊臣大臣のお考えにも沿うものと考える」

「食いもんは世界中、どこにいっても必要なものじゃ。人は食わねば生きとれん。カネに価値を持たすには一番簡単なもんじゃ。わしゃ、吉宗殿の考えに一も二ものう賛成じゃ。仕事のないもんは参加すれば良い。何もせずカネを手にしてもそれはいつか尽きるもんじゃ。もし、いまの仕事が立ち行かねばまずは国の仕事に参加すればよいではにゃーか」

秀吉の言葉に、いきなり画面の右横にゲージが現れ赤いランプが勢いよく上昇し始めた。

「これはなんだ？」

鳥川が首を傾げる。

「発言に賛同すると、いいねボタンが押せるしくみが配信についている」

インカムから小野が鳥川に伝えた。赤いランプがあっという間にゲージの頂点に達した。

「国民の反応をじかに取り入れるわけだ。やるな……最強内閣……」

鳥川は、意外な内閣側の工夫に絞り出すように声を出した。こうなると、常盤の方も国民の反応が見えているだけにやりにくい。

「さらにじゃ。おみゃーらのいう財源をつくるためにはさらに国が商売をせねばならん。国が商売をして儲ければ財源ができるでにゃーか。そのこと、上様とわしとで考えた案がある。これは……あれじゃ……大久保!! おみゃーが説明せんか」

秀吉の独壇場である。秀吉はこんどは経済産業副大臣である大久保利通を呼び出した。大臣である信長は微動だにしない。大久保は洋装であり、その特徴的な髭をなびかせて歩いてくる。

「まさしく写真のままだな」

鳥川は、感動した。家康、秀吉、吉宗は肖像画や文献をベースに再現されているので、あくまでもイメージでしかない。しかし、大久保は写真が残っているため、その写真の人物がリアルに動くさまは、まさに伝説の人物の復活を実感させるものであった。

大久保は背筋をピンと伸ばし、その威厳あふれるオーラでカメラに向かって一礼をした。

「大久保。博覧会について話してやるが良い」

秀吉は大久保に命じた。大久保は秀吉に一礼をすると再びカメラに視線を向けた。

「りもーと博覧会なるものを行うべきと考えておりもす。この国には、あにめ、まんが、げーむなど世界に誇れる、こんてんつ、というものがありもす。それだけではない、この国ならではのこんてんつを、いんたーねっとを介して世界に知らしめることは、まさにこの国の新たな殖産興業でありもす。我らを復活させたこの技術を使い、我が国が世界に先駆けていんたーねっと大国の地位を築くこと。それは新たな産業と財源を生み出すものになると確信しておりもす」

「貿易で富を集める。これは国のあり方を示すものじゃ。特に人の移動のない、いんたーねっとは、国の命運を握るものじゃ。民間の企業を集めるのはもちろん、この国の才ある者はすべて集めて1ヶ月にわたる祭りを行うのじゃ。わしが上様と共に取り仕切る。醍醐《だいご》の花見〈51〉を超える度肝を抜く祭りを行うのじゃ！」

小野はこのタイミングで、スタジオに解説を求めた。

「山内さん。この豊臣大臣の政策はどう思われますか？」

鳥川が山内に尋ねた。

「まずは、財務省と経済産業省が一体となって政策をすすめるという部分が、今までの縦割り行政だった霞が関のあり方を大きく変える出来事でしょう。それはすなわち、徳川総理大臣、豊臣財務大臣、織田経済産業大臣の類まれなるリーダーシップがあってのことだと思われます」

山内の言葉は熱を帯びる。彼は、歴史にも造詣《ぞうけい》が深い。日本を代表する三大英傑を前にして興奮が抑えられないようだ。

「財務大臣たる豊臣秀吉は、歴史的に見ても桁外れのイベントプロデューサーであります。醍醐の花見もそうですが、小田原城攻め、朝鮮攻めの際に行った仮装大会などのスケールの大きさは当時では空前絶後のものだったようですし、世界は今、日本のこの内閣に対する興味が深い。相当の効果が見込めるのではないでしょうか。また、起案者の大久保利通は、日本で初めて内国勧業博覧会を企画し、大成功をおさめた人物です。この時、日本は西南戦争真っ只中でありましたが、大久保はその緊急時に際してもこの企画を推し進め、結果、この成功が日本が列強と肩を並べる国家となる礎となりました。成功すれば……という但し書きはつきますが、良い施策だと思います。たしかに日本に新たな産業、財源を生み出すことになるかもしれませ

〈51〉醍醐の花見　秀吉が没する半年前に京都・醍醐寺で開催した花見大会。今で言う「桜を見る会」。千三百人ほどの女性を招き、男性は、秀吉と息子の秀頼、前田利家のみだった。現代の花見の始まりと言われている。

ん。また、現状の閉塞感のある社会の中で極めて明るい話題となりますし、国民の理解も得やすいのではないでしょうか」

山内の言葉を裏付けるように、国民の賛同する赤ランプのゲージが頂点に達しっぱなしになっている。国民の賛同の勢いにすっかり常盤は意気消沈し、その後の質問にも勢いはなく、ただただ秀吉のスケールの大きさだけがクローズアップされることとなった。

常盤の次の質問者は立憲党の党首である木野《きの》俊夫《としお》であった。

木野は常盤のような正面対決ではなく、むしろ最強内閣の瑕疵《かし》〈52〉をつこうと考えていた。彼は、自粛期間中の新選組の行動について、内閣の考えを質《ただ》そうとした。

「総理。自粛期間中に起こった新選組の取締りですが、彼らの行為は人権を侵害するものであり、看過できません。法律に反したとはいえ、逮捕された方もまた国民です。新選組の行為について総理としてはいかがお考えなのか? そのことをお聞きしたい。これは総理にぜひお考えをお聞かせいただきたい」

木野は、上着をつけずワイシャツ姿で、トレードマークの大きな眼鏡を鼻の上に押し上げながら質問を行った。秀吉の切り返しをみて、木野はあえて家康に狙いを絞ったようであった。

家康は立ち上がり、再び演壇に立った。家康は秀吉のような明るさもなく、信長のような苛烈さもない。ただ、まさしく岩のような重厚さがある。

家康はカメラに視線を据えた。

「法とは目的があって定められるものじゃ。したがってそれを守ることは絶対である。まして今回の法は、戦における軍法と同じである。軍法は破れば本来は死を与えるものである。そのことを知らしめるためには、あの程度のことは当然である」

家康は明快に回答した。

「当然とはあまりに乱暴な言い方ではありませんか！　病は戦争ではありません!!」

木野は我が意を得たりと声を張り上げた。その木野に向かい、家康は表情ひとつ変えることなく、

「それならばそちは、この病はとるに足らぬものというのか？」

「そういうわけではありません。大変、深刻なものと理解しております。しかしながら、その中でも最低限の人権は守られるべきであると思うのです」

「死ねば権利などなくなるぞ」

家康は落ち着いた声で返す。

「良いか。決めたことは守らねばならぬ。守らなくても大したことはない……そう思えば人というものは法など屁《へ》とも思わぬ。法を守らねばどうなるか。それを示さねば、人というものは法の網の目を潜《くぐ》ろうとするものじゃ。……時にそちたちはこの評定の場にどのようなつもりで臨んでおる」

〈52〉瑕疵　欠陥や欠点のこと。

家康は矛先を変えた。木野は緊張した面持ちになった。家康の切り返しに乗ってしまえば先ほどの常盤と同じ憂き目にあってしまう可能性が高い。木野は返答に躊躇《ちゅうちょ》した。

「国会議員とは、民によって選ばれた者であるそうな。この評議もそちらの重要な仕事といえるな」

「……」


木野は家康の圧力に抗《こう》しきれなくなっていた。

そもそも戦国時代、常に死と背中合わせに生きてきた家康たちと同じ土俵で戦おうとすること自体が無理なのかもしれない。木野は、返す言葉に迷い視線を彷徨《さまよ》わせた。

「これを見よ」

家康が言うと、画面が議員たちが居並ぶリモート画面に移った。そして、その画面の中からピックアップされるような形でいくつもの画面がアップされた。

ふんぞりかえって座っている者、眠っている者、スーツを着ずにラフな格好でいる者……。緊張感のない議員たちばかりだ。

「やられたな……」

小野はブースの中で呟いた。ピックアップされたのは、野党の面々ばかりだ。与党は、事前に通達が行き届いていたのであろう。みな、スーツを着て、背筋を伸ばして着座していた。

「この姿こそが、わしが法を守ることを厳しくする所以《ゆえん》である」

家康は重々しく言った。

「民に選ばれ、国のために尽くさねばならぬ者ですらこの有様である。まして今は国の危急の時にあるのにかかわらずじゃ」

家康の言葉に何人かの議員は慌てて姿勢を正したが、居眠りしている者は、そのまま気づかずに眠りこけている。そうすると、今度は青のランプのゲージが一気にあがり始めた。

「これは……」

理沙がそのランプに気づき、声をあげた。

「国民の不満は、青いボタンを押せば反映されることになっているようだ」

ブースから小野が伝えた。青のランプが一気に頂点まで上り詰める。


「目をさませぇえええええええええ!!!!!」


突然、家康が吠えた。画面を通しても、その迫力、威圧、恐怖が伝わる怒号であった。おそらく戦場で何度も放ったであろう本物の武将の声であった。

その声に眠っていた議員たちは跳ね起き、中には派手にひっくり返る者もいた。まさに情けない姿を国民に晒すことになった。

「よいか。人というものは弱いものじゃ。理《ことわり》だけで動くものではない。政とは寛容さと厳しさの両面がいるのじゃ。権利などというものを振り回す前に、果たさねばならぬことをあたりまえに果たす。そういう世のけじめをつくることも我らの仕事である。したがって、時には容赦なく厳しいムチを振るうことも必要なのじゃ。わかるか」

家康は木野に対して、もとの平静そのものの声色で話しかけた。もはや木野は返す言葉もなくただうなだれるだけであった。


そこからあとはもはや徳川内閣の思うがままであった。予算委員会はさしたる抵抗もなく可決された。おそらく参議院も同じ状況に陥るであろう。

まさに政府与党の圧勝といってよい。

番組は、内閣称賛一色に彩られる内容となった。SNSなどの反応も高い政府への支持を示している。

そして、番組の終盤にサプライズがあった。委員会終了後に坂本龍馬官房長官が独占インタビューを受けることになったのである。もちろんインタビュアーは理沙である。小野の切り札がここで切られたわけだ。他局を出し抜いた渾身の一撃である。

龍馬は別室からリモートの形でインタビューに応じることになった。以前、理沙と面会したあの部屋である。

「おお!! おまんか!! ひさしぶりじゃのう! 相変わらず美しいのう!!」

龍馬は上機嫌で理沙に話しかけた。理沙は突然の龍馬の呼びかけに不覚にも動揺し、耳まで赤くなった。

「あの……官房長官。これは放送ですので……」

「わははははは！　堅苦しいことはぬきぜよ。美しいものは美しい。思ったことを口にするがわしの流儀よ‼」

「いえ……あの……早速ですが……質問させていただいてよろしいでしょうか？」

「おお！　なんでも聞くぜよ」

龍馬は、胸をポンと叩き、鼻に指を突っ込んだ。どこまでも破天荒である。

「官房長官として今回の国会をどう捉えられていらっしゃいますか？」

なんとか理沙は冷静に取材をまっとうしようとした。向こうのペースに合わせていたら、どんな方向に話がそれるかわからない。

「まぁ。あれじゃ。わしらとしてはやるべきことは早うやらねばならぬ。したがって、多少強引でも、今の規則の中ですすめにゃならんと思うておるが、その経過を国民の皆に知ってもらうこともまた大事じゃろうと思うてな。わしが首相にかけおうて今回のような形にしてもろうたんじゃ」

「中継は龍馬さんの案なんですね」

理沙は思わず親しげに龍馬に返してしまい、慌てて、

「すみません。それは官房長官の案なのですね」

と言い直した。

「わはははは！　龍馬でええきに。わしゃ、本来、官などにはつきとうないきに。今回はしかたのうやってるだけじゃ。官房長官などという風に呼んでもらうのは心外ぜよ。わしゃ、いつ

でもただの龍馬じゃき」

龍馬はそう言いながら、まるで理沙の顔をのぞき込むように戯《おど》けた表情で画面に顔を近づけた。

「しかし。今の政のしくみはまどろっこしいの。これを参院でまたやらにゃならん」

「国民の声が中継に反映されていましたが、あれはどなたの案なのですか？」

「ありゃ、秀吉公の案での。しくみを考えたのは滝沢馬琴と近松門左衛門じゃ」

滝沢馬琴《たきざわばきん》〈53〉と近松門左衛門《ちかまつもんざえもん》〈54〉。江戸期を代表する、現代でいうところの作家である。ふたりとも庶民の心を掴む天才であった。秀吉はこのふたりを起用して見事に国民の心を掴んだ。まさに抜け目のない策であった。あの仕組みは、委員会をライブ化させ、野党側を意気消沈させるのに大きな役割を担った。

「国民の声が直接伝わる素晴らしい案でしたね」

横合いから鳥川が入り、感想を述べた。龍馬は鳥川の言葉に少し微妙な表情を浮かべた。

「わしゃ、誰もが政に参加できるしくみはよいと思うておったんじゃがの……」

龍馬の少し奥歯にものが挟まったような言い方に理沙は少し不安をおぼえた。

「それはどういう意味でしょうか」

「わしは、日本をよい国にするには、志のある者は皆、政に参加すればよいと思うたぜよ。しかし、志のない者が政に関わるようになることがあるということは想像しておらんかった」

龍馬は少しだけ暗い表情になった。

「政は権力じゃき。与えてええもんと悪いもんがおる。大久保さぁなどはそう言っておるきに……」

「具体的に説明してもらえませんか?」

理沙は暗い表情の龍馬のことが気になって問いかけた。しかし、龍馬はもうその質問には答えなかった。

「とりあえずまもなく緊急事態宣言は解除ぜよ。これからは、新しい時代をつくらにゃならんきに。忙しくなるぜよ!!」

〈53〉滝沢馬琴　『南総里見八犬伝』で有名な江戸時代後期に活躍した作家。ほとんど原稿料だけで食べていけるようになった最初の著述家と言われている。

〈54〉近松門左衛門　江戸時代前期に活躍し『曽根崎心中』で有名な人形浄瑠璃と歌舞伎の作家。

天下の治乱は、将軍たる者の考え如何に
よってきまるものだ。大小、上下ともに、
人びとの心は、将軍一個人の正しい
考え方のもとに、なびき集まってくる。

徳川家康

『武《ぶ》野《や》燭《しょく》談《だん》』より

7

リモート万博開催

ウイルスより怖いもの

緊急事態宣言が解除された。

しかし、一律無制限に、というわけではなかった。東京、大阪、名古屋、福岡、北海道の大都市の繁華街の営業時間は22時まで、という制限が設けられ、外国人の入国規制措置は継続された。

また、政府は今後4月1日と同じ新規感染者数を記録するようなことがあった場合、再度ロックダウンが行われる可能性があることを示唆した。つまり、東京で1日の新規感染者が300人、全国で800人。この数字が基準として国民に浸透した。国民は再び外出と経済活動に制限がかかることを恐れて、各々が感染対策に注力しながら経済活動を再開させた。

そして同時に、第二波が来ることを想定し、医療施設に関わる公共事業をスタートさせた。公的な感染症対策専門の施設をつくるのである。その目玉として歌舞伎町の再開発が行われることとなり、この事業に対する入札が行われ、委託企業の選定が始まった。この取り組みで、緊急事態宣言の中、株価を下げていたデベロッパー企業は再び息を吹き返し、株価は一気に跳ね上がった。歌舞伎町の再開発には、「歌舞伎町の歴史を守るべきだ」などの反対意見もあったが、営業時間の制限がある以上、もとの形の経営は成り立たない。政府が立退料を支払うことにしていたので、概ねが店を畳むこととなった。歌舞伎町の再編は予想以上に早く進むことになった。

また、徳川吉宗が起案した「大農場事業」には、ＩＴメガベンチャーを始め、畑違いの企業も参加し、新たな大型雇用も発生し始めた。吉宗は、これを機会に長らく既得権益となっていた農協の改革も視野に入れていた。そのためにも、農業に徹底したＩＴ技術の導入を促進しようと考えた。生産から流通までの新しい仕組みをつくりだそうとしていた。その吉宗の構想は、経済産業大臣の織田信長にも共有された。さらに、その農産物を有力な輸出品とするために、足利義満外務大臣も官僚たちに外交ルートを使っての売り込みを模索するよう指示していた。

徳川内閣の実行力はすなわち、省庁間の連携であった。今まで何かというと縦割りで、権益を争っていたのが、各省庁トップに座った英傑たちの強烈なリーダーシップのもと、凄まじいスピードですべての政策が動き始めていた。

そんな中、唯一、異論が巻き起こったのが、感染症対策におけるＰＣＲ検査体制であった。

厚生労働大臣の徳川綱吉は、ＰＣＲ検査の対象をあくまで高熱が続く者だけとしたが、一部の医学博士を中心に「検査を拡充すべき」という意見も多く、議論が巻き起こっていた。緊急事態宣言が解かれ、ある程度の人の流れが戻ったことによって、感染者の数は少しずつ増えていた。

綱吉は、記者会見を開き、政府の考えを伝えることにした。この記者会見には官房長官である坂本龍馬も出席した。

「たしかにすべての民に検査を受けさせ、病の菌を宿している者をすべて隔離する。それができるのであればそれも良かろう。しかし、まことにできるのか？」

綱吉は居並ぶ取材陣を前に話した。

「まずは、この病には、菌を持っているだけの陽性者と実際に病の症状が出る感染者がおります。この区別は明確につけなければなりませぬ」

綱吉に副大臣である緒方洪庵が続いた。

「陽性者は必ず発症するとは限りませぬ。その者たちまで隔離することになると、その隔離場所やそれに関わる医療従事者の補充など到底間に合いませぬ。発症者にしっかりとした治療を施すにはそのための余力を十分に残しておく必要がありまする」

「命を救うには、重症者を一番優先にすることじゃ」

綱吉は語気を強めた。

「しかし、それでは感染を止めることにはならないのではないですか」

取材陣からの質問に綱吉はさらにその語気を強めて反駁《はんばく》した。

「よいか。一旦感染が広まってしまえば、病を完全に封じ込めることはできぬ。病というものは流行りがあり、その流行りがすぎるまで基本待つしかない。この病との戦いに勝つためには、持ちうる戦力を有効に使いながら、敵が衰退するのを待つことじゃ。手持ちの戦力には限りがある。その戦力を有効に使うことこそが軍略じゃ」

「この場合の戦力とは、医師、看護師など医療従事者とその施設、設備を指しまする」

「これはあえてはっきり申しておく。すべての命を救うことはできぬ。病は、この病だけではない。すべての病、またはそれ以外でも人は不慮の死を遂げる。それは神でも仏でも救えぬ。またそれを救えると言うなればそれは驕《おご》りじゃ。**我らにできることはいかに被害を少なく抑えるかじゃ。そのためには、最も危険なところに戦力を割く。これが我らの方針じゃ**」

「すべては救えない……はっきり言ったな」

小野が隣にいた理沙に耳打ちした。理沙は、国会中継の特番での龍馬への単独インタビューが評価され、この最強内閣の番記者のような位置付けで、プロデューサーの小野と共に抜擢されていた。

「でもその通りですね……」

理沙は小野の言葉に返答するでもなく呟いた。たしかに綱吉の言う通りだ。仮にPCR検査を国民全員に受けさせたからといって、ウイルスが消えるわけではない。検査にかかる費用も人数も莫大だ。あくまでも、「その時点で検査を受けた人が感染しているかどうか」がわかるだけである。検査を受けた直後に感染する可能性もある。しかも、検査には偽陽性、偽陰性があり、100%正確であるわけではない。それでもPCR検査拡充の声が大きくなるのは、大衆というものが不安に弱いからでもあった。本能的に検査で〝安心〟を得ようとする気持ちは理沙にも理解できた。

理沙は思い切って手をあげた。

「検査を受けられないことで不安を感じる国民も多いのではないかと思うのですが、そのあたりは大臣はどうお考えでしょうか？」

理沙の声に気づいた龍馬は、理沙に視線を送ったが、綱吉の手前、いたずらっ子のような笑みを送るだけに留めた。理沙の質問には洪庵が答えようとしたが、それを綱吉は押し止めた。

「不安は、検査ではなく、日頃の行いで取り除くべきである。今は、病と戦をしておる。戦に安心はない。おのれの行いに気をつけ、病にうつらぬように心がけよ。そのために、洪庵殿が毎日情報を発信しておる。我らは、できる限り病にかからぬようなしくみをつくる。検査は単なる気休めに過ぎぬ。気休めに貴重な戦力を割くことはできぬ」

綱吉の回答は明快であった。

「我ら政府は、経済産業省、文部科学省とも連動し、まずは通勤通学の人混み解消を行うことにしております。この緊急事態宣言で行ってきたりもーとわーくなる働き方を維持できる者は極力、継続すること。また、集会や飲食などの会合などの規制も続けまする」

洪庵が補足をした。

「良いか。いろいろな考え方があるであろう。しかし、めいめいが勝手な考えや判断で動いては勝てる戦も勝てぬ。今は、大権現さまを始め我らに従ってもらう。すべての責は我らが負う。

それが政というものじゃ」

綱吉はぴしりと言った。有無を言わせぬ態度は、やはり民主主義のリーダーとは違う封建時代の〝絶対的〟なリーダーの姿であった。この絶対的な態度は中途半端さがないぶん、不思議な安心感を与えてくれる。

その後の会見は粛々と進み、大きな混乱もなく終了が近づいた。


最後に龍馬が会見台に立った。

龍馬は理沙を見てにやりと笑った。そして理沙に声をかけた。

「ええ質問やったのう」

理沙はその龍馬の言い方に少しだけ反感をおぼえた。何か馬鹿にされたような気がしたのだ。

「何がよかったのでしょうか？」

龍馬という男は不思議な男だ。なぜか、すぐ隣にいる友人のような気持ちにさせる。理沙は、思わず取材というより個人の感情で反応してしまった。

「皆が聞きたいと思うたことを度胸よく聞いたがぜよ」

龍馬はまたおかしそうにくすりと笑った。そして次にその表情を引き締めた。

「おまんに聞きたいが、不安とはなんじゃ？」

「は？」

龍馬の質問に理沙は戸惑った。

「不安とは、何もせんもんがかかる病じゃ」

「病？」

「自分では何もできん。他人がなんとかしてくれるか、神さんがなんとかしてくれるか、すべて人任せじゃ。それゆえ心が弱くなる。自分がすべきことを自分で決めた人間はたいがいのことはなしとげられるぜよ。わしらは、黒船が来て、このままじゃあかんと思うた。思うたから命をかけて動いた。他人に決められて動いたわけでもなく、他人になんとかしてほしいとも思わんかった。だから世が動いたぜよ」

龍馬は理沙の目をもう一度しっかりと見た。

「この時代のもんはあまりに人任せじゃ。自分で動かねば、不安という病に取り憑かれ、何も考えんようになってしまうぜよ。その方が、流行病などよりよっぽど怖いぜよ」

龍馬は視線を取材陣に移した。いつになく龍馬は真剣であった。

「おまんらにも話があるぜよ。おまんらは人が見たいもん、聞きたいもんを流しちゅう。それがおまんらの役目じゃちゅう。しかしじゃ。おまんらが今やらないかんがは、この時代のもんみんなが自分で考え、自分のために戦うようにすることじゃ。何もかんも人まかせではいかんがじゃ。おまんらにはそのことを伝えてほしいぜよ。今は、皆が戦う時じゃき。他人に期待するだけじゃいかんき。自分に期待するがぜよ」

「自分に期待する……」

理沙は龍馬の言葉を噛み締めた。

龍馬はなぜか悲しい表情を浮かべて言葉を紡いだ。

「わしらがつくりたかったのはこういう平和ではないぜよ。わしらが流した血はこういう国のためではないきに」


財務省の吉田拓也が経済産業副大臣・大久保利通と共に、外務大臣である足利義満のもとを訪れたのは6月の半ばであった。秀吉がぶち上げた【日ノ本リモート博覧会】の開催が1ヶ月後に迫っていた。

博覧会の成功の鍵は、いかに海外の客を誘致できるかである。そのためには各国の首脳に掛け合い、ゲスト参加を呼びかける必要がある。それには外務省の力が不可欠だ。ふたりはそのために外務大臣である足利義満に協力を求めたのである。

「はて。そちはこの時代の者ではなかったかの?」

義満は部屋に入ってきた吉田を見るなり首を傾げた。それもそのはずだ。吉田は月代を剃り上げ髷を結い、羽織袴をつけていた。その姿はまさに江戸時代の侍そのものだ。

吉田は事務次官に昇格するにあたり、おのれを身も心も敬愛する秀吉、三成、重秀と同化すべく、身なりから生活習慣まで前時代のものに変えた。吉田のような秀才は、プライドが高く、おのれの考えに固執するが、一旦、相手に心服すると今度は極端なまでに崇拝《すうはい》する。真面目で勤勉であるが故に、一度信じ込むと、相手に同化するほどのめり込む。その姿は、見方を変えれば、まるで新興宗教にハマるエリートのようでもあった。

吉田は、山梨県の出身で父親は地場の銀行員であった。地元の町工場や商店街を相手に泥臭い営業を行う父親を吉田はあまり好きではなかった。そんな彼に父親は銀行という仕事がいかに大事かをことあるごとに語った。父親の仕事に対しては肯定する気持ちにならなかった吉田だが、金融そのものには興味を持った。生来、上昇志向の強かった吉田は猛勉強を重ね、東大を卒業し、財務省へ入省した。そんな息子を父親は手放しで賞賛してくれた。父親の喜ぶ姿を見て吉田は自分の生き方は間違いなかったのだと確信した。

入省したての吉田には夢があった。日本の金融の仕組みを変革し、日本の経済を立て直す。そんなスケールの大きい、そして志の高い仕事ができるものと思っていた。しかし、現実が吉田を打ちのめした。無能な大臣がコロコロ代わり、その度に意味のない小手先のアイディアレベルの政策を吟味させられ、そんな大臣に取り入るのがうまい者が出世していく。青臭いかもしれないが、吉田は理想と現実のギャップに苦しんでいた。

そんなときに現れたのが最強内閣であった。大臣である豊臣秀吉のスケールの大きさ、発想と行動力の凄まじさは勿論のことだが、吉田に大きな影響を与えたのは副大臣の石田三成と荻原重秀のふたりであった。ふたりはその異常ともいえる頭脳明晰さに加え、何よりも〝純粋〟であった。秀吉の考えを理解し、それを迅速に確実に行う。仕事でのみおのれを主張する。吉田から見てふたりは官僚の鑑《かがみ》であった。

吉田は、ふたりに少しでも近づきたいと思った。目標を見つけた吉田は、すべてをふたりと同化すべく没頭した。猛勉強し猛烈に働いた。睡眠時間は3時間を切り、誰よりも早く誰よりも遅くまで働いた。その働きぶりは現代の官僚だけでなく、江戸や明治の官僚たちまで舌を巻くものであった。彼の狂気にも似た働きは、先例のない彼の出世に対する反感を抑え込む効果があった。皆、吉田の行動、働き方の徹底ぶりを見て、ここまでやらなければこの政権では生き残っていけぬと解釈し、最近では吉田の真似をする若手も少しずつ増えていた。官僚には、江戸期や、明治の者も共に働いているので違和感が少ないというのも原因であろう。

「吉田君はもはやおいよりも古い時代の人でごわす」

普段、滅多に笑わない大久保が少しだけ頬を緩めて義満に言った。義満は、声をあげて笑った。

「物好きなものよのう」

「恐縮でございます」

吉田は頭を下げた。そして、義満を伏し目がちに窺った。義満は頭を丸め、金箔で飾られた法衣でその肥満した身体を覆っている。顔がとにかく大きく、色白の肌はぬめぬめと赤らんでおり、その中央に虎のような目が光っている。ひとことで言うなれば怪人だ。秀吉や信長とはまた違い、腹の底が読めず、一見するとなんのビジョンもポリシーも持っていないように見える。それでいて、揺らがない何かをその言動から感じるのだ。

義満は、前世でも怪物であった。足利政権発足時から不可能だと思われていた南北朝問題を解決し、勝手に日本国王として振る舞い、日明貿易《にちみんぼうえき》〈55〉によって巨万の富を生み出した。金閣寺などに代表される建築物は彼の権勢の表れでもあった。その実力をもって、天皇をも超える存在になろうとしたなどと取りざたされるに至ったが、その真意は謎のままだ。

ある意味では義満は昭和の政治家の匂いを持っているともいえる。田中角栄《たなかかくえい》〈56〉のような馬力と、中曽根康弘《なかそねやすひろ》〈57〉のようなしたたかさがある。理想よりも現実の利益を優先し、そのためには妥協もすれば、相手どころか味方を騙すことも厭わない。結果を導き出すという点において義満は、最強内閣の中でも抜きん出ている存在だ。

義満は、現代での外交でもその能力を遺憾なく発揮した。邦人の引きあげの簡略化と、日本に在留している外国人の退去という難しい課題を次々と交渉し各国首脳とまとめ上げた。世界は日本のAIとホログラムによって復活した英傑たちを信用しておらず、首相である家康との直接外交をなかなか行わなかった。また、家康も外交に関しては積極的ではなかったのでその部分はすべて義満が全権を握っているかのように振る舞ってまとめ上げた。独断専行《どくだんせんこう》も数多かったが、家康はすべてを不問に付した。

「各国首脳のご参加はかないますでしょうか?」

吉田は義満に尋ねた。

「アメリカは難色を示しておるな。あやつらは我らを徹底的に信用しとらん。韓国は不参加と申しておる。何せ豊臣殿が主催者じゃからな。中国はわしが丸め込んだ。したがって、韓国も最終的には参加するじゃろうて。しかし、ただでは参加せんぞ。ちゃんと見返りを渡してやらねばな。その点、財務省はわかっておるじゃろうな」

「もちろんでございます」

吉田は頷いた。参加してくれた国にはそれ相応の見返りを渡すことはすでに秀吉の許可を得ている。どの国も感染症の影響で大きく財政が落ち込んでいる。外貨は喉から手が出るほど欲しいのだ。

「飴《あめ》のかたちは何でも良い。要は飴を舐められるようにしてくれれば」

義満は言った。それがODA〈58〉であれ、国債であれ、貿易関税であれ、なんでもいいのだ。そのあたりが義満らしいところであった。

「あと、この機会が狙いじゃ。家康殿にはぜひ出席して各国首脳と顔合わせしてもらわねばならぬ。国の顔じゃからな」

〈55〉日明貿易　室町時代に足利義満が中国と正式に行った貿易。日本は、銅、金、刀剣、漆器などを輸出し、銅銭、生糸、織物、陶磁器、書籍（仏教経典）、香料などを輸入した。別名、勘合《かんごう》貿易。

〈56〉田中角栄　54歳で当時の戦後最年少の総理大臣に就任した昭和の政治家。膨大な知識と実行力を持つことから「コンピューター付きブルドーザー」や、高等教育を受けていないにもかかわらず首相にまで上り詰めた経歴から「今太閤」の異名を持つ。

〈57〉中曽根康弘　昭和の政治家。第71～73代の内閣総理大臣で日米同盟の強化や「三公社民営化（国鉄→JR、日本電信電話公社→NTT、日本専売公社→JT）」などを実行した。

〈58〉ODA　政府開発援助。先進国が発展途上国に対して行う無償または有償の経済援助のこと。

内閣の英傑たちのユニークなところは、家康を〝盟主《めいしゅ》〟[59]としては認めていないところであった。あくまでも〝総理大臣〟という役割だと認識し、互いにその役割の範囲で動こうとしている。そもそも血で血を洗う権力闘争をくぐり抜けてきた者ばかりだ。主導権を争い、内閣内で抗争を行わないようにプログラミングされているといえばそこまでだが、それよりも、英傑たちはおのれの役割を演じることを楽しんでいる節があった。その傾向が一番強いのが義満である。

「今回の博覧会で一気にこの国の物産を売り込むのであろう。各国の首脳の機嫌をわしひとりでとるのは気が重いわ」

「その件については、すでに総理には根回し済みでごわす」

大久保が答えた。

「豊臣大臣の提案で、閣僚全員の仮装大会に総理もご出席する旨了承を得ておりもす」

「ほほほほ。あの鼠男は面白いことを考えるものじゃ。織田殿も参加されるのか？」

義満は愉快そうに嗤った。大久保は厳粛な表情を崩さず

「織田大臣も参加されもす」

と答えた。

「ほほ。あの織田殿がのう。それだけでも参加する価値があるわい」

義満は、右手に持っていた扇子でおのれの頬を軽く叩いた。

「大久保。吉田。この博覧会でわしは日本の商いを増やし、そしてこの世界で日本が先導的立

場になることを考えておる。そのためには、わしらのこの内閣の力を見せつけねばならぬ。他国の首脳は、おのれらの立場を守るために、争い事は起こさぬ。この事態で争い事を起こせば、あやつらもまたわしらのように過去の英雄たちにおのれの立場を奪われてしまうからの。うまく立ち回って、少しでも利を得ようとする。争わず巨利を得る。これがわしの考えじゃ」

義満はその虎のような目を細めた。

吉田は、義満の中に秘めた野心にこのとき初めて触れ、その考えに興奮する気持ちを抑えられない自分に気づいていた。

日本がこのパンデミックの中で、新しく先導的な立場を築く。それは壮大で、野心的な目標である。先人たちが成し遂げられなかったことを、今ならできるかもしれない。吉田は強く思った。

それから1ヶ月が経った7月の下旬。

最強内閣初の国内外に向けての一大イベントともいえる【日ノ本リモート博覧会】が1ヶ月にわたり開催された。ちょうど東京でオリンピックが開催される予定だった時期である。義満

〈59〉盟主　同盟・仲間内で中心となる人物。リーダー格。中心人物。

の外交努力もあり、実に130カ国のゲスト参加があり、開催期間中に徳川家康首相は、フランス、イギリス、ドイツ、イタリア、カナダ、中国、ロシアなどと首脳会談を行った。また、アメリカは大統領の表敬訪問に留まったが、それでも当初、不参加を表明していたアメリカをここまで引きずり込んだ義満の手腕はさすがというほかなかった。

また、家康と面談した各国首脳は、家康の重厚な交渉力とその聡明さに皆一様に驚きを隠せない様子であった。家康は日本の外交政策の方向性はあくまで「協調の中での独立性」だと明確に打ち出した。

家康の方針は大きくふたつである。

1・貿易の活発化に対して関税などの規制緩和
2・人的交流は最低限に留める（外国人の受け入れに厳格化）

貿易に関しては、積極的に行うべく規制緩和を進める一方で、外資系企業の日本法人の進出や、外国人労働者の受け入れには厳しい制約をつけることにした。これは、人間が大陸間を移動することによる感染拡大の防止の意味合いを含んでおり、各国も似たような状況であるため、大きな波紋を呼ぶことはなかった。それよりも積極的な貿易のための規制緩和に対する評価が大勢を占めた。

そういった外交的な動きはあくまでも博覧会の「裏側」の動きであり、「表側」の効果はさらに絶大であった。

リモート万博のオンライン来訪者は国内外合わせて実に1億人にのぼった。

日本のアニメや漫画といったコンテンツを中心に、コスプレや二次創作など「オタク文化」が前面に押し出され、撮影会や、コンテンツの即売会やバーチャル撮影会などが行われ、アイドルライブを始め能や歌舞伎などの伝統芸能のライブ配信も数多く行われた。また、最新のVRによる観光地の来訪体験は京都を始め、日本の風光明媚《ふうこうめいび》な観光地を網羅した。また、その観光地の名産品がその場で購入できる仕組みを装備した。

さらには〝eスポーツオリンピック〟と題して、プロゲーマーのトーナメントを行った。これは賞金総額10億円という規模で、世界中のプロゲーマーが集結した。この中継には世界中からスポンサーが集まり、空前の盛り上がりとなった。


「秀吉はとんでもないプロデューサーだな……」

小野は番組会議の席上、こう呟いた。もちろん大日本テレビは毎日、このリモート博覧会の中継を続けている。当初、このリモート博覧会がここまでの盛り上がりを見せるとは思わなかった。何せ、中心人物は皆、過去の人物だ。運営するのは官僚であり、民間人からのプロデューサー起用は行わなかった。統括プロデューサーは豊臣秀吉がつとめ、現場責任者には大久保利通、石田三成がついていた。正直言って、的外れのものになるのではないかと危惧していたのが本音であった。

「我々より、遥かにＩＴに詳しかったですね」

鳥川も称賛とも呆れともつかない口調で言った。前回の補正予算の中継メンバーで、最終日の最強内閣閣僚全員が参加する仮装大会の中継特番を行うことになっており、この会議には理沙も出席していた。

「財務事務次官の吉田さんと、財務副大臣の荻原重秀さんが、格闘ゲーム部門で準優勝したんですよね」

理沙は、資料をめくりながら言った。財務副大臣である荻原重秀が格闘ゲームの「ロードファイター」にアバターとして出場し、事務次官の吉田が荻原を動かす形で、並みいる世界の強豪をなぎ倒し、準優勝をおさめ賞金８千万円を獲得し、その場でユニセフに寄付するという派手なパフォーマンスを行い話題をさらった。

「とにかくやることが派手だな」

小野はそう言って苦笑いを浮かべた。やることが派手な上に抜け目がない。例えば、このイベントでの決済はすべて仮想通貨である「ＫＯＢＡＮ」で行った。世界中の通貨を「ＫＯＢＡＮ」に変換する。また「ＫＯＢＡＮ」はイベント終了後も使えるため、莫大な量の外貨が「ＫＯＢＡＮ」に換金された。

「外国の企業にアニメ制作会社やイラストレーターを紹介する斡旋《あっせん》事業も行っている。ネットだと、現地に行かなくてもいいからな。通訳や価格交渉も国が補助するらしい。これも大当たりだ」

「最初に各国に参加してもらうために渡したお土産代なんか、すぐに回収できそうな勢いだな」

解説委員の山内が痛快そうに笑った。

「XR観光〈60〉でも特産品が飛ぶように売れてるそうですね」

理沙は資料から目を離さずに言った。高知は、龍馬自らが観光大使として、来訪者への対応にあたっている。

「そもそも閣僚全員がIT技術の塊だからな。現実よりネットの方がしっくりくるんだろうな」

鳥川の言葉に小野が反応した。

「彼らを生み出したシステムって誰がつくったんだろうな……」

「え?」

理沙は意外な小野の言葉に驚いて資料から視線をあげた。

「不思議なんだよな。これだけの凄まじいシステムを生み出した人間の姿かたちが見えないというのがどうもな……」

〈60〉XR観光　VR(仮想現実)、AR(拡張現実)、MR(複合現実)など現実空間と仮想空間が混合した空間拡張技術の総称がXRで、XR観光は、どこにいても体の不自由な人でも旅の擬似体験ができるサービスとして注目されている。

「それは国家的秘密でしょ。表に出るわけないんじゃないですか？」

「うーん。それにしても……」

「内閣発足のときは、民間と共同のスーパーコンピューターでできたといってたな」

山内が記憶を辿《たど》るようにして言った。

「それ以上の情報はなかったんじゃないかな」

「まぁ、いいじゃないですか、そこは。今や日本は一気にＩＴ大国ですよ。人が実際、移動しなくてもこれだけの大イベントができる。それはすごいことですよ！」

鳥川の少し的外れなリアクションで、この話題はなんとなく尻すぼみで終わった。小野は、この問題にまだこだわっていたが、イベントの中継が近づきそれどころではなかった。


日ノ本リモート博覧会のラストを飾った内閣閣僚全員が参加する「大仮装大会」のスケールはまさに絶大であった。

まずは、経済産業大臣の織田信長がドラキュラに扮して「敦盛《あつもり》」を舞った。敦盛は、「人間、五十年」で有名な信長が特に好いていたと言われている演目である。信長の魔王然とした佇まいはドラキュラとマッチングし、大オーケストラの奏でる演奏で舞う信長の〝美しさ〟は荘厳でさえあった。

その信長に続いて、秀吉が花火を打ち上げ、花咲爺さんを演じた。花ならぬ美しい花火が現実の日本中の空に打ち上げられ、まさに壮大で華麗な世界を映し出した。

信長、秀吉を皮切りに閣僚たちは次々と演じていく。

そのラストを飾ったのは首相である徳川家康である。

家康は、激しい炎とロックバンドの音楽と共に、次々と襲いかかる魔物を、得意の剣術で斬りまくるという、ゲームチックな演出でド派手に締めてみせた。魔物は伝染病であり、その伝染病を倒すという物語を表していた。家康の超人的な剣技は、視聴者の度肝を抜き、同時にその力強さに日本人は感動し、外国人は畏怖の念を持った。

こうして豊臣秀吉が主導した【日ノ本リモート博覧会】は大成功のうちに幕を下ろした。

何事も末々のほうで
伝えちがえることが、
世の中には多いから、
公の触れごとは、
まちがわぬように心がけよ。

徳川家康

『永《えい》日《にっ》記《き》』より

8

北条政子の演説と解散総選挙

言葉は刀である

それはひとつのツイートから始まった。

野党である立民党の衆議院議員が、

〝最強内閣などまやかし。

そろそろ目をさまそう。コンピューターではなく人による政治を〟


と投稿し、これが一定のひろがりをみせたのである。もっとも、この手のツイートは今までもあったのでさしたる問題ではないようにも思えた。

しかし、そこにある事件が起こった。

このツイートに反論したある若い女性タレントに向けて、「政治を勉強してから言え」「バラエティで馬鹿な発言して稼いでるのに、今さらでしゃばんな」などと、一部の悪質なユーザーが誹謗中傷を繰り返した。

彼女は普段から、歯に衣着せぬ物言いでときに炎上することもあったが、毎回気にしていない様子で、その姿が若者から一定の支持を得ていた。しかし、今回ばかりは異常であった。アンチが今回の政治の発言とは関係のない、男癖の悪さだの、学生時代不良だっただのとあることないことを書き込み、挙句の果てには、ポルノ映像まで投稿された。その映像は本人の映像であるはずがなかったが、瞬く間に本人映像として広がり、さすがに数時間後には削除された。そして、その2日後にその女性タレントが自ら命を絶ってしまったのである。


この悲劇は、最強内閣にある〝変化〟を起こすことになった。

「徳川殿。国民の妄言《もうげん》についてどうお考えか？」

毎週火曜日の閣議でのできごとだった。

唐突に信長が家康に話しかけた。

「妄言と申しまするると？」

家康はいつものゆったりとした口調で聞き返した。

「それは徳川殿。あれじゃ。このたびのついったーとやらでの野党の能無しの発言と、それに言い返した若い娘が死んだ騒動のことじゃ」

信長の代わりに秀吉が補足した。内閣が発足して6ヶ月が過ぎようとしていた。この頃になると、閣僚たちはほぼ現代の仕組みについて習熟していた。

「そろそろ好き放題言わす時期は過ぎたのではないか」

信長は語気を少し強めて言った。

「左様じゃな。妄言流言を放置するは、治世の乱れじゃ」

義満が続いた。封建時代においても民たちは不満があればそれを口にすることは少なくなかった。芝居や、浮世絵などで批判を展開することは行われていた。時の為政者において、寛容なときもあれば厳しいときもあった。

「わしの時代であれば、一族もろとも串刺しにしてやるのだがのー」

秀吉が物騒なことを言った。秀吉は、戦国武将の中では比較的残虐性の少ない人物であったが、民衆の自身に対する批判には苛烈な取締りを行った。彼の政務所でもあった聚楽第《じゅらくてい》に彼を批判する落書きが発見された際には、警備に当たっていた者を含め、100名近い人間が磔《はりつけ》などの死刑に処された。

「徳川殿。このまま捨て置くわけにはゆくまい」

信長が例の底無し沼のような瞳で家康を見つめた。

「しかし……そういうても、死刑にするわけにはいかんぜよ」

龍馬が声をあげた。龍馬は封建時代の終わりに生まれ、その封建的権威の打倒を目指した男だ。言論を無闇に圧殺しようとすることには当然反対である。

「そうじゃろ。頼長さま」

龍馬は、法務大臣である藤原頼長に意見を求めた。

「現行の法律では、言論の自由が認められておる。これを法律で縛るのであれば、法の改正が必要であろうの」

頼長は冷静に答えた。頼長は〝法〟こそ国の根幹と考えている。当然の見解であった。また、この最強内閣をコントロールするＡＩには法の遵守がプログラミングされている。

「法の改正までは必要なかろう」

信長が静かに言った。

「それではどうするぜよ？」

龍馬は首を傾げた。

「北条殿」

信長は総務大臣の**北条政子**《ほうじょうまさこ》に目を向けた。この内閣で唯一の女性閣僚である。

北条政子（鎌倉時代）鎌倉幕府を開いた源頼朝の妻。頼朝亡き後、尼となって政治を決裁し、「尼将軍」と呼ばれた。享年68。

「ＳＮＳは総務省の管轄でござったな？」

「左様でございまする」

尼姿の政子はそっと頭を下げた。

「ここはひとつ北条殿から、国民にお声がけをいただけぬか？」

「私がですか？」

政子は首を傾げた。浅黒い肌に切れ長の目と、やや下ぶくれの輪郭とふくよかな体。現代の感覚からいうと美人とは言い難いが、凛とした気品はさすがだ。この英傑たちの中に入るだけのことはある。

「おお！　そりゃええ。御台所《みだいどころ》に声をかけてもらえば民どもも納得するじゃろうて！」

秀吉が膝を打って、賛同した。政子は首を傾げたまま思案を続けていた。夫、頼朝亡き後、朝廷の巻き返しによって絶体絶命に陥った鎌倉幕府を救ったのは、政子の血涙《けつるい》振り絞る名演説であったと言われる。政子は単に頼朝の妻というだけではなく、鎌倉幕府の象徴的存在であった。彼女の存在がなければ鎌倉幕府は短いひとときの夢として散っていったであろう。

「たしかに御台所は担当大臣じゃ。直接、民に申し聞かせることはよきかと思われる。法の改正をしばしば行うのは避けた方がよろしい」

法の番人たる頼長も頷いた。

「それがえい。わしゃ、なんでもかんでも禁止するのは好きではないぜよ。言うて聞かせるのが一番よいきに」

龍馬は、信長が予想に反して穏便な方法を選んだことに違和感をおぼえたが、いずれにせよ乱暴な方法を取らないことには大いに賛成だ。

「なんとか引き受けてもらえんかの」

龍馬は政子に拝んでみせた。

「総理大臣はどうお考えでしょうか？」

政子は、家康に尋ねた。家康は、政子に向き合うとゆっくり頭を下げた。

家康は江戸幕府を創設するに当たって、最も参考にしたのが鎌倉幕府であり、自身のあり方を重ね合わせたのが源頼朝であった。家康は頼朝を尊敬する人物として公言している。それゆえ、政子に対しての態度も尊師《そんし》に接するごとく丁寧である。

「御台所さま。お手を煩わせますが、お願い致したく」

家康は言葉のあと、さらにもう一度深く頭を下げた。

「総理大臣の仰せならば、かしこまりました。微力ながらやってみましょう」

政子はにっこりと微笑んだ。

それから数日後、総務大臣北条政子の記者会見が行われることになった。内容は明らかにはされていなかったが、自殺した女性タレント関連であるのは、事前に漏れ伝わっていた。

政子が何を語るのか。

国民の注目は一気に高まった。テレビのワイドショーも連日、この自殺問題を扱っていた。そこに最強内閣が絡んでくることになり緊迫感が一気に増した。当然、大日本テレビでもこの問題については大きな関心を寄せているわけで、そこには〝最強内閣の担当記者〟的な扱いになっている理沙も駆り出されていた。

「小野さんの件聞いたか?」

先日の龍馬の会見でも一緒だった相方の関根が理沙に小声で話しかけてきた。

「うん。担当から外されるらしいね」

他局のライバルたちも近くにいるので必然小さい声になる。

最強内閣取材班の事実上のトップであった小野の左遷《させん》が発表されたのは昨日のことであった。

小野は制作局を外れ、大日本テレビの企画ツアーなどを扱う子会社に出向となった。突然の出来事であり、昨日から局内はその噂で持ちきりであった。

「なんでも、最強内閣をつくったプログラムチームをしつこく探し回っていたのが上層部の逆鱗に触れたそうだ」

関根が訳知り顔で言った。たしかに小野は、この最強内閣を生み出したチームについて異様な関心を示していた。世界を変える可能性のあるこのプログラムは、国家レベルの秘密となっている。プログラムチームはおろか、どういう組織や企業が関わったのかまで完全に隠されていた。小野がその秘密を独自で探っていたことは理沙も知っていたが、そのことがそれほど上層部の怒りを買うとは思ってもみなかった。

「内閣からクレームがあったのかな?」

理沙は龍馬の顔を思い浮かべながら言った。龍馬を含めて最強内閣の面々がそういうことを行うとは少しばかり意外であった。

「いや。クレームを入れてきたのは日本党の中野のようだ」

「中野幹事長〈61〉？」

理沙は首を捻った。コロナに感染し亡くなった木村の後を継いだ人物だ。中野の顔を思い出す。しわの多い人のよさそうな老人の印象が蘇ったが、特に何かをなした記憶はない。最強内閣誕生後の日本党は一切、余計な動きはしなくなった。最強内閣を支える完全な黒子となったといってもいい。それまでは支持率の下落傾向に苦しんでいたわけだから、あたりまえといえばあたりまえだが、それらの指示はこの中野幹事長から出ているようであった。

「まぁ、与党にしてみりゃ、やることなすことうまくいってる内閣の近辺を嗅ぎ回られるのは面白くなかったんだろうな。うちの上層部は最強内閣寄りだから、上層部としちゃ見過ごせなかったのかもな」

関根はそう言うと大きく伸びをした。理沙はそんな関根を無視して考え込んだ。最強内閣発足以後、大日本テレビの硬派な報道の姿勢は業界内からも評価が高かった。

たしかに小野は余計な詮索をしたのかもしれない。しかし、この最強内閣がどうやって生み出されたのか、それをここまで隠さねばならない理由とはなんだろう……。そこには、今後の世界に大きな影響を与える何かがあるような気がした。理沙は小野がこの問題に異常に興味を示した理由が少しわかる気がした。

〈61〉幹事長　政党内の役職名。その政党のトップが代表や総裁と呼ばれるのに対してトップ2が幹事長。与党の場合、総裁は内閣総理大臣になるので、幹事長がその政党内で大きな力を持つ。

「お。出てきたぞ」

考え込んでいた理沙の肩を関根がつついた。理沙がハッとして顔を正面にあげると、陽炎のように記者会見の演台の前に北条政子の姿が現れた。

以前の補正予算案を審議する予算委員会に政子は出席していたので、その姿を目にしたことはあったが、理沙はこうして間近で政子の姿を見るのは初めてであった。政子は法衣《ほうい》〈62〉に身を包み、尼の姿をしている。化粧っ気はなく、色黒の肌に少し緑がかった瞳が特徴的だ。現代の女性政治家のようなわかりやすい勝ち気さは見えず、物静かでそれでいて芯の強さがはっきりとわかる佇まい。女性の理沙から見ても魅力的であった。

今回の記者会見は、質疑応答の時間はとられてはいない。最初から一方的なメッセージの伝達であることは決まっている。それだけに皆、政子の言葉の真意をどう受け取るか、真剣であった。今回に限らず、最強内閣の閣僚の言葉は、単なる言葉遊びではない。必ず実行される宣言である。国民にとってそれが耳ざわりの良いものでなかったとしてもだ。人の上に立つ者が発する言葉の〝重み〟。そのことを毎回思い知らされる。

「総務大臣の北条政子でございます」

政子は静かに口を開いた。柔らかな、そして落ち着きのある声だ。まるで、乳飲み子に話しかける母のような優しい声でもある。

「このたびは私から国民に対して話したき儀があります」

政子はほんの少し微笑んで言葉をきった。そして表情を引き締める。政子の前の無数のカメラがその表情を捉えている。このカメラの向こうには、やはり無数の国民の視線があるのだ。

「若い娘の命が無惨《むざん》に散ってしまったことについてです」

政子はそう言うとそっと掌を胸の前で合わせた。

「私たちの時代は常に死と隣り合わせでした。したがって死の重みはこの時代よりも軽いのかもしれません。しかし、このたびのこと私は見逃すわけにはいきませぬ。かよわい者を皆で打ちのめし死に追いやる。その醜い心を許せないのです。かの者にも父母があり、愛する者がいたでしょう。その悲しみはいかなるものか。私にはその気持ちが痛いほどわかる」

政子は胸の前で合わせた掌を握りしめる。

「私には夫、源頼朝との間にふたりの息子がいました。頼家《よりいえ》と実朝《さねとも》です。ふたり共、可愛い息子でした。しかし、ふたりの息子は激しい権力闘争の中で命を落としました。そのときの私の悲しみは海よりも深く、闇よりも暗いものでした。立つことも息をすることもできぬほど……いつの時代でも愛する者を失う気持ちは変わらぬものです。今、私はここに亡くなった娘に対する祈りを捧げまする……」

理沙は穏やかな言葉の裏に燃え盛る政子の怒りを感じた。口調は変わることなく淡々としているが、ひとつひとつの言葉が重みを持って耳朶《じだ》を打つ。

〈62〉法衣　僧侶、尼僧が着用する制服のこと。

「私たちは、もはや死んだ人間です。この時代で成し遂げたい個人の想いなどは何もない。富も名誉もなんの役にも立たぬ無用の長物です。私たちの願いはこの時代に生きる者の幸せだけです。幸せを手にするためには戦わねばなりませぬ。かつて、鎌倉幕府が朝廷により逆賊《ぎゃくぞく》とされ追討を受けることがありました。皆、動揺し、恐れ慄《おのの》いた。鎌倉幕府は、私の夫、頼朝と、私の愛する息子たち、そして関東の武者たちの犠牲の上に成り立ったものです。私は断固として戦うことを決意しました。弓も使えず、槍も扱えぬ私が持てる武器は言葉だけでした。私は言葉を発し、鎌倉武士に問いかけました。承久《じょうきゅう》3年のことです。お上と戦うことが正しいことかどうかはわかりませぬ。しかし、大切な者を守るために戦ったのです。そのことを今も私は後悔していません」

承久3年。鎌倉幕府、特に実質的な権力を握る北条一族に対する反感をおぼえていた後鳥羽上皇は、関西の武士団を煽り、鎌倉打倒を訴えた。ここに朝廷からの宣旨《せんじ》〈63〉が発布され、鎌倉方は一気に朝廷の敵となるのだが、この危急《ききゅう》に際し、尼将軍と呼ばれた北条政子が伝説的な名演説を鎌倉御家人に行い、この言葉に感涙した鎌倉方は怒涛の進撃を行い瞬く間に朝廷側を打ち破った。これが承久の乱である。ひとつの演説がここまで劇的な逆転劇を生み出したのは、日本史上でも類を見ないことであったと言えよう。

「言葉は、100万の軍勢にも勝る力を持つこともあります。そのことを私は身をもって知っています。言葉は刀であり槍であります。亡くなった娘は何百万という軍勢になぶり殺しにされたようなものです。この時代は誰もが好きなことを言ってもいいとされています。それは、誰もが抜身《ぬきみ》の刀や槍を持っているのと同じなのです。私は、そのことをまだ禁じようとは思いませぬ。しかし、皆、わかってほしいのです。剣を振るっていいのは、おのれの大事な者を守るためだけです。いたずらに人を傷つけてはなりませぬ。正義、不正義ではない。病から人を救うのと同じです。病で死ぬ者も言葉で死ぬ者も、防げるものならば防がねばなりませぬ。人を面白半分に殺めるような残忍な心を持ってはなりませぬ。私たちは今までにたくさんの愚かな過ちを犯してきました。かくいう私も愛する息子を守れなかった愚かな母です。私たちの過ちの上に成り立つこの時代の皆が、また愚かな過ちを犯すことを私は座して見ることができませぬ。憐《あわ》れな娘の死を無駄にしてはなりませぬ。皆、戦うのです」

政子はキッパリと言った。その瞳から一筋の涙がこぼれた。理沙は呼吸をするのも忘れるくらい胸を締め付けられた。政子はその涙を拭うこともなく、声を振り絞った。

「戦うのです。おのれの醜《みにく》い心と」

政子の演説は国民の感動を呼んだ。自殺した女性タレントを誹謗中傷した者たちは、批判を恐れ次々とSNSのアカウントを削除した。それでも中傷した者たちを晒《さら》しあげようとする動きもあったが、政子は立て続けにそれを止めるように諭す声明を発し、それに共鳴するように著名人たちが、SNSを健全化する運動を開始した。メディアはそれをこぞって後押しした。

〈63〉宣旨　天皇の命を下に伝える文書。

その結果、SNSではネガティブな意見を発信するのが御法度《ごはっと》のような空気が生まれた。日本人特有の同調心理が強烈に働いたのである。

同時にその空気は、最強内閣に対する無条件の崇拝を生み出し始めていた。

〝死んだ者には富も名誉も関係ない〟

政子の言葉は、国民に最強内閣であれば政治に不正や腐敗が起こるはずがないと信じ込ませた。なぜなら彼らは死んでいるのだから。最強内閣に任せておけば何も心配ない。最強内閣への信頼は絶大なものになろうとしていた。

〈武士を突き動かした政子の言葉〉

後鳥羽上皇の、鎌倉幕府執権・北条義時《よしとき》追討の命令に、当時、3代将軍源実朝《さねとも》が暗殺され、リーダー不在であった鎌倉幕府は大いに動揺した。この時、鎌倉武士団に対して発せられた北条政子の伝説の演説が以下である。

「皆、心をひとつにしてお聞きなさい。これが私の最後の言葉である。源頼朝公が平家を征伐し、鎌倉幕府を草創してから、官位も上がり、俸禄《ほうろく》（給与のこと）も上がり、その恩はすでに山よりも高く海よりも深いはず。

その恩に報いようという志が浅くはありませんか。それが今逆臣によってあらぬ疑いをかけられている。名を惜しむ者は、早く逆臣を討ち取り三代将軍（暗殺された政子の次男・源実朝のこと）の眠る、この鎌倉の地を守りなさい。

ただし院方に参ろう（朝廷側につこう）とする者は、ただ今申し出るとよい。その者はこの尼を殺し鎌倉中を焼き払い、その後に京へ参るがよい」

政子の演説は、朝廷の命令という論理に対して、徹底的に情感に訴えるものであった。人間は追い詰められると、思考は論理より情感に傾くということを知り尽くした政子の渾身のパフォーマンスであった。頼朝と戦った日々というノスタルジーと一体感。そして何より政子自身を賭けた言葉の重みは鎌倉武士団の心に火を点けたのであった。

「こりゃえらい物々しい顔ぶれじゃ」

部屋に入るなり、龍馬は声をあげた。そこには総理大臣である徳川家康と財務大臣である豊臣秀吉、そして経済産業大臣である織田信長がいたからだ。北条政子の記者会見が行われた夜のことである。

「坂本。そちに聞いてもらいたいことがある」

家康は龍馬に向かって言った。相変わらずその表情は変わらない。秀吉はニヤニヤしながら龍馬を見ている。信長は龍馬には一切視線を送らず、相変わらず底無し沼のような瞳を宙に浮かせていた。

「なんじゃろか。あんまり物騒なことは聞きたくないのぅ」

龍馬は冗談めかして言った。

「解散総選挙を行う」

家康は、静かに言った。

「解散総選挙?」

「織田殿からの進言じゃ」

家康は視線を信長にうつした。信長は特に反応するわけでもなくまるで人形のように微動だにしない。

「上様のお考えはの。龍馬」

信長の代わりに秀吉が話を引き取った。

「北条の御台所の会見を受けての、ここが勝負とお考えになられたのじゃ」

「勝負……?」

「おみゃーもにぶいやつじゃのー」

秀吉は鼻に指を突っ込んで乾いた笑い声をあげた。

「この時代の議会制民主主義というもののバカバカしさはおみゃーも気づいておろう。民に媚びたものが、議員などというわけのわからん役職について、なんでもかんでも、反対じゃ！　反対じゃ！　と声をあげよる。おのれの立身のために民に心地えーことばかり言うて、いざとなれば知らんふりを決め込む。このような者共がいては国が正しいことなどできるわけはにゃー」

「しかし、それはしくみを変えねばならんのではないかの？」

「そこじゃ。そこじゃよ。龍馬」

秀吉は、龍馬に近づき、龍馬の肩をポンポンと叩いた。

「じゃからこそ解散総選挙なのじゃ」

秀吉は愉快そうに龍馬の目をのぞき込む。

「選挙をして野党を全滅させればいいのじゃ」

「この時代の戦は選挙である。ならばその戦いに勝つべし」

信長が甲高い怪鳥のような声を轟《とどろ》かせた。たしかに、現在の内閣の支持率は驚異の90％を超える勢いだ。しかし、議会の議席数は衆議院、参議院共に与党が過半数を占めているとはいえ、一定数の野党の勢力があるのも事実である。

「あの野党どものツイートを利用するのじゃ」

秀吉は目を輝かせている。やはり、戦国時代を生き抜いた者にとって〝戦〟はおのれを表現する最高の証なのかもしれない。

「北条の御台所の言葉が民を動かしている。今なればなすすべなく倒れるであろうて」

秀吉の言う通り、政子の演説は国民を動かした。国民は内閣を支持し、内閣に対して疑問を挟む声には厳しい排除が自主的になされた。日本人は集団合意の力が強い。ある意味、法による規制よりも〝その場の空気〟〝同調圧力〟の方がよっぽど強力だ。ことの発端となったツイートをした野党の議員はまさに何百万という言葉の刃で斬り刻まれ、ついにはアカウントそのものを削除することになった。この凄まじい嵐に野党は一斉に声を潜め、ひたすらこの嵐が過ぎ去るのを待っているような状況となっていた。

「愚かな者どもを選ぶか。我らを選ぶか。民どもに突きつけるのだ」

信長は感情を一切感じさせない声で言った。そして、改めて家康を見る。

「いかがじゃ。徳川殿」

信長は有無を言わさぬ態度であった。家康はその信長の圧力を静かに受け止めた。軽く目を閉じて考えると、大きく頷いた。

「解散総選挙を行う方針に揺らぎはございませぬ。明日、触れを出しましょうぞ」

「ならばあとのことはよろしく頼む」

信長はそう言うと立ち上がり、その姿を宙に溶かした。

「相変わらず上様はせっかちじゃの。龍馬。徳川殿がおみゃーに解散の話は先に聞かせねばならぬと申されてな。おみゃー、徳川殿に好かれとるな。徳川の世を終わらした者が、徳川の世を始めた者に気に入られる。まことにおかしなものじゃ。わはははは！」

秀吉は右手に持っていた扇子をひらひらと龍馬の鼻先で振って見せた。

「まぁ。戦となれば愚か者ひとりも生かしてはおかぬ。それが我らの考えじゃ」

にぃっと秀吉は不気味に笑うと、そのまま姿を消した。

部屋には家康と龍馬だけが取り残された。

「ひとつ聞いてもええじゃろか？」

龍馬は、家康に声をかけた。

「なんじゃ？」

「大権現さまは、どういうつもりで選挙をなさるんじゃ？」

「どういう？」

家康は目を細めた。

「信長公と秀吉公は、野党をこの際叩き潰して政を完全に我らの思うがままにするつもりなんじゃろうが、どうも大権現さまはそれだけではないように感じるぜよ」

「坂本。そちはこの時代の政をどう思う」

「そりゃ……あんまりええようには思わんぜよ」

龍馬は答えた。正直なところ、龍馬の目から見ても、今の議会制民主主義というものは、想像していたものとはかけ離れていた。

「わしゃ、誰もが政に参加できるのはええことじゃと思うちょるがです。それは今でも変わらん。じゃが、こんなものではないとも思うがぜよ」

「坂本。わしは、戦国という誰でも下克上できる時代に生まれた。それまでのしくみは終わり、どんな身分の者でも天下を狙えた。その最たる者が太閤秀吉殿よ。わしは天下を取って、その誰もが天下を狙えるしくみこそ、世の乱れになると思うた。それゆえ、人が定められた職に生きるしくみをつくった。そしてその時代は265年続き、そちによって終わりを迎えた」

「大権現さまは江戸のしくみがえいと思うちょりますか？」

龍馬は家康に尋ねた。もしそうであれば自分と考えは合わない。

「しくみというものは、必ず正しいというものはない」

家康は言った。

「しくみというものは……必ず正しいというものはない……どういう意味ぜよ？」

龍馬は首を捻った。

「わしが幕府を開き、世の安定を図ったときはあのしくみが合っておった。それだけのことじゃ。しかし、そのしくみが世に合わなくなったときにはしくみを変えねばならぬ。そちがやったことはそういうことじゃ。しくみが正しいのではなく、しくみと時代が合っているかどうかが大事じゃ。しかし、人はしくみが正しいと思い込んでしまい、時代に合わぬしくみも守ろうとする。愚かなことじゃ。わしはな、坂本。今、このしくみを一度変えるときではないかと思うておる。その意味ではそちがやったこととわしがやったことは同じじゃ」

「それでは大権現さまは今度はどういうしくみをつくろうとおもっちょるのかの？」

龍馬は身を乗り出した。日本史上最も長く平和な時代を築いた家康が今度はどんな仕組みをつくろうというのか。龍馬の好奇心は疼いた。そんな龍馬を見て家康はふっと笑った。

「まずは一度壊さねばならぬ」

「壊す?」

「今のしくみを一度壊してからでなければ次のしくみはつくれぬ。壊したあとに残るものを確かめねばならぬ」

家康は、ゆっくりとおのれの頬に手を当てた。

「壊すのは織田殿の仕事じゃ」

「信長公の?」

「あの御仁《ごじん》〈64〉とわしの考え方は違う。正反対と言ってもいいであろう。しかし、わしほどかの御仁を知っているものはおらぬ。壊すことに関しては天賦の才を持っておられる。まずは織田殿の策にのるということじゃ」

「その後は?」

「壊したあとの仕事はその時改めて考えねばなるまい」

家康は真剣な表情で言った。

「よいか、坂本。壊すのは一瞬でできる。しかしつくるには気の長い時間が必要じゃ。江戸の

〈64〉御仁　他人の敬称。人を敬っている語。おかた。

時代も、わしがすべてをつくったのではない。代々の者たち、綱吉や吉宗のごとく、綿々《めんめん》と続く者たちの努力で成り立ったのじゃ。壊したあとのこの時代を見極める。そちにも力を貸してほしいと思うておる」

「わしなぞが役に立つとは思わんぜよ」

龍馬は自信なげに首を振った。

家康は頬を緩めて笑った。

「ふふ」

「そちらしくもない」

「わしらしくない……？」

「そちならば喜んで新しい時代のしくみをつくろうと言い出すと思ったがの」

「わしは幕府を壊したあとにすぐ殺されてしもうたき、そのあとのことは知らんかったぜよ。じゃが、こうしてこの時代にやってきて、果たしてわしがやったことが正しかったかどうかわからんようになってしまったぜよ」

家康以上に、龍馬はこの時代の政治家というものに失望していた。龍馬の目から見て、この国を託すのに足る政治家は一人もいなかった。皆、自分の小さな野望にあくせくしている、まるで小商人のような人物ばかりだ。口が軽く、言ったことに責任を取らない。龍馬が目指した〝誰もが参加できる政治〟がこのようなものかと思うと、自分や自分の仲間が命を懸けてやってきたことはなんだったんだろうかと思えてくる。

「今、我らがここで見ているものも時の流れの途中に過ぎぬ。そちがやったことは正しいというより、必要なことであったのじゃ」

「必要？」

「どのようなしくみも、繰り返しながら少しずつ前に進んでいくのじゃ。壊して、組み立て、それをまた壊し、組み立てる。今は、この時代のしくみの良きところより、悪いところが目立ち始めておるに過ぎぬ。ならばそれを一度、壊してつくり直せば良い。そこから生まれるしくみは、我らがつくってきたしくみを引き継ぎながらもさらに進んだものになるはずじゃ」

「なるほど……そういうもんじゃろうか……」

龍馬は小さく呟いた。

「壊すのは今必要なことかの？」

龍馬は家康に尋ねた。家康は彼の特徴でもある茶色の瞳を龍馬に向けた。

「もし、壊す時期でなければ、壊れまい。しかし、それをやらねばこの時代は変わるまい」

家康の言葉に龍馬は素直に頷けなかった。

その理由は龍馬自身、はっきりとしなかった。胸の内になんとも言えない違和感と恐怖が澱《おり》のように溜まっていた……。

最強内閣の突然の解散総選挙は衝撃をもって受け止められた。

家康の解散にあたってのメッセージは強烈なものであった。

我らがコンピューターなるものにしかすぎず、人ではないものに従うことを拒絶する者ありと聞く。我らは好んで復活したわけではない。この国と民のためを思って労を取っておる。それを気に入らぬというのであれば今すぐ我らは消える。我らを取るか、我らを敵とみなす者を取るか。ふたつにひとつである。

要は野党を受け入れるのであれば、最強内閣は消えるという極論を展開した。このシナリオは信長と日本党の中野幹事長の間で執り行われた。野党にとってはまさに奇襲であった。野党は、支持率が90％を超える最強内閣がわざわざ解散の一手を打ってくるとは思ってもみなかった。最大の逆風と、準備不足。考える限りの最悪の状況である。

さらに信長は、秀吉を使って工作を行った。それは、各野党の党首の引き抜き工作である。政治家は選挙に落ちれば〝無職〟である。逆に与党にいれば様々な恩恵にあずかることができる。秀吉は織田軍団の中でも敵の裏切り工作が最も上手かった人物である。持って生まれた天性の明るさ、巧みな弁舌《べんぜつ》、相手の弱点と利点を見抜く洞察力。秀吉にかかっては、現代の政治家などものの数ではない。党首たちは、党ごと与党に組み入れられたり、あるいは自分だけが裏切ったりして、選挙の前から崩壊状態に陥れられた。

一方、選挙期間中、最強内閣の面々は一切メディアにも現れず、街頭演説も行わなかった。偉人たちが演説を行って民衆が押し寄せ、密になることを防ぐためであった。それにより、野党が感染対策を無視して街頭演説を行う場面がメディアに流れることになったが、それに対して「野党は国民のことを考えていない」と批判的なコメントが相次いだ。また、現れないこと自体が、最強内閣の「受け入れられなければ消滅」という言葉が嘘ではないことを示すことになり、国民は皆、最強内閣の引き留めに必死となった。反対する意見がないわけではなかったが、それはやはりごく少数であり、選挙の大勢に影響を与えるほどのものではなかった。

結果は与党、徳川内閣の完全勝利であった。

衆議院の議席の95%を与党で占める、まさに圧勝であった。民主的な選挙で一党独裁ともいえる状況が生み出されることになったのである。

この結果を受けて、選挙期間中、姿を消していた最強内閣メンバーが全員でメディアの前に登場することになった。まさに劇的な勝利のセレモニーであった。

「国民の完全な信託を受けたこと大変喜ばしく思う」

日本党の選挙本部に用意された特別プレスルームで閣僚一同の中心に立った家康は、ゆっくりと落ち着いた口調でカメラに語りかけた。

「我らは今後もこの時代のこの国のために働くことを誓おう」

勝ったことに対する高揚感などは微塵も感じられない粛然《しゅくぜん》とした様子であった。彼らにとっては勝つべくして勝った結果であり、取り立てて驚くほどのことではなかったのかもしれない。家康は言葉を続ける。

「まず、我らはすべて再任ということになる。今までと同じく継続して政を行っていく。まずは、感染症の対策を万全に行う。続いて、吉宗が行っている『農地改革』をさらに推し進める。そして、地方における知事の権限を強化し、それぞれが知恵を絞れる状況をつくる。国はさらなる官僚の強化を図り、知事の仕事の補佐を行う。さらにＩＴをもって世界との通商を広く行い、財務基盤を安定させることを主眼とする」

家康は原則的に今までの政策の継続を謳《うた》った。国民は最強内閣の継続に沸き立ち、日本のさらなる発展を確信した。巷では第二次徳川内閣誕生記念グッズが発売され、中でも徳川家を中心に各大臣の家紋がプリントされたマスクは飛ぶように売れた。町中に、大臣マスクをつけた人が、何の違和感もなく歩き回るようになった。特に人気なのは、やはり信長と秀吉だった。

家康は、次々と政策を打ち出した。新型コロナはまだ収束したとはいえなかったが、厚労省を率いる徳川綱吉は、歌舞伎町に建設した「感染症対策センター」と同じ施設を全国に建設し、病床を確保し、さらに医療従事者に手厚い特別手当などの支援を行い、第二波、第三波に備えて万全の体制をしいた。

経済産業省の副大臣である大久保利通は、大企業を中心にリモートワークの徹底を命じ、同時に飲食店などの接客業に関しては、宅配ビジネスなどへ転換するための支援を行った。

文部科学省の菅原道真大臣は学校のリモート授業を推し進めるためタブレットの支給などを早急に行い、体育のようなリモート対応が難しい授業とリモートで行える授業とのメリハリをつけ、学校教育が遅滞なく進むように副大臣である福沢諭吉と協力して対策も練った。これらの最強内閣の政策に異を唱える者は表立っていなくなっていた。最強内閣に従えばすべてうまくいく。皆そう思っていた。

亡き木村前幹事長の、〝国民の信頼を取り戻してほしい〟という願いはついに叶えられたのだ。

世界は日本のような統制がとれず、新型コロナの猛威はおさまらず、と同時に経済も混乱を極めていた。そんな中、次々と手を打ち、国民が一丸となって改革していく日本の姿は「ジャパンミラクル」として世界の称賛を浴び、やがては「ジャパンアズナンバーワン」として、日本を世界のリーダーだとする声も起こり始めていた。

そんな日本に対しておもしろくない国もあった。その国は日本をこう揶揄した。

日本は今、世界で最も国民の熱狂的支持を受ける
独裁国家である、と。

第2部

この国のリーダーに相応しいのは誰だ。

9 失踪

2020年10月22日。

徳川内閣が発足して、7ヶ月。その徳川内閣率いる与党が歴史的勝利を収めた日。

理沙は選挙特番を終え、自分の住むマンション近くのファミリーレストランで小野と落ち合っていた。緊急事態宣言後もしばらくは深夜の営業は制限されていた飲食店も、今では通常営業が許されていた。店内では、ノートパソコンで仕事するサラリーマン風の男がふたり、若いカップルが1組、勉強する学生らしき人がひとりだけであったが、皆がそれぞれ徳川内閣の偉人の家紋がプリントされているマスクをしていた。なぜか自分が政府に監視されているようで居心地が悪かった。


「小野さんどうしたんですか……」

小野と会うなり理沙は驚いた。どちらかというと肥満型であった小野が、すっかり痩せこけていたのである。小野が異動になってまだそんなに日が経っていない。頬はこけ、目だけがギラギラとしていた。まるで薬物中毒者のようであった。

「今、俺は追われている。そんなに時間はないから手短かに話をするぞ」

小野は理沙の質問に答えず、あたりを異常に気にしながら早口でまくし立てた。小野の異様な様子に理沙は自分の感覚が驚きから恐怖に変わるのを感じながら、黙って目の前のコーヒーをひと口飲んだ。

「俺は今でもあの内閣を生み出したプログラム制作チームを追っている。プログラムの中枢を担ってるコンピューターは、理化学研究所が開発した世界一のスーパーコンピューター『ＩＺＵＭＯ』であることは間違いない。あれだけのことをできるコンピューターはＩＺＵＭＯしかありえない」

ＩＺＵＭＯは政府の機関である理化学研究所が、民間のメーカーであるＦＵＭＩと共同開発したスーパーコンピューターである。その演算能力は、世界トップであり、日本の技術の結晶といってもいい。

「もともとＩＺＵＭＯは、防災やエネルギーなどの環境問題の対策を練るためのビッグデータの処理を担っていたわけだが、その中にＡＩの開発もあった。そのプロジェクトに関わったのは東工大の水口《みずぐち》研究室だ。水口教授は日本のＡＩ研究の第一人者だ」

「よくそこまで調べましたね……」

「そこは報道局だからな。そのあたりの情報まではすぐ裏がとれる。もちろん、水口教授のチームがあの内閣のＡＩプログラムに関わった証拠は何もない。しかし、状況から水口教授が関わったと思うのは自然だろう」

「それじゃ水口教授に取材すればいいんじゃや……」

「俺もそう考えた」

小野は答えた。

「しかし、水口教授は長期療養中となっていて会えなかった……」

「長期療養中？」

「５ヶ月前から都内の病院に入院していて面会謝絶だそうだ」

「そんな重い病気なんですか？」

「コロナに感染したらしい」

「感染した……それにしても長すぎませんか？」

今回の新型コロナウイルスの症例は悪化すると、肺炎を起こし死に至ることもあるが、そこまでの進行が速いことで知られている。深刻な状況を脱すると意外に回復は早く、1ヶ月ぐらいで多くの患者が退院している。半年近く面会謝絶というのはかなり稀なケースである。

「長すぎるな」

小野は頷いた。

「俺は、水口教授の研究室のメンバーたちとコンタクトをとった」

「とれたんですか？」

「とれた。メンバーが言うには、IZUMOのプロジェクトがスタートして、すぐに水口教授のチームはプロジェクトから外されたらしい。その時、水口教授たちが担当したテーマだが」

小野は言葉を切って、理沙を見た。

「〝死んだ人間の思考を過去のデータから蘇らせることができるか〟だった」

理沙は目を瞠《みは》った。

「死んだ人間の……思考……」

「ただ、このテーマはすぐに取り下げになったらしい。そこで水口教授ともうひとりの学生だけが残り、あとのチームメンバーはお役御免となった」

「もうひとりの学生……その学生とは会ったんですか？」

「それがだ。その学生の行方がわからない」

「行方がわからない？」

「才谷龍太郎《さいたにりゅうたろう》という学生だそうだ。水口教授の信任がもっとも厚かったらしい。同級生は彼を天才と言っていた。理化学研究所にも問い合わせてみたが、学生は水口教授が感染した時に一緒に退所したというんだが、水口教授が入院した病院にも自宅にも戻った形跡がない。不思議だとは思わないか」

「ええ。たしかに」

「この才谷という学生だが、早くに両親を亡くして親戚に引き取られ育ったらしい。中学を卒業してから、遠縁にあたる水口教授が面倒をみていた。とにかくプログラマーとして天才的な才能があったそうで、高校時代からいくつもプログラム開発の賞を取っていたらしい。水口教授も才谷を溺愛していたらしく、ふたりは常に行動を共にしていた」


理沙はいつの間にか、小野がはまった深みに自分もはまっていくようで、このあたりで話を聞くのをやめた方がいいのではないかと思った。しかし、人間の好奇心というものは、坂道を転がるボールのごとく、一度走り出したら止めるのは難しい。周りで楽しげに食事をするカップルや、黙々と受験勉強する学生など、日常の何気ない風景が一気にモノクロームに変わっていくように感じた。

「才谷のツイッターを発見した」

小野はスマホを取り出して、理沙の前に差し出した。

「気になるツイートが3件あった」

理沙は画面をのぞき込んだ。日付はちょうど最強内閣が現れる1ヶ月前だ。


〝獏がでた。大きな獏。獏消せない……〟


「なんですこれ?」

「次のツイートをみろ」

〝獏は夢を食べる。獏は三つ葉で消せるかな……〟


理沙は首を傾げた。意味がわからない。

「その次だ」

小野はさらにツイートを理沙に見せる。


〝獏追いつかない。もうひとつ増やさなきゃ。〟


「このツイートの〝獏《ばく》〟だがな……」

小野は一段と声を潜めた。

「バグじゃないかと思うんだ」

「バグ？」

「プログラムで生じるバグだ。つまりなんらかのプログラムの開発過程でバグが現れて処置できない状態になっているんじゃないかと。2番目のツイートはそのバグを修正しようとしたものの、3番目のツイートで、それが間に合わないと……こう意味してるんじゃないかと」

「なんでこんな回りくどいことを……」

「国家プロジェクトに関わってるんだから、当然、そのことは呟けないだろ。それを別の表現で呟いたんじゃないか。教授はそんなことしないだろうが、若い才谷の方はなんらかの形で自分が関わってる仕事のことを人に伝えたかったとしても不思議はない」

小野は断定的に言い切った。理沙はそうだろうかという疑問と、小野の推理に信憑性を感じてしまう自分との境にいた。

「もしもだ。あのAI内閣のプログラムに深刻なバグがあったとしたら……当然、プログラムシステムに関わるすべてのことをシークレットにしてもおかしくないだろ」

「でもバグがあったなら、それを直してから出すんじゃないですか？」

「時間がなかったんだよ」

「時間？」

「新型コロナの件で、政治が混乱し、おまけに首相までがコロナで死んで、事態の収拾ができなくなった。そのまま放置しておけば政府の信頼はさらに地に堕ちて、国の運営がアンコントロールになる……バグがあっても進めるしかなかった……そんなところじゃないか」

小野は自分の考えに酔いしれているようであった。ただ、小野の推理には矛盾がないようにも思える。たしかにもしプログラムにバグがあるのであれば、そのことを隠すであろう。それがどんなバグなのか……。

「西村。俺は、水口教授も才谷もまだこのバグを修正しているんじゃないかと思う。つまり理化学研究所の中にいるということだ」

小野はそういうとぐっと理沙に顔を近づけた。

「俺はそのことを確かめに理化学研究所に行ってみるつもりだ。そこで、おまえには頼みがある」

小野の目はギラギラとしていた。充血した目は理沙を捉えているが、理沙ではなく遠くを見ているようであった。

「おまえは最強内閣に近い。なんとか、水口、才谷のことを探ってみてくれ」

「そう言われても……そんな大事なこと彼らが話すでしょうか？」

「正面切っては無理だろ。しかし、何かの拍子に漏らすかもしれん。そこでだ。何かわかったら俺のこのスマホのメールに送ってくれ。このスマホはいざという時のために今日、購入した。会社の携帯やLINEやSNSは見張られてる可能性があるからな」

小野はそう言って懐から真新しいスマートフォンを取り出し、素早く空メールを理沙に送った。

「それじゃ。俺はここを出る。おまえは俺が出てしばらくしてから出ろ。少しの間俺の行方がわからなくなっても心配するな」

小野はそれだけ言うと、素早く、席を離れ店を出ていった。

その翌日から、小野が姿を消した。

10 経済か命か

小野の失踪はすぐに表面化した。数日連絡が取れなかった小野の妻が警察に連絡し、それが会社にもすぐに伝わった。しかし、理沙は最後に小野と会ったことを誰にも伝えずにいた。それは、小野がメールを理沙宛に送ってきていたからだ。

無事を示すために空メールだけを送る。

それが小野との取り決めであった。今のところ、1日に2回、空メールは送られてくる。これが続いている間は、小野のことは伏せておこうと理沙は考えていた。もし、小野の言う通り、最強内閣のAIシステムにバグがあるのならば、その事実を知らせる必要がある。日本全体が危険に晒されるかもしれないのだ。

そんなおり、理沙にとんでもない仕事が舞い込んできた。

それは、総理大臣である徳川家康の直接インタビューである。

絶対的政権の基盤を築いた最強内閣だが、その政治の方向性を広く国民に伝える必要がある。そう考えたのは龍馬であった。龍馬は政権が信長、秀吉の色が強すぎることを危惧していた。この国のリーダーは家康である。家康の考えをもっと国民に知らしめる必要がある。そこで、龍馬は家康を口説き、インタビューを受けることに同意させた。一般の人間と会話をすることについては、綱吉、吉宗、本多正信が強く反対したが、最後は家康が自ら決断した。

そして龍馬が家康のインタビュー相手に理沙を指名した。

「ええかい。昔のことは聞いたらいかんぜよ。そういう約束になっておるきに」

首相官邸の特別プレスルーム。

慌ただしく収録の準備が行われる中、龍馬が理沙にインタビューの行い方の注意をしていた。

「わかりました」

「今の政についての大権現さまの考えを聞いてくれたらええきに」

理沙は真剣な龍馬の表情を見てふとおかしくなった。考えてみればこの男は、徳川幕府を終わらせた男である。そんな男がその徳川幕府をつくった家康にいろいろと気を遣っている姿がなんとなく不思議でもありおかしくもあった。

「何がおかしいぜよ。わしの顔に何かついちょるか?」

龍馬は自分の顔を撫で回した。

「いえ。すみません。少し思い出し笑いをしてしまいまして」

理沙はそのことは言わずわざとらしく表情を引き締めた。

「おまん。大権現さまと直接、話をするのに思い出し笑いできるとは、まっこと度胸があるのぅ。わしはあんお方と話す時は柄にもなく緊張するぜよ」

「龍馬さんがですか?」

この天衣無縫《てんいむほう》〈65〉の男にも緊張することがあるとは意外だった。秀吉と一緒の時は、リラックスしていたのに、家康が相手だとそうはいかなくなるのか。龍馬が緊張すると聞いて、途端に理沙にも緊張が襲ってきた。

「時間は10分じゃ。それ以上はいかんきに。吉宗公や綱吉公がうるさいでな」

龍馬はうんざりした顔で言った。ここまで吉宗と綱吉、そして本多正信のあれやこれやと注文をつけてくるのをなんとかかわして辿りついたのだ。その苦労を思い出し、家康という存在がいかに大きいものか思い知った。信長や秀吉にも彼らを敬愛する部下はいるが、家康の場合はまさに〝神〟であり、崇拝の度合いが違った。

「そろそろ時間じゃ」

龍馬が時計を見上げて言った。現場に緊張が走った。収録スタッフが慌ただしく走り回る。

最初に龍馬が会見をした時と同じように、家康は部屋の外から扉を開いて入ってきた。ゆったりとした歩調。理沙は起立した状態で家康を迎える。龍馬はそのまま消えることなく家康の後方に下がった。

江戸幕府を始めた男と終わらせた男がくしくも並び立つ不思議な画となった。

理沙は家康を間近に見て、龍馬が言った緊張するという言葉の意味を理解した。家康は、いわば大きな岩のようであった。存在そのものが恐ろしく大きく、そして重い。身体中に覇気があり、一分の隙もない。信長の〝触れれば斬られる〟というような恐怖心ではなく、揺るがない〝圧力〟がある。しかし、その圧力はどちらかというと、〝安心感〟に近いものであった。


「座るがよい。立ったままじゃと話がしにくい」

家康は、呆然と立ち尽くす理沙を見て苦笑いした。そして、自身はゆっくりと椅子に腰をかけた。

「し、失礼しました。ありがとうございます」

理沙は慌ててペコリと頭を下げて自分もインタビュアー用の椅子に腰をかけた。

「それでは早速ですが、今回の解散総選挙の結果を受けて総理のお考えをお聞かせください」

限られた時間だ。理沙は前置きをせずに本題に入った。家康は、理沙の質問に対して大きく頷いた。

「我らは、あくまでもこの時代のこの国の決まりに従って動く。その中で我らの考えが受け入れられたことは喜ばしいことである。そして、ここからようやくこの国は変わることができるであろう。政に関わる者たちが常にいがみ合うようでは本当の政はできぬ」

「本当の政とはなんでしょう？」

理沙はわからないことは思い切って聞こうと思った。それは頭の片隅に小野が言った〝バグ〟のことがあったからだ。もしかすると家康の言動からそのことに関するヒントを得られるかもしれない。

「政とは、時には厳しいことを民に強いることもある。民に媚びることだけでは政にはならぬ。誰もが喜ぶ政などはない。政とは、良いことと、悪いことの間を取り持つことじゃ」

「良いことと悪いことの間を取り持つ？」

「世の中はほどほどに良く、ほどほどに悪いものである」

家康はそう言って真一文字に口を結んだ。そして、少しの沈黙の後、言葉を続けた。

「世の中は常に様々に変わってゆく。世の中が変わればそれについていく者もおれば、ついていけぬ者もおる。世の中というものは人の力で変えることはできぬ。例えばこの流行病もそのひとつじゃ。嵐や地震のような災害もある。人は世というものに合わせて生きていくしかないのじゃ。そして政とは、その世の中と人をつなげるものである」

「具体的にはどういうことでしょうか？」

理沙の質問に家康は再び頷く。現代の政治家のようにあやふやなことを抽象的に言ってお茶を濁す態度は

〈65〉天衣無縫　詩歌や文章などが、技巧の跡形がなく自然なさま。また、人柄が飾り気がなく、純真で無邪気なさま。天真爛漫なこと。

家康にはない。

「まずは、国の中に関しては、移動及び商いに関する制限を逐次解除してゆく。祭りや会合、色街なども元に戻してゆく。ただし、いきなり無制限になるわけではない。順番を決める。また、それに関しては、会社など、いかなる組織においても勝手な決まりをつくってはならぬ」

「勝手な決まりとは?」

「政府が許可を出したものに対して、組織が独自に禁止事項などを設けることじゃ。行く行かないは本人が決めることである。政府の決定を他の組織が否定するようなことはあってはならぬ。そしてまた政府が禁じていることを行った者に対しては今まで通り厳しい処分を下す」

「それは、経済を回すということでしょうか?」

世間では、引き続き、「経済か命か」の議論がなされていた。命優先派の「経済回しても死んだら意味がない。収束してから経済を回すべきだ」という意見と、経済優先派の「経済が回らないと、明日食うものがなくなり自殺する人が増える!」という意見が激しく対立していた。まるで、幕末に、攘夷《じょうい》〈66〉派と開国派で国が真っぷたつに分かれていたように。

「両方じゃ」

家康は即答した。

「医療と経済。両方とも大事である。ただし、今の状況で両方とも完全に満足のゆく形にはならぬ。どちらもほどほどに良く、ほどほどに不自由になる」

先ほど、家康が語った政治思想そのものである。

「医療に関してはすべての者の安心は得られぬ。重症者を救う。これが第一義じゃ。経済に関しては国外の者を招き入れての商売は今しばらく行わぬ。その点は不自由な点である」

「海外の旅行者などのインバウンドを見込んだビジネスはできないということでしょうか」

「その通りである。海外の者の出入りが多くなり過ぎれば今回のような流行病を防ぐことは難しくなるであろう」

「そのような閉じた国がこのグローバルな社会に通用するでしょうか？」

「わしの時代ももともと世界は開けておった。わしは……正確に言えば秀吉殿の頃からではあるが、国を閉ざしたが、その結果、265年の泰平が続いたぞ。それと、この時代にはインターネットなるものがあるではないか。この前のリモート万博のように、国に直接足を踏み入れなくとも海の外の者たちと商いも交流もできる。そうではないか？　むしろ、インターネットをうまく使えば、もっとたくさんの国々の民たちと交流できるのではないかの？」

理沙は、家康の方が自分たちよりよっぽどITに対してオープンで発展的な考えをもっていることを改めて思い知った。

「これからは国をあげてインターネットにおける商いを広げる。これもまた我らの考えじゃ。しかしな」

家康は言葉を切って、理沙を見た。優しい目であった。

「これとて万能の薬ではない。インターネットの商いが広がれば、普通の商売を行っている者は必ずその煽《あお》りを受ける。インターネットについていけぬ者の中の一定の者は滅びるであろう。それを皆救うことはできぬ。これがほどほどに良く、ほどほどに悪くじゃ。我らはそれが極端にならぬようにせねばならぬ。それが政である」

理沙は家康の言葉になんと返していいかわからなかった。家康は現代の政治家が選挙演説で言うような

〈66〉攘夷　攘夷とは、外敵を打ち払うことで、幕末期に広まった開国・通商を求める外国人を武力で打ち払え、といった考えを攘夷論という。

〝国民全員が幸せを感じられる国に〟といった生ぬるい言葉は決して使わない。〝誰もが幸せ〟が非現実的であることは皆わかっている。わかっているからこそ、〝誰もが幸せ〟の裏返しである〝誰かが不幸せ〟に怒りや悲しみをおぼえるのである。それでも家康の言葉には信頼を寄せるだけのものがあった。しかしながら、少しだけ理沙には引っかかることがあった。それを思い切って家康にぶつけてみることにした。

「総理は、今の時代は愚《おろ》かで、江戸の頃の方が良かったとお思いでしょうか？」

想定外の質問であったらしく、家康はすぐに回答せず、少しだけ沈黙した。しかし、すぐにキッパリとした口調で言った。

「昔と今を比べることこそ愚かなことである。大事なことは今の世と今のしくみが適切かどうかということじゃ。この時代は、江戸の時代よりもはるかに優れていることがたくさんある。平和で安全が保障されておる。飢えで死ぬ者もおらぬ。行きたいところには自由に行け、努力すれば好きな職にもつける。いずれもわしの時代ではできなかったことじゃ。しかし、今から４００年後の者からこの時代を見ればどうであろう。それを論じる無意味さを知るであろう。わしは、この時代を江戸にしたいのではない。今の世に合った新しきしくみをつくるのじゃ。それがわしの考える政の行き着くところじゃ」

「仕組み……。どんな仕組みでしょうか？」

「それはまだわからぬ。しくみは世の中と話しながら作るものじゃ」

「世の中と話す……」

「わしは最初から幕府のしくみを考えていたわけではない。戦国時代……そちたちはそう呼んでいるのじゃな。その戦国時代に織田殿や、豊臣殿がいて、その中で世の中は変わり、わしはその世の中を見極め、そして様々な手を打ちながら少しずつしくみをつくっていった。それがしくみを世の中と話しながらつくるということじゃ。あくまでも世の中の動きに逆らわず無理なく変えていく。徳川の家紋である三つ葉の葵は、その想いを籠めたものじゃ。本来、世の中とは対立するふたつの側面をもつ。本来はふたばである葵を三つ葉にしたのは、わしはその間を調整しすべてを調和させるものになりたいと思ったからじゃ」

そこで家康との時間は終了となった。

世界の歴史の中でも類を見ない長期平和を維持し、代々〝神〟と崇められた将軍にインタビューをすると
いう初めての経験に、終わった途端、理沙は震えが止まらなくなった。家康はそんな理沙を見て少し微笑んだ。

「良い時間であった。礼を言うぞ」

そう言って、家康は立ち上がると、そのまま来た時と同じようなゆっくりとした足取りで去っていった。

理沙はその家康の背中を目線で追ったが、腰が抜けたように立ち上がることすらできなかった。

「おまん、可愛い顔しちょるがたまげた娘じゃの」

放心状態の理沙に、龍馬が声をかけた。

「大権現さまにあげな質問するとは……たまげたぜよ」

「すみません……やり過ぎたでしょうか」

「いやいや。えい問いじゃった。この通り坂本龍馬、礼を言うきに」

龍馬は戯《おど》けながら頭を下げた。

「とんでもないです。失礼がなければそれで充分です。こちらこそ貴重な体験をありがとうございました」

理沙は龍馬の言葉で緊張が解けたのか、跳び上がるように椅子から立ち上がって頭を下げた。

「国民にも大権現さまの想いが伝わったじゃろ。おまんを選んで良かったぜよ。それでは、今度はじっくり語り合おうぜよ」

そう言って龍馬は、背中を向けた。その背中を見て理沙は反射的に声をかけてしまった。

「あの龍馬さん！」

「なんじゃ？　大きな声出して？」

龍馬は驚いたように振り返った。

「あ……あの……さ……さい……」

「なんじゃ？」

「才谷って若い男性を龍馬さんはご存じないですか？」

「才谷？　今の時代のもんかえ？」

「はい！」

龍馬は少し首を傾げて、不思議そうな顔で理沙を見た。

「今の時代のもんは知らんが……才谷は、わしの里の名前じゃき」

11 令和版〝楽市楽座〟

家康のインタビューの反響は大きかった。今までどちらかというと信長や秀吉の陰に隠れていた、家康のリーダーとしての思想が本人の口から語られたことで、家康という人物を見直すきっかけとなった。テレビ番組では、家康の生涯を振り返る特番がこぞって放送され、その偉大さが伝えられた。

あえて厳しい言葉で日本の政治を語った家康だが、それは概ね好感をもって受け入れられた。龍馬の目論見は当たったたことになる。

「龍馬。おみゃーなかなかやるのう。徳川殿をあれほど目立たせるとはええ仕掛け人じゃのぅ」

インタビューから数日後の閣議の席において、秀吉が龍馬に声をかけた。相変わらずの大声である。秀吉という男は人を褒める時は、心底、心を込めて褒める。これが秀吉という男の魅力でもある。

「わしにはできんことじゃ。おみゃーはえらいのう」

「いや。それはわしの手柄じゃないきに。大権現さまご自身の手柄じゃきに」

「謙遜するな。もちろん徳川殿もえらいが、おみゃーもえらい。わしは思ったことを言っとるだけだがや」

秀吉は龍馬の肩をバンバンと叩いて大笑いした。これが秀吉の人たらしたる所以《ゆえん》である。自身も人たらしと称されたことのある龍馬でも秀吉には舌を巻く思いであった。

「徳川殿。今日は、わしと上様から提案があるのじゃ」

「ほう。なんでござりましょうか？」

家康は、いつものごとく丁寧な対応である。家康が閣僚に対して、上から物を言うのは、自分の家臣であった本多正信と、子孫である綱吉、吉宗だけであった。閣僚たちの中でも特に信長、秀吉に対する物言いはより慎重であった。

「徳川殿。日本以外の国はまだ流行り病の対策は万全でない。欧米はいまだに感染者の勢いが止まっておらぬ。このような状況のもとでは、これからの世界はよりいんたーねっとを制した者が世界を制す。そう思うがいかに？」

信長が家康に相変わらず斬りつけるような物言いで尋ねた。龍馬はどうにもこの織田信長という人物が苦手であった。信長には、およそ人間的な感情の動きが見られない。打算的でもなく衝動的でもない。それこそコンピューターのような機械演算的な思考に感じられるのである。

「おっしゃる通りと思いまする」

家康は答えた。

「そこでじゃ。上様とわしは考えたわい。世界中の商いをこの日本を中心に行うのじゃ」

「それはいかなることでござるかな？」

「いんたーねっとで商いを行う者をこの国に集めるのじゃ。三成！」

秀吉は副大臣である石田三成を呼びつけた。三成は家康に深々と頭を下げる。このふたりは秀吉亡きあと、覇権をめぐり激突し、三成はその戦いに敗れ無念の死を遂げた。そのふたりが相対するのはなんとも皮肉なことだ。しかし、そのふたりの経緯が思考や意思決定には影響が出ないようにＡＩで制御されている。

「申し上げまする」

三成は閣僚たちにも丁寧に頭を下げた。

「日本にでーたべーすを置き、ばーちゃるおふぃすなるものを設置し、日本で商いをする海外の者の法人税を2割とする案でござりまする」

「なんか難しくてようわからん。もうちっとわかりやすう説明してもらえんかの？」

龍馬が困り顔で言った。三成は、その猛烈な知識欲で現代人以上に現代の経済の仕組みやＩＴの最新技術などの知識を得ていた。

「簡単に言うと、日本にいんたーねっとで商いを行うための根城を置き、我らのような仮想の空間で商いをするしくみを行う者に関しては税を安くするということでござる。日本に海外の者を入れることはできぬが、仮想の空間であれば日本で商いを許すということでござる。この間、我らが行った博覧会の逆のようなものでござる」

「ははん。ということは、日本にいながら例えば、アメリカに旅行できて、そこで物を買えたりするということかえ？」

「その通りでござる。日本で商いを行えば当然、税がかかるが、その税を半分以上、下げることによって世界中のかんぱにーを集めるということでござる」

「それは、とんでもないことじゃなぁ」

「龍馬。土地は限りがあるが、いんたーねっとは無限じゃ。世界中のかんぱにーとやらを集めることができるぞ。数が集まれば税を安くしても、十二分に利ざやを稼げるということじゃ」

秀吉は愉快そうに大笑いした。

「徳川殿。われらの時代は土地こそが重要であった。しかし、今この時はインターネットにおける覇権が最も重要である。商いを制するものは世界を制する」

〈信長の働き方改革と経済対策〉

信長は、戦国時代において農業中心の領土運営ではなく、商業中心の運営に組織を変え、それによって覇権を得た男である。当時の大名たちは土地で生み出される農作物をベースに組織運営をしていた。戦というと武士のイメージがあるが、兵のほとんどは、農民であった。農民の生活の中心はもちろん土地を耕すことである。したがって、戦は農業の閑散期に行われることが多く、田植えや稲刈りの時季になると休戦をするのが常であった。つまり、戦国時代、戦場で戦う人は、あくまでも〝副業〟として戦っていたのである。信長はその考えを打ち破り、兵はすべて「戦うことだけを専門とする」職業軍人に変更し、彼らには「金銀」を中心に報酬を与えた。

また、物の流通を盛んにし、商業を発展させるため、自身の領国では当時当たり前であった商人の独占的な市場操作を禁じる楽市楽座《らくいちらくざ》令を施行した。信長の商業重視の考え方は、鉄砲などの外来の武器を運び込むスペインやポルトガルとの貿易を盛んにし、日本の軍事レベルを一気に押し上げた。その結果、戦のスピードが速まり、応仁の乱以降、混乱の続いた世を収束させる大きな要因となった。

「いわば、現代の楽市楽座を行おうということじゃ。商い集まるところに財も知恵も集まる。そのことは徳川殿もようご存じであろう」

秀吉は陽気に言った。

「たしかに。おもしろそうな話じゃのー」

龍馬は、元々、こういう話にはすぐ飛びつく。自身も幕末では海援隊を率いて、商社の先駆けのようなことを行った。世界をまたにかけて商いをすることのおもしろさを知っている。信長、秀吉の案にはワクワクするものを感じた。

「良き案だとは思いまするが、皆はどうお思いか？　お考えをお聞かせいただきたい」

家康は他の閣僚の意見を求めた。

「申し上げまする」

その家康の問いに反応したのは徳川吉宗であった。

「織田さま、豊臣さまの案、大変良きものと思いまするが、若干の懸念がござりまする」

「申してみよ」

家康はちらりと横目で信長を見て、吉宗に意見を促した。

「税を半分にすることにより、世界中のかんぱにーが我が方に集まるのはよくわかりまする。しかしそれゆえ、他国との諍《いさか》いにはなりませぬか。特にアメリカが気になりまする」

吉宗の言う通り、ここのところアメリカと日本の関係は微妙なものになっていた。アメリカは感染症の予防策の甲斐もなく感染は増える一方である。当然、経済にもその影響は大きく、アメリカ国内の景気はこれでもかというほど落ち込んでいる。そのためアメリカのドルの信用は落ち、そのドルに代わり、信用を大きくあげてきたのが円である。まさに世界経済の中心に日本が台頭し始め、アメリカはそのことに相当な警戒心と苛立ちを覚えていた。前回、日本が主催したリモート万博にも最後まで参加を渋ったのはアメリカであった。

「アメリカを刺激しすぎると無用の摩擦が起きませぬか？　まだ、国内の状況も安定とまではいきませぬ。日本は物資を海外からの輸入に頼っておりまする。あまりいき過ぎた政策はかえって日本の立場を危うくしませぬか」

吉宗に続いて発言したのは綱吉である。綱吉、吉宗は、信長、秀吉と違い天下泰平の時代のリーダーである。おのずからその考え方も現代に近い。鎖国していたとはいえ、綱吉、吉宗の時代も海外諸国とまったく断絶状態なわけではなかった。むしろ、鎖国という難しい施策を貫きながらも海外諸国との外交を続けてきた。それだけに外交問題というものについては鋭敏な感覚を持っている。

「外交については足利に尋ねるのが筋というものであろう」

信長は、義満に視線を向けた。足利義満は外務大臣である。彼の意見を聞くのは当然といえば当然である。

義満は、その巨顔と虎のような目を綱吉ではなく家康の方に向けた。

「アメリカはおもしろくなかろうな」

「さればいかがなされる」

家康は、義満に尋ねた。原則的に外交については家康は義満に一任している。今までも義満の方針に異を唱えたことはない。

「いずれにせよアメリカは国内が治まらず荒れておる。かの国は今、日本が何をやっても難癖をつけてくるであろう。そのことよりもイギリス、フランスあたりを味方につけることじゃな。そして裏側でロシア、中国ともうまくやることじゃ」

「かなり難しい工作ではありませぬか？」

家康は義満に対して物静かに返した。イギリス、フランスとはまだいいとして、アメリカと中国、ロシアは、お互いを仮想敵国とみなしている。この二国と別途、協議することは、そもそもアメリカと同盟を組んでいる日本のいわば裏切りととられてもしかたがない。

「そもそもアメリカの属国のような扱いを受ける必要はあらぬ。この流行り病は世界の秩序を変えようとしておる。その中心に我ら日本が躍り出る機会じゃ。そうじゃの。織田殿」

信長は相変わらず感情のない視線を義満に送り頷いた。

「何もアメリカを敵視するわけでにゃー。皆、平等じゃ。しかも我らが税を安うするのじゃ。不満があるならばアメリカも同じことをすればええ。税が安くなり商いがより盛んになるのはええことではにゃーか」

秀吉は楽観的な調子で義満の言葉に付け足した。この時、龍馬は、義満は信長、秀吉とあらかじめ腹をあわせているのだと思った。それ自体は悪いことではないが、家康はどう考えているのだろう。龍馬は家康の判断に興味を持った。

「織田殿、秀吉殿、ひとつわしの案を加えてもよろしいか？」

「ほう。徳川殿の。ぜひ聞きたいものじゃ」

秀吉は小躍りするように言った。信長は相変わらず無表情である。

「海外のみというのは、不平等である。日本国内のかんぱにーにも同じく適用したい」

「それはええではにゃーか。たしかに国内の者も参加すればより商いが盛んになるじゃろう。上様、徳川殿の案いかがであろうかの？」

「良きものと思う」

信長は同意した。

「それでは閣僚の皆の合意とするが良いかの？」

家康が、閣僚全員に是非を問うた。特に反対意見はなく、信長、秀吉の楽市楽座の案は閣議決定となった。

12 貘を探せ

理沙に対する小野の空メールが途絶えたのは、家康がアメリカのステイン大統領との1回目のオンライン会談を行った翌日のことであった。

家康とステイン大統領の会談は、日本が新たに打ち出した【令和版楽市楽座】についてのアメリカの理解を求めるものであったが、会談といえぬほど激しい応酬となった。

歯に衣着せぬ、恫喝《どうかつ》的な交渉で知られるステイン大統領は、冒頭から家康を「アンドロイド」と呼び激しく罵《ののし》った。しかし、これには裏があり、この会談が行われるまでの下交渉での義満の傍若無人な態度がアメリカ側の心証を著しく悪くしたのと、義満が「わしなればこそ、まだ話ができる。首相たる徳川家康は妥協せぬ男だ」と言った言葉が〝力を持って相手を屈させる〟ことを真骨頂とするステイン大統領に火をつけた。

ステイン大統領は、楽市楽座をまっこうから否定し、「日本が無理にこの政策を推し進めるのであれば、日本に駐留する米軍を撤退させる」とまで言った。さらに「アンドロイドに人間は交渉しない」と言い、アメリカ軍を撤退させる費用をすべて日本が持ち、日米同盟の解消と、それに伴う賠償金を支払えと激しく主張した。それに対して、家康は、「アメリカの意思で米軍を撤退させるのであれば、それはアメリカの都合であり、日本がその費用を持つ必要はない」と突っぱねた。そして、「日米同盟の解消も日本側にその意図がないのにかかわらず行うのであれば、その賠償を支払うことはできぬ」とスティン大統領の主張を退けた。

1回目の日米首脳会談は、とんでもない方向に世界を変化させる可能性を秘めたものとなった。

当然、日本中はこの話題で持ち切りになった。〝日本〟に自信を持ち始めた国民はアメリカに対する非難の声を声高に上げ、家康に対する非礼に対して怒りをもって反応した。

世界中で、日本がアメリカとの同盟を解消した場合、日本はどうするべきか、それによって世界の秩序がどう変化するのか議論の的となっていた。


そんなおりに小野の空メールが途絶えたのであった。

小野の空メールは毎日、朝6時と夜22時に届いていた。異変は前夜にあった。22時に届くはずの空メールが届かず、1時間ほど過ぎた23時に唐突に、花の写真とトランプのキングの写真、そして妖怪の写真が立て続けに送られてきた。それが小野からの最後のメールであった。翌日から小野の連絡は途絶えた。

理沙は、小野と連絡を取るかどうか迷った。しかし、自分が躊躇《ためら》っている間に小野の身に何かあると考えるとこれ以上秘密にしておくわけにはいかないと思った。理沙は上司である森本に相談をする決意を固めて、小野の連絡が途絶えた翌日、出社した。

森本には予め大事な話があると伝えておいた。

出社すると会社は騒然としていた。

アナウンス室に入ると、鳥川が理沙を目敏く見つけて走り寄ってきた。

「西村！　小野さんが見つかったぞ！」

「え!?」

理沙は驚いた。

「都内で逮捕だ」

「逮捕⁉」

「都内で薬物所持で逮捕だそうだ」

「薬物？」

理沙は混乱した。小野は兵庫の理化学研究所に向かうと言っていた。それが都内で逮捕、そして薬物。

「西村」

森本の声がした。振り返ると森本が立っていた。

「部長」

「すまない。今まで小野の件の対応で緊急召集がかかっていてな」

森本は小野の同期でもある。このふたりは仲が良く、小野の失踪時から森本は憔悴するほど心配していた。森本の疲れ切った顔を見て、理沙は心が痛んだ。

「ふたりきりで話ができますか」

理沙は、森本に言った。理沙の表情から森本は何かを汲み取ったようで、

「わかった。会議室を借りよう」

と答えた。


「なるほど……小野は理化学研究所に……」

理沙は、森本に小野とのやりとりをすべて打ち明けた。

「そのこと、俺にはもっと早く伝えてほしかったな」

「すみません……」

森本の苦渋に満ちた表情を見て、理沙は頭を下げた。森本の言う通り、早くこのことを会社に報告すべきであったと今更ながら後悔した。

「おまえの話を聞くと少しおかしいことも納得がいくな」

森本は、呟くように言った。

「おかしい？」

「小野が都内で薬物によって逮捕との連絡は会社に入ったが、それ以上の情報がまったくない。また、テレビ局のプロデューサーが薬物逮捕となれば当然、全メディアに知れ渡ることになるんだが、どうも連絡を受けたのはうちの局だけだ。だからこそ箝口令を敷くように先ほど上層部から言われたんだが……」

「どこから連絡が入ったんですか？」

「国家公安委員会からだ」

「国家公安委員会？」

「妙だろ？」

森本はこめかみに手を当てて考え込んだ。薬物逮捕の連絡が、警察署ではなく、国家公安委員会からくることなんてあるのだろうか。細い指でトントンとこめかみを叩いている。森本の癖だ。

「小野は最強内閣のＡＩの秘密を追っていた……。そしてそのＡＩにバグがあるのではないかと疑っていた。そして逮捕された……」

「もしかして……」

理沙は自分の想像が森本と同じものだと確信した。

「政府に拘束された……」

「そもそも封建社会は、完全な秘密社会でもある。特に江戸時代は隠密《おんみつ》〈67〉などが各地に派遣されていた時代だ。小野のような者は江戸時代であれば人知れず殺されるだろう」

「小野さんは殺されたんですか⁉」

「わからん」

森本は首をふった。

「少なくとも拘束されていることは事実だ」

「あの……」

理沙は、あることを思いついた。彼ならば力になってくれるかもしれない。

「龍馬さんに聞いてみましょうか？」

森本は理沙の目をじっと見つめた。たしかに龍馬なら、何か手掛かりが掴めるかもしれない。龍馬は、最強内閣の中では比較的、人権の意識があり、江戸幕府がもつ陰湿さを嫌う男であった。理沙とも交流があり、味方になってくれれば心強い。しかし……。

「今はまだ早い」

森本は首をふった。

「もう少し情報を集めよう。小野の掴んだ情報がもし内閣を揺るがすようなものであった場合、坂本龍馬といえども迂闊に情報を漏らさないだろう。それより、まずはこのメッセージだ」

森本は理沙に小野が残したメッセージを改めて表示した。

「この花と、トランプのキング、そして妖怪の絵。これはなんらかの意味があるはずだ」

森本は、席を立つと慌ただしく出て行った。そして、パソコンを小脇に抱えてすぐに戻ってくると、まずは、花を調べ始めた。

「これは……桔梗《ききょう》の花だな」

そして、妖怪の絵の方も調べ始めた。

「こっちは獏か……夢を食べる妖怪だな」

「それって、小野さんが言ってたバグですね」

小野は獏をバグに見立てていた。

「ということは、バグに当たるものがこの桔梗とキングか……」

森本は考え込んだ。

理沙は、この手の推理的なものは得意ではない。絵柄の謎については森本に任せるとして、自分は、小野の行動を想像してみた。おそらく、小野は兵庫の理化学研究所に向かったのであろう。そして、そこでなんらかのヒントを得たに違いない。ヒントを得たからこそ、東京に戻ってきたのだ。いや……もしかすると、東京に戻ってきたのではなく、他の場所で拘束されたのかもしれない。小野は自分の身に危険が迫っていることを察して、先手を打つ形で、掴んだ情報を理沙に送ったのに違いない。暗号のようにしたのは自分が拘束された時に備えてだ。その暗号の根本にあるのは、最強内閣のＡＩのバグであり、それに関わった才谷という学生のことではないか。理沙はそう思った。

「こういうことに打ってつけのやつがいたな……」

画面を見たまま唸り声をあげていた森本が、軽くため息をついた。どうやら森本にも皆目、見当がつかなかったようだ。

「西村。明日また打ち合わせをしよう。ひとり仲間を加える。この件は、俺とおまえだけの秘密だ。上層部に知られると厄介だからな」

「わかりました」

理沙は頷いた。こうなった以上、小野を助けることは自分の役目だ。そう理沙は腹を括った。

〈67〉隠密　江戸時代における幕府や藩の密偵のこと。忍び。

「あと……」

森本は、理沙にスマートフォンを返しながら、真剣な眼差しでこう言った。

「おまえも気をつけろ」

「え？」

「小野が拘束された以上、小野の所持品は押収されているだろう。ならば、おまえと連絡を取り合っていたことが時間の問題で発覚する」

理沙は、自分の鼓動が大きく鳴ったのを感じた。

「おまえにも危険が及ぶ可能性がある。そのことは覚悟しろ。充分に身辺には気をつけるんだ」

13 対立

理沙が、小野の件で上司である森本と話をしている頃、龍馬は緊急閣議に出席していた。次回のアメリカとの交渉の前に内閣の方針を固めるためである。

アメリカは2回目のオンライン会談の日を1週間後に設定してきた。その姿勢は変わらず強硬的である。アメリカにとっては、日本はある種、絶対に逆らわない子分のようなものであった。その日本が対等に交渉してくるなど考えられなかった。しかも相手は人間ではなくコンピューターによって生み出された、いわばアンドロイドである。高圧的に脅せばなんとかなる。今まではそれでうまくいっていたが、今回はそうはいかないことをアメリカも理解していた。

「アメリカと揉めたと聞いて早速、中国とロシアから連絡があったわ」

義満が鼻を鳴らした。

「イギリスとフランスは仲介に入りたいと申してきよったわ」

「もはや日本を無視はできぬということじゃ」

秀吉が痛快そうに手を打ち、そして仏頂面の家康に視線を送った。

「徳川殿を怒らせればどうなるか。あやつらは知らなかったのであろう。わしはよう知っておる。この御仁は怒らせてはならぬ」

「大権現さま。アメリカはどう出てくるでしょうや？」

綱吉が家康に問うた。

「軍を引きあげますでしょうや？」

「それはないやろ」

下座から声がした。しわがれた声だ。皆が一斉に声の方向に目を向けた。

小柄で貧相な顔の男。色黒で無精《ぶしょう》髭《ひげ》に申し訳程度の髷が結われている。

領土問題担当大臣の**楠木正成**《くすのきまさしげ》である。その智謀《ちぼう》、右に出る者なしと称された日本最強の軍師。

楠木正成（鎌倉時代末期）　鎌倉幕府討伐から南北朝時代突入までの激動の時代を、後醍醐天皇に寄り添いサポートし続けた河内国（大阪南東部）出身の武将。古典文学『太平記』には、奇想天外な策と智謀に長けた無敵の戦術家として登場し、歌舞伎や浄瑠璃でも演じられている。

「アメリカにとって、日本を失うということは極東における主導権を捨てるということとやさかいな。そこまで愚かちゃうで。むしろ日本に居座ってあれこれ難癖をつけてくるんとちゃうか。万一……」

正成は言葉を切った。生前、強大な軍事力を持つ鎌倉幕府を相手に、絶望的に不利な状態から長期にわたる籠城戦を戦い抜き、当時、幕府の最有力武将であった足利尊氏を離反させ、倒幕を果たした男である。その戦略眼、戦術眼はずば抜けたものがある。

「アメリカが日本との同盟の解消に踏み切れば、ロシア、中国と交渉をして、領土問題について大きな譲歩を得られるかもしれへんな。日本を引き入れれば極東の情勢は大きく変わるからの。世界は東と西という対立構造になるやろな」

「楠木殿。戦が起こるとお思いか？」

家康は正成に尋ねた。

「起こらへんやろ。今、戦を起こす力はどの国もあらへんで。また民がそれを許さへん。戦なんかやっとる場合かちゅうてな」

正成は答えた。

「アメリカはまだ流行病の感染が収まっておりませぬ。さすがにこの状況で戦を起こすなど、さすがのステインもできるとは思いませぬ」

綱吉も続いた。たしかにアメリカは、いわゆるパンデミックに陥ってから一度も感染のスピードが落ちていない。また、医療制度の行き届いた日本と違い、貧富の差がそのまま医療の差にも表れるアメリカは、死亡者の数も比率も日本の比でないくらい多い。また、それに伴う経済の混乱も激しい。ステイン大統領にとって内政は非難の的になっている。今、そんな状況下で軍事的行動が取れるはずもなかった。

「戦はでけへんけど、他の方法を取るかもしれへんで」

正成は言った。

「その他の方法とはどういうことかえ?」

龍馬が声をあげた。正成はゆっくりと首を傾け、無精髭を右手で撫でた。そしてその小さな瞳をさらに小さく細めた。

「アメリカにとって憎いのは、日本ではなく、我ら内閣や。わしらが消えればもとの従順な日本に戻ることを知っとるからの。されば」

正成は乾いた笑い声をあげる。

「我らを消せばよい」

「消す?」

「我らは、コンピューターによって生み出されとるさかい、そのコンピューターを壊すか、もしくは別の方法で我らを生み出しておるシステムとやらを壊せばええ。軍も使わず兵器も使わず、簡単なことやで」

「そんなことできるのじゃろうか？」

龍馬が不安げに正成に尋ねた。正成はそれ以上は答えなかった。

「その件、すでに防衛省の間で議論し万全の備えを行っておりまする」

防衛大臣の**北《ほう》条《じょう》時《とき》宗《むね》**が楠木正成を睨み付けるようにして言った。

北条時宗（鎌倉時代中期）　18歳という若さで鎌倉幕府8代執権に就任。当時、世界帝国であったモンゴル帝国の2度の襲来を退け、未曾有《みぞう》の国難を救ったが、34歳という若さで死去。

時宗にとっては、正成は一族を滅した男である。また、若い時宗にとって、正成の人を食ったような話し方は、防衛を任されている自分を馬鹿にしているように感じられたのであろう。ふたりの間に奇妙な緊張感が走った。

「時宗殿がそうおっしゃるのであれば、さらに守りを固めてもらうことでよしとしよう」

その空気を打ち消すがごとく、家康は議論を打ち切った。

「それではアメリカとの交渉であるが……」

家康は、そう言ってなぜか龍馬を見た。

「まずは、アメリカの出方を待つとする。こちらからは何も仕掛けぬ」

家康は、視線を信長に向けた。

「ようござりまするか」

「好きになされよ」

「義満殿。わしの頼みを聞いてもらえまするか？」

家康は義満に話しかけた。義満は、唐突な家康の問いかけに戸惑ったようだが、すぐにいつもの鷹揚な態度をとった。

「徳川殿が大将じゃ。なんなりと申されてみよ」

「次回のアメリカとの交渉に首相代行として坂本を登用したい」

「わしがですか!?」

龍馬は驚いて声をあげた。

「わしはアメリカとの交渉には慣れておらぬ。坂本は、異国の者との交渉の経験が豊富じゃ。坂本を起用したい。足利殿は外交の要であるから事前に了解を得たい」

「坂本をのう」

義満は龍馬をその虎の目でじっくりと見つめた。少しの沈黙のあと、ニヤリと笑って、そのふくよかな手でおのれの頬を撫でた。

「良かろう。坂本。お主の腕を見せてもらおう」

「大権現さま！　かなわんぜよ！　そんな大役を押しつけられるのはごめんじゃ」

龍馬は狼狽《ろうばい》して両手を振った。その仕草が滑稽で、普段は滅多に笑わない閣僚たちが一斉に噴き出した。

「ええではないか。龍馬。責任は徳川殿が取るのじゃ。思い切ってやればええ」

秀吉が腹を抱えて笑いながら龍馬を焚きつけた。

「そげなこと言われてもじゃ……」

なお、龍馬は拒絶したが、家康がその龍馬を制した。

「坂本。そちは古き世を壊すのではなく、新しき世をつくりたいのであろう。ならば働くのじゃ」

家康の言葉には重さがある。威圧とも違う独特の〝重さ〟だ。龍馬はそれ以上の抗弁《こうべん》を行うことはできなかった。

しかし。

龍馬がすぐにアメリカとの交渉の場に出ることはなかった。

最強内閣に初めての〝異変〟が起こったのである。

14 信長の野望

理沙が会議室に入ると、そこには森本ともうひとり馴染みの顔がいた。

「関根くん！」

「関根は大学の後輩でな。大の歴史マニアでもある。今回の件は歴史の知識のある奴が必要だと思ってな。制作局のディレクターなんかも考えたが、あいつらの場合、小野と近すぎる。どこで情報が漏れるかわからないから、個人的に信用できる関根にしたんだ」

森本が理沙に説明をした。理沙にしてみれば関根も十分、口が軽い部類だが、ここでそれを言っても始まらないと思って言葉を呑み込んだ。

「あらかたの説明は関根にしている」

森本はそう言って、理沙に席に座るように促すと、例の小野が残した3つの画像を引き伸ばしてプリントアウトしたものをホワイトボードに張り付けた。

「これが謎の暗号ってわけですね！」

関根はノリノリで、興味深そうに、桔梗の花と、妖怪獏の絵、そしてトランプのキングの写真を眺めた。

「この獏の絵は、バグを指すとしてだ。恐らくそのバグを示すのが、この桔梗の花と、キングにかかってると思うんだ」

森本はそう言って、関根を見た。

「なるほど」

「でだ。桔梗の花は家紋と考えた。関根。該当する閣僚がいるか？」

「桔梗の紋といえば…………明智光秀が有名ですけどね……」

関根は、そう言いながら閣僚名簿をスマホで開いて見てみる。

「光秀に殺された信長はいるんですけど……」

関根は、スマホの画面をスクロールしながら確認していく。

「うーん……いないなぁ……」

関根は首を捻った。

「いない？」

森本も理沙もスマホの画面を開いて確認する。

「本当にいないのか？」

「江戸時代以前のメンバーにはいなそうですね。明治組を見てみないと……大久保の家紋って……あ！」

関根が急に大きな声をあげた。

「どうした？」

「いました!!」

「いた？　誰だ!?」

「坂本龍馬ですよ！」

「龍馬さん？」

理沙が驚いて、思わず関根に聞き返した。

「ほら」

関根は、以前に龍馬の会見の様子を撮影した写真を、カメラロールの中から探して理沙に見せた。会見台の前でポーズを決める龍馬と秀吉の写真だ。その龍馬の着物の胸元をアップにすると、そこには桔梗の紋がある。

「龍馬は明智一族の子孫伝説があるんですよ」

関根は自慢げに話した。

「光秀の甥《おい》に明智《あけち》秀満《ひでみつ》というのがいましてね。その子が山崎の合戦〈68〉のあと、土佐に逃れたっていうんですよ。当時、土佐の領主であったのは長宗《ちょうそ》我《か》部《べ》元親《もとちか》という大名でして、この奥方が明智光秀の重臣《じゅうしん》〈69〉の斎《さい》藤利三《とうとしみつ》の妹なんです。そんな縁から、秀満は我が子を土佐に逃したと。秀満自身は坂本城に入って、光秀の妻子と共に討死にをしました。それは見事な最期だったという話です。土佐に逃れた秀満の子孫は、初めは才谷と名乗っていたのですが、そのうち明智家の居城であった坂本城から姓をとって坂本としたというのが伝説です」

「その話は知らなかったな」

森本が関根の講釈に感心したように頷いた。

「ちょっと待って！　それじゃ龍馬さんがバグだって言うの？」

理沙が信じられないといった様子で関根に食ってかかった。今まで龍馬と何度も接したが、龍馬に〝異常〟を感じることは一度もなかった。むしろその聡明さに感動したくらいだ。

〈68〉山崎の合戦　1582年6月13日、「本能寺の変」を受け、備中高松城の攻城戦から引き返した豊臣秀吉と、織田信長を討った明智光秀が、山崎（現在の京都府乙訓郡大山崎町）で激突した合戦。1日のうちに勝敗が決し、秀吉が勝利。織田信長の後継者となった秀吉は、天下統一へと乗り出すことになった。

〈69〉重臣　身分の高いおもだった家来。

「バグかどうかはわからないよ。俺はただ家紋について言っただけで……」

関根が理沙の剣幕に閉口したように口を尖らせた。

「他に桔梗の紋はいないいんだな？」

森本が関根に念を押した。関根は頷いた。

「坂本龍馬がバグかどうかはおいといて、次はこのトランプのキングのカードだ」

森本はホワイトボードのプリントを指差した。

「スペードのキングですね」

理沙は言った。

「王様ですからね。坂本龍馬は王様ではないですよね」

関根が首を捻った。

「閣僚の中で王様といえば誰だろう？」

「日本の王といえば天皇ですけど、天皇はいませんからね」

関根はそう言って頭を掻いた。

「ということは……天皇にとって代わろうとした人物……ということか……」

「それって……」

歴史に詳しくない理沙にもひとりの人物が思い浮かんだ。常識を破壊し、秩序を破壊し、新しい世界をつくる革命児。圧倒的威圧感と恐怖感。

「織田信長……」

くしくも3人は声を合わせた。

理沙は、間近で見た信長を思い出した。たしかに信長であれば日本の王になろうというのもわからなくはない。

「ちょっと待てよ……。森本さん、小野さんのメールもう一度見せてください」

関根は、小野のメールの順番を確認して、ホワイトボードのプリントを並べ直した。

「桔梗の紋……つまり坂本龍馬、貘は夢を食べる妖怪、もしくはシステムのバグ……そしてキング＝織田信長と……なるほど……わかったぞ!!」

関根は手をパンと打った。

「何がわかったんだ？」

「こういうことですよ！」

関根は興奮気味にホワイトボードの絵と写真を背に森本と理沙の方を向いた。

「バグは信長です。そしてそのバグを修正するパッチ〈70〉の役目をするのが坂本龍馬なんですよ！　バグはプログラムの〝バグ〟と、同時に夢を食べる妖怪の〝貘〟のダブルミーニングなんです。プログラムのバグは信長、妖怪の貘は龍馬。桔梗の花に誘われて夢を食べる貘が現れて、魔王の夢を食べてしまう。こういう意味なんです!!」

「魔王の夢？」

森本が関根に尋ねた。

「信長は天皇に代わり、自分が日本の唯一の神になろうとした男なんですよ。その野望を防ぐために明智光秀が本能寺の変を起こしたという説があるんです。もし、復活した信長がその野望を捨てなかったとしたら……はっきり言って家康なんて信長から見れば舎弟《しゃてい》ですからね。その信長の野望を止めるために光秀の子孫

〈70〉パッチ　コンピューターにおいてプログラムの一部分を更新してバグ修正や機能変更を行うためのデータのこと。「修正プログラム」や「アップデート（プログラム）」などとも呼ばれる。

である龍馬が出てきたんですよ！」

「だけど、復活した英傑たちはそういう野心は抱かないようにできてるんじゃないの？」

理沙が言った。そういう危険な思想を持たないようにＡＩでプログラミングされていると聞いている。

「だからこそバグなんだよ！」

関根の興奮は止まらなかった。

「ＡＩのプログラミングの過程で信長のプログラムにバグが生じたんだ。それは、信長がプログラムの制限を受けず自分の野心を持つこと。そのバグを修正するためにパッチとしての坂本龍馬をあとから追加したんじゃないかな」

確証はない。関根の想像に過ぎないが、説得力はある。理沙と森本が黙り込んだ。

「だとしたら、どうやって龍馬は信長を修正するんだろう……」

関根はそこまで言って考え込んだ。

「まずは、このＡＩのプログラムに関わり、行方がわからなくなっている水口教授と、才谷という学生を調べよう。関根の仮説を証明するためにも」

「才谷って学生が鍵を握ってるんですか⁉」

関根が食いついてきた。

「才谷って龍馬の実家の姓ですよ！　さっきも言ったけど！」

「そういえば……龍馬さんも自分の里だと言ってた」

理沙は龍馬との会話を思い出していた。森本は席から立ち上がり、窓の外を見た。

「小野はおそらくその才谷という学生を捜したんだろうな。その結果、東京に戻ってきた」

「ということは才谷は東京にいるってことですか？」

理沙は森本に尋ねた。

「はっきりとはわからんが……その可能性はあるということだ」

「私、高知に行こうと思います。きっとその才谷という学生の実家もしくは、親類がいると思うんです。そこで何か手がかりを掴めるんじゃないかと」

「それは止めておいた方がいい」

　森本は即答した。

「何故ですか？」

「言ったろ。小野が拘束されたということは、おまえと連絡をとっていることが漏れている可能性が高い。なんの連絡をとったかはまだわからんだろう。小野はきっと喋らないだろうからな。ただ、おまえが高知に行くと、もし関根の推測通りだと、おまえに危害が及ぶ可能性がある」

「だけど……」

　理沙はなおも食い下がろうとした。そもそも小野に危険が及んだのは自分のせいだという思いもある。

「あの……」

　そんな理沙を見て、関根が声をあげた。

「俺が行きましょうか」

「え？」

「俺ならマークされることはないし、多少とも歴史の知識があった方が今回は良さそうだから」

　結局、関根が高知に飛んだ。県をまたぐ移動は申請の必要があったが、それは森本が上手く対応した。理沙は自分の役割を関根に取られたような気がして、少し疎外感を覚えた。過ぎ去った出来事に後悔するタイプではないが、この時だけは今まで歴史をあまり勉強してこなかったことを後悔した。

15 綱吉と吉宗

「大権現さま！　綱吉公と吉宗公が暗殺されたというのはまことかえ！！！」

龍馬が官邸で家康に面会したのは閣議の翌日のことであった。

沈痛な面持ちの家康と、その謀臣《ぼうしん》〈71〉である本多正信が控えていた。そしてもうひとり面長で色白な中年の武士がそこにいた。

「どがいなことになっちゅうが！」

龍馬は、沈痛な面持ちで目を閉じている家康に叫んだ。

「源内」

本多正信が色白の武士に声をかけた。この男はＩＴ担当大臣に任命されている**平《ひら》賀《が》源《げん》内《ない》**である。

平賀源内（江戸時代中期）　江戸時代が生んだ最大の発明家であり奇才。地質学者、蘭学者、医者、殖産事業家、戯作者、浄瑠璃作者、俳人、蘭画家、発明家と信じられないほど幅広い分野で知識習得と創造を行った。静電気発生装置「エレキテル」や万歩計など１００種類もの発明品を生んだ。「夏場は鰻が売れない」と鰻屋から相談された源内が、「本日は土用の丑の日」と看板に書けばいい、と提案し、それが全国に広がったことで、日本に土用の丑の日に鰻を食べる習慣がついたと言われている。当時、丑の日には「う」のつく食べ物を食べればいい、という信仰があった。

源内はその持ち前の吸収力を遺憾無く発揮し、今ではその辺のエンジニアよりも遥かに高い知識と技術を会得している。秀吉、信長が大成功させたリモート万博も源内の働きによるところが大きい。

「昨夜のことでございます」

源内は切れ長の目を龍馬に向けた。切れ長ではあるが涼やかというより狐目に近い。神経質そうな表情をより険しく感じさせる一因だ。

「何者かが、綱吉公、吉宗公のプログラムに侵入し、これを破壊しました。そして、その後、ご両所のデータをすべて削除しました。つまり、綱吉公、吉宗公は、跡形もなくバックアップごと消去されたことになりまする」

「消去……」

「おふたりともプログラム停止中ではなく執務をされていたとみられまして、攻撃を受けた際、防御プログラムが作動した形跡がありましたが、敵の攻撃を防ぎきるには至らなかったようでございまする」

源内は悔しそうに拳を握り締めた。

「よもや、楠木殿が予言されたことがいきなり起こるとは……」

正信が絞り出すように言った。たしかに昨日の閣議で、楠木がアメリカの報復として、最強内閣のプログラムシステムが狙われる可能性を示唆していた。

「源内。アメリカの仕業である証拠はあるか」

〈71〉謀臣　計略に巧みな家来。

家康は静かに源内に尋ねた。

「証拠はありませぬ。というより、外部からこのプログラムに侵入することは難しいと思いまする」

「しかし、綱吉、吉宗はなんらかの事故ではなく、何者かに襲われたことは間違いないのじゃな」

「間違いありませぬ」

源内は頷いた。

「平賀さぁ。壊れたそのプログラムちゅうのを元に戻せば綱吉公と吉宗公は戻ってこられるのではないがか？」

龍馬は源内に尋ねた。たしかに綱吉も吉宗も生み出されたものである。それを戻すことは容易いのではないだろうか。容易くはなくとも物理的には可能なはずだ。

「それが……」

源内は言い淀んだ。

「どうしたのじゃ？」

家康は源内を見た。源内は困惑した表情で家康に向け平伏した。

「このプログラムをつくった者の行方がわかりませぬ。わかりませぬというより我らには連絡ができぬようになっておりまする」

「なんと！」

龍馬は目を剥《む》いた。

「それでは、わしらはどうやって身を守るがぜよ」

「我らのシステムを防御することや監視することはできまする。しかしながら、システムそのものの復元などは、このシステムの制作者がおらぬとできぬしくみになっておりまする」

「それでは綱吉公と吉宗公の復活はできんのかえ？」

「申し訳ありませぬ。今のところ打つ手はなしかと」

「草の根を分けてもつくった者を捜し出さねばならんが」

「坂本。落ち着け」

家康が興奮する龍馬を押し止めた。

「まずは、このできごとがアメリカ側の仕業であるかどうかを確かめることじゃ。思いもよらぬことが起こった場合、まずは性急に動かずあらゆることを確かめることじゃ。このしくみをつくった者がなぜわしらにはつなぎがとれぬのか。それにはきっと理由がある。そのことを含めて、まずはありとあらゆることを調べるのじゃ。正信」

「はは」

本多正信が進み出た。

「われらのプログラムをつくった者の手がかりをさぐれ」

「承知致しました」

「源内」

「は」

「そちは此度《こたび》のしわざ、誰によるものか全力で探れ。一切の先入観は捨てよ」

「承知致しました」

源内は平伏した。家康は、続いて龍馬を見た。

「坂本。閣議を行う。召集をかけよ」

閣議はそれから数時間後に行われた。

「アメリカによる報復は間違いない。これを見られよ」

閣議の冒頭、義満がスティン大統領のアメリカでの発言を取り上げた。

「読み上げる。〝日本はコンピューターに支配された愚かな国になった。アメリカは日本をアンドロイドの手から人間の手に戻すためあらゆる努力をする〟」

義満の発言に明らかに閣議全体の雰囲気が変わった。

「まだ綱吉殿、吉宗殿の訃報はどこにも出しておらぬ。であるのにかかわらずそれを見越したかのような発言。これは語るに落ちるというものじゃ」

「アメリカが仕掛けたとなると、戦じゃの」

秀吉が家康の顔色を見ながら言った。龍馬も家康の表情を盗み見たが、家康は眉ひとつ動かさない。意外であったのは、信長であった。信長はおもむろに立ち上がった。

「我が内閣において、綱吉殿、吉宗殿は徳川殿の一門であり、これを葬られたとあっては、見逃すことあってはならぬ。アメリカがそれをなしたかどうかより、このことに対して断固として復讐する必要あり」

信長の声は怒りに満ちあふれていた。それまで、ほとんど感情らしきものを発しなかった信長が初めて見せた感情であった。と同時にその威圧と迫力は英傑ぞろいの閣僚たちを奮い立たせるに値するものであった。

「上様。いかがなされまするか？」

秀吉が信長に尋ねた。それはあたかも信長がこの座の主役のようであった。あからさまな秀吉の追従に、本多正信などは露骨に顔をしかめた。

「戦にはできませぬぞ」

声をあげたのは法の番人たる藤原頼長であった。

「現法律では戦はできませぬ。憲法改正を行わぬ限り無理でござる」

「そんなもの無視すればええが。こちらはすでに大事な閣僚をふたりも殺られておるのじゃ」

秀吉が頼長に言い返した。もはや、この期に及んで、現代のルールなどに従っておられぬという空気が、秀吉だけではなく閣僚全体に広がっていた。

「戦になっても勝てんぞ」

そう声をあげたのは楠木正成であった。

「戦力が違いすぎるわ。またこの時代の民は戦に慣れておらん。混乱するばかりであっという間に鎮圧されるのがオチや。まぁ、日本の基地におる連中を皆殺しにするくらいはできるであろうが」

「戦とは、兵を用いるものだけにあらず」

信長は激情から一転冷ややかな表情に戻った。

「この時代の戦とは商いなり。徹底的にアメリカを追い落とすのみ」

「そりゃええ考えじゃ。ドルの信用は落ちちょる。逆に円の価値を上げ、商いで日本が世界の盟主になるという考えでござりまするな」

秀吉は痛快そうに手を打った。


「しずまられい!!」


それまで、無言を貫いていた家康が突如、大音声をあげた。閣僚たちは一斉に家康を見た。家康はゆっくりと目蓋を開き、閣僚たちを見回した。

「アメリカがことをなした証拠なきまま、思い込みで動くことはまかりならぬ」

家康がゆっくりと言った。初めて、家康が〝長〟としての威厳を出した瞬間であった。

「まずは真実をひとつでも掴む。それまでは動くことならぬ」

家康は、立ち上がった。

「我らは、この時代に争乱を起こしに参ったのではない。救いにきたのだ。アメリカはアメリカであり、日本は日本である。綱吉、吉宗が非業に倒るるとも本来の目的を見失ってはならぬ。それが綱吉、吉宗の無念を晴らすことになる」


本来の目的。

龍馬は家康の言葉を反芻《はんすう》した。我らは何をすべきか。なんのためにここにいるのか。江戸の末期、龍馬はお互いの組織（藩）の利益を優先し、なかなか手を結ぼうとしなかった薩摩と長州の代表であった西郷隆盛と桂小五郎に同じような言葉を投げつけたことを思い出した。人は、その場、その場の状況に流される。能力の高い者ほど、先が見える分だけ本来の目的を忘れがちになる。龍馬は改めて家康という男を見直した。

「まずやるべきは、速やかに綱吉と吉宗の後任を決め、その政を遅滞なくすすめることである」

「徳川殿は後任をどうするおつもりか」

信長が鋭い口調で家康に尋ねた。家康は信長に視線を送り微笑を浮かべた。

「農林水産大臣には石田三成を、厚生労働大臣には大久保利通を考えておりますがいかが？」

「ほう……」

一瞬、信長は意外そうな表情を浮かべた。三成は秀吉の配下、大久保は信長の配下である。江戸幕府配下である荻原重秀や緒方洪庵を推さなかった家康の判断には龍馬も驚きを隠せなかった。

「それはええ。三成と大久保ならば、綱吉殿と吉宗殿の後任の重責を担えるじゃろうて」

秀吉が名案だとばかり手を打った。しかし、すぐに秀吉はその表情をひきしめた。

「しかし、じゃからというて綱吉殿と吉宗殿を殺めた者を捨て置くわけにはいかぬ。徳川殿、そうであろう」

「無論のこと。今、平賀源内にいかなる者が綱吉と吉宗のプログラムに忍び込んでおるかを調べさせております」

家康は答えた。

「それがわからねば、我らもいつ寝込みを襲われるかわからへんからな」

正成が皮肉げに口を歪めた。

「アメリカにはわしが問いただそう」

義満がその大きな顔をゆらしながら言った。

「疑わしき者を放置するわけにはいかぬからな」

「義満公、問いただしたところで、やりましたとは言わんのじゃなかろうかのう」

龍馬が声をあげた。

「それでも良い。何も言わねば彼奴らは第2、第3の刺客を送り込んでくるじゃろう。しかし、こちらが問いただしておけば、もし彼奴らが下手人《げしゅにん》〈72〉だとすれば、次の矢は放ち難くなる。守りの意味も込めてじゃ」

「義満殿。あくまでも外交上の儀礼は守られよ」

家康は釘を刺した。義満はその家康の言葉に対して鼻をひとつ鳴らした。龍馬は、義満が明らかに不満を抱いているのを感じた。あくまで、法に従って事を進めようとする藤原頼長、態度を鮮明にしない楠木正成、家康の謀臣である本多正信を除くとその他の閣僚は一様に家康の慎重な態度に不満を覚えているようであった。

〈72〉下手人　直接手を下して人を殺した者。殺人犯。

「徳川殿」

信長が家康に近寄った。

「なんでござろう」

家康は信長を見上げる形で視線を合わせた。龍馬は、一瞬、ふたりの間に火花が散るように感じた。

「綱吉殿、吉宗殿に対する哀悼の意をわしは民に表したいが良いか」

「……」

家康のためらいが見てとれた。信長の言葉が意外すぎたのだ。

「綱吉殿、吉宗殿は、多くの事をなし、その志半ばで倒れた。わしもかつてそうであった。その想い、民に伝えるのも我らの役目ではないか」

信長の言葉に家康は黙って頷いた。

16 戦いを訴える

事態は家康の想定を大きく覆すものとなった。

信長が、民間に「綱吉・吉宗に対する哀悼の意」を表したことは想像以上の反響を呼んだ。家康に現代での織田信長の人気がここまで高いとは想像できなかったのであろう。信長の綱吉、吉宗に表した哀悼の意は以下のようなものであった。

厚生労働大臣徳川綱吉殿、農林水産大臣徳川吉宗殿は、多大な功績を残した。しかしその志半ばで倒れる無念を想う。理不尽なる悲劇に対して我らは団結してこの無念を晴らすべきである

経済産業大臣　織田信長

綱吉、吉宗が何者かのサイバーテロによって〝暗殺〟されたことは一気に広まった。そして、この暗殺に対する信長の憤りは国民の共感を生んだ。信長に続いて閣僚たちも哀悼の意を次々と表した。綱吉、吉宗は、やはり名君であり、彼らの部下であった官僚たちの悲しみも大きかった。テレビ番組では次々と、綱吉、吉宗の追悼特別番組が組まれた。

そして、その状況の中、義満のアメリカに対する詰問《きつもん》状とそれに対するステイン大統領の反応が波紋を広げた。義満の詰問状は、家康の求めた「外交上の儀礼」を無視した、あたかもアメリカを犯人と断定したような刺激的なものであった。これに対し、ステイン大統領はＳＮＳに、

〝日本にとって邪悪なアンドロイドが２体消えたことは喜ばしいことである〟

と書き込んだ。このステイン大統領のツイートにより、日本国民の反米感情は今までにないほど燃え上がった。

理沙はこの日、報道番組で信長にインタビューを行うという大役を受けていた。ここにきて信長が積極的にメディアに出てきたのは意外だった。関根の推理するところの信長は〝バグ〟だ。それを思うと理沙の緊張は恐怖に近いレベルに達していた。

「それにしてもステインの野郎はひどいな」

緊張する理沙を横目に相変わらず能天気な鳥川が声をかけてきた。

「アメリカのサイバーテロだって宣言しているようなもんだ。所詮、アメリカは日本を属国程度にしか思ってないってことだな」

「本当にアメリカがやったんですかね……」

「アメリカ以外に誰がやるんだ？　日本の最高峰のセキュリティを突破するなんて、アメリカ以外には無理だろう」

世論は概ね、この鳥川の論調である。そもそもそれまでもステイン大統領の高圧的な外交姿勢には反感があった。しかし、アメリカという大国の実力と賛否はあっても、ステインの持つカリスマ性は他の国のトッ

プにはないものであった。家康の前の首相だった原も、ステインの前では常にその顔色をうかがう態度であった。

そこに突然現れた最強内閣の面々は、首相である徳川家康を始め、ステインに怯《ひる》むような者はひとりもいない。むしろ〝カリスマ性〟という意味ではステインを上回っている。そしてなんといってもアメリカが克服できなかった新型コロナウイルスを短期間で収束させ、経済までも復活させたその手腕は、日本人にとっての〝誇り〟でもあった。その誇りを汚すようなステインの態度は日本人の国民感情を激しく反米に向かわせるのに十分な理由となっていた。

「アメリカは日本に怯えてるんだ。日本に世界のリーダーを奪われるんじゃないかってな」

鳥川は憤懣《ふんまん》やるかたないといった表情で言った。

そんな鳥川の言葉に理沙は、返事をせずに考え込んだ。

もし信長が〝バグ〟であったとして、何が起こるというのであろう。ここまで、信長が打ってきた施策はすべて的を射たものであった。今回の件で信長が豹変するのか……もしそれを防ぎ得るとすれば……関根の言うところの〝修正パッチ〟である龍馬はどんな役割を果たすというのだろう。


そんなことを考えているうちに、いよいよ信長との対面の時間となった。

今回はリモートでの事前収録という形だ。

信長が単独でメディアのインタビューを受けるのは初めてのことだ。以前の家康のときは官房長官である龍馬が随行《ずいこう》していたが、このインタビューには信長が単独で現れることになっている。

その時がきた。

画面の向こうに〝キング〟が姿を現した。南蛮ものの甲冑にマントを羽織っている。彫りの深い顔立ちに鷲のように鋭く高い鼻。切り裂いたような狐目。画面越しにも伝わってくる圧倒的な威圧感。

理沙は、全身に鳥肌が立つのを感じた。家康にはなかった現代との〝異質感〟。信長はまさに戦国時代の人間の血の匂いがした。

「織田上総介である」

信長は特徴的な甲高い声で名乗った。

「よ、よろしくお願いします……」

不甲斐ないと思ったが、声が震えた。

「わしは長いのは好かぬ。聞きたいことを申すがよい」

信長の目は底なし沼のような闇が広がっている。理沙は自分がその闇に呑まれていくような感覚をおぼえた。しかし、ここで負けてはいけない。理沙は自分の質問で信長が本当にバグであるかどうかを見極めようとしていた。

「承知いたしました。まず、織田大臣は今回の徳川綱吉、徳川吉宗両大臣に起こった事態についてどうお考えなのでしょうか？」

「暗殺である」

信長は断定した。

「事故やプログラムのなんらかの故障によるものということはないのでしょうか」

「綱吉殿、吉宗殿のプログラムに攻撃を受けたあとが見受けられた。サイバーテロという暗殺の一種であることが確認されておる」

「それでは、そのテロを行ったのは誰だとお考えでしょうか？」

理沙は核心に触れた。世間では今、アメリカの関与が疑われている。それは信長が発したものではないが、信長の哀悼の意によってできた流れだ。この質問が、さらに事態を混乱させる可能性はあったが、理沙はこの質問は避けて通れないと考えた。理沙の質問に信長は口を開いた。

「下手人はわからぬ。これは国を挙げて必ず見つけ出し、綱吉殿、吉宗殿の無念は晴らす」

意外なことに信長はアメリカが犯人であるとは言わなかった。しかし、次に出てきた言葉はやはり信長であると思わされた。

「しかしながら、綱吉殿、吉宗殿の死を喜ぶ者あり。この者は同盟の立場にありながら、この国の政の重大な危機を喜んでみせた。これは看過できぬ」

信長は語気を強めた。

「長らく日本はアメリカの属国と化しておる。他国に自国の防衛を任せるなどということは、国としての自立を放棄しておるということである。日本は一度戦争で負け、その時からアメリカの属国になり下がっておる」

そうであろうか……？　理沙の感覚からいえば日本がアメリカの属国になっているという感覚はない。アメリカが日本の国防を担うといっても、あくまでも日本に基地を設けているだけであり、事実上、自衛隊が日本の国防を担っているのではないか。理沙は恐る恐るそのことを口にした。

「日本には自衛隊があり、自衛隊が日本の国防を担っているのではないでしょうか？　その意味で、日本がアメリカの属国というのには違和感があります」

「自衛隊は憲法では軍として認められておらぬ」

信長は切り捨てるように言った。

「自衛隊は軍として認められぬのならば実質的にも軍としての国防はできぬ。できぬのであるからアメリカ軍が駐留しているのである」

信長は右手に持っていた刀でトンと床に音を立てた。

「日本は独立した国にならねばならぬ」

「独立した国……」

「おのれで守りおのれで立つ。そういう国である」

信長の底なし沼のような瞳の奥底に静かな炎が灯ったような気がした。

「此度のアメリカの態度は属国に対する態度であり、綱吉殿、吉宗殿の仇を討つこととは別儀にて、今、我らはこの機を逃さず断固とした態度でいどむべきである」


「それは……具体的にどういうことでしょうか……？」


理沙は自分の質問がこの時ほどおそろしいと思ったことはなかった。信長の考えている日本というものはどういうものなのか。信長は表情を変えずに言葉を続けた。

「わしは総理大臣ではない。最終的な決定は閣議で行う。わしができうるのは、わしの手が届く範囲である。経済においてはアメリカに対して一切の遠慮はせぬ。『楽市楽座』の減税撤廃は一切行わぬ。ＫＯＢＡＮの流通量を増やし、商いの利便を高め、日本の経済の力をもってアメリカを制する」

信長の言葉は断定であり、一切の妥協の余地を許さなかった。そしてそこで信長とのインタビューの時間は終わった。

「さすがは、信長だな。あれだけはっきり言えるのはやはり英傑だな」

放心状態の理沙の背後で、見学していた鳥川が感激しきりといった体で手を叩いていた。理沙は自分の胃の中に鉛が流し込まれたような気分になっていた。

「西村」

背後から小さく声をかけられた。振り向くと森本が手招きをしていた。

「こっちにこい」

理沙は、スタッフに一礼すると、森本のあとについてスタジオを出た。森本は、スタジオ奥の控え室に理沙を招き入れた。

「収録見てたぞ。やはりキングは信長だな」

森本は深刻そうな表情で言った。

「このままだとアメリカと本気で戦争を起こしかねないぞ」

「そうですね……」

理沙は頷いた。信長の言葉には魔術がある。聴いているだけでアメリカなど敵ではないと思えてくる。しかし、それこそが危険なカリスマである。

「水口教授の方を調べてみた」

「何かわかったんですか？」

「おそらくだが……」

森本は言葉を切った。

「水口教授は政府内にいる」

「え？」

理沙は驚いた。小野の話だと、水口教授は政府によって拘束されているという見込みだった。

「それは政府によって拘束されているという意味ですか？」

「いや」

森本は首をふった。

「俺の友人に日本党の代議士がいる。政権中枢に近い男だ。この男には以前に貸しがあってな。情報元は明かせないが、信用できる男だ。小野もずいぶんと嗅ぎ回ったらしいが、水口教授の件は政権内でも最重要機密になっているらしいから、辿り着けなかったのだろう」

森本は、一度立ち上がり、控え室の外を確認してからもう一度席に座り、一層声を低くした。

「水口教授がコロナに感染したのは事実で、入院したのも事実らしい。しかし、実際はそこから1ヶ月後には退院して、政府内で引き続き仕事をしているらしい。そしてそのことは極秘になっているので、表向きには重症のまま入院中となっているわけだ」

「それじゃ、内閣の中で仕事をしているということなんですか？」

「いや……。ここからが妙な話なんだが……」

森本は囁くような声になった。

「水口教授を抱えているのは、内閣ではなく日本党らしい」

「日本党……」

「もし、ＡＩにバグがあったならば水口教授は知っているはずだ」

「そうすれば、水口教授はそのバグを修正してるのでしょうか？」

であるならば、今しばらく様子を見た方がいいだろう。小野が逮捕されたのもその事実が世間に漏れて混乱を招くことを避けるためとも言えなくはない。

「俺はな……西村……」

森本は苦悩に満ちた表情を浮かべた。

「そうではない方向を考えているんだ」

「そうではない？」

「もしもだ……。日本党がバグを生み出した方を支持したら……どうだ……」

どきん、と理沙の胸が脈打った。

「それはどういう意味……」

「日本を再軍備させ、世界に覇権を唱えることを夢見る勢力と、仮にではあるが信長がバグだとして、信長と結びつくとしたら……」

森本は自分の想像に怯えるように首をふった。

「信長を首班とするように、世論を操り、その陰で邪魔な閣僚を消しているとすると……」

「そんなことありえるでしょうか……」

理沙は信じられなかった。戦乱の世に生きた英傑たちがそういう野望を抱くのはわかる。しかし、現代に生きる人間がそんな危険なことを考えるだろうか……。

「一番怖いのは生身の人間だ。AIを作り出すのも生身の人間なら、利用するのも人間だ。今の世間を見ろ。皆が熱狂し、考えることをやめて、最強内閣の言うがままだ」

森本の言う通り、近頃は最強内閣の政策に異を唱える者はいなくなった。最強内閣の進む先には日本が世界をリードし、日本国民全員が皆、豊かな暮らしができる時代が待っている。そう信じ込んでいた。メディアもSNSも、「この先どんな素晴らしい未来がやってくるか」といったことばかりを論じていた。そしてその様子はあまりにも能天気で楽観的にも思えたが、誰もそれを不思議だと思う様子はない。

「最強内閣をつくってるのは、AIじゃない。俺たち自身かもしれないんだ。俺の考えが正しいかどうかはわからないが、今日の信長を見てると、俺の考えはあながち間違っていないと思う。家康と信長は明らかに考えが違う。そして信長には利権の匂いがある」

「利権？」

「楽市楽座は利権の塊だ。楽市楽座があることで確実に儲かる人間がいる。現に安土国債にうちの会長と共に真っ先に手を上げた北山が率いるメディアボックスが、この楽市楽座の基幹のアプリの開発を請け負うことになっている。利権に群がるのは人だ。信長はその利権の中枢にいるわけだ。その利権の蜜を吸うためにはバグであっても利用する。それが人だ」

「才谷という学生はどうなったんですか？」

「そこだ」

森本は、少しばかり勢いこんだ。

「才谷は水口教授と離れたらしい。どうやら、このＡＩの根本部分を設計したのは才谷で、水口教授ではない」

「それじゃ……」

「鍵は才谷が握っている」

17 論争巻き起こる

信長のインタビューは凄まじい波紋を呼んだ。

大多数の国民は、信長の姿勢に共感し、反米感情を燃え上がらせた。その一方で、こうした強硬的な姿勢に対して慎重な対応を求める声も上がった。今まで、最強内閣のやることにほぼ無条件に熱狂していた国民の反応としては意外であった。やはり、〝戦争〟というものに対する恐怖は国民の間に根強くあり、今までは「平和」を生み出していた最強内閣の好戦的な対応には懸念が大きくなっていた。

また、それを大きく増幅させたのはアメリカ政府の反応であった。アメリカ政府は、信長の発言を事実上の宣戦布告だと非難し、日米同盟の破棄に明確に言及した。そして、行われるはずであった2回目の首脳会談も拒絶の意志を日本政府に伝えた。

これにより日米間は第二次世界大戦以来の緊迫感を迎えた。

「こりゃ、少しまずいんじゃなかろうかの」

定例の閣議でのことである。龍馬は発言した。綱吉、吉宗の代わりに三成、大久保が入閣しての初めての閣議である。

「アメリカをあんまり刺激してもしようがないと思うぜよ」

「龍馬。おみゃーは、アメリカに怯えておるのか?」

秀吉が龍馬を茶化すように言った。秀吉は相変わらず軽妙である。しかし、その言葉の裏側では信長の一連の発言に対する無用の批判をやめろと言っているようにも聞こえた。

「怯えておると言われれば怯えておるがぜよ」

龍馬は言った。

「わしゃ、死んでる身じゃから怯えることはないのかもしれんが、この国のこの時代の民のために正しく怯えちょるぜよ」

「正しく怯えるとは面白い言い方じゃのう」

秀吉は声をあげて笑った。

「わしらにこの時代で戦をすることが許されるのかの?」

龍馬は言った。家康が静かに自分に視線を向けるのを感じた。

「ここにいる御仁は皆、戦乱の中で生きた。かくいうわしも同じぜよ。戦いの中でわしはわしの目指す世を作ろうと思うた。それは、その時代がわしの生きている時代であったからじゃ。その時代に生きる者が目指すもののために戦うなればまだわかる。しかし、この時代に生きぬわしらが勝手に戦をするのは正しいことじゃろうか?」

「戦にはならぬ」

信長が切り裂くように声をあげた。その瞳を龍馬に向ける。その瞳は底なし沼ではなかった。光る瞳が龍馬を捉えた。

「アメリカは戦を起こせぬ」

「それはどういう意味じゃろうか?」

「アメリカが日本と戦を起こしても何も得るものはにゃーでな。彼奴らは利に敏いからの。脅すことはあっても戦を起こすようなことはにゃーわ」

秀吉が信長の言葉を継いで言った。

「しかし、信長公が言った商いの戦争になったらどうじゃ？　日本はアメリカと商売できんなったら困るじゃろ」

「坂本。そこよ」

今度は義満が声をあげた。そもそもこの男はアメリカとの仲をこじれさせた要因のひとつとなっている。

「この国はアメリカがいないと何もかもたちゆかぬというのでは話にならぬ。様々な国と対等に渡り合うためには、いっときアメリカと距離をおいても他の国々との関係を強めねばならぬわ」

「わしゃ、アメリカが戦をまったくせぬとは思わんぜよ。人には勢いというものがあるぜよ。わしゃ、それこそ幕府が倒れるなんぞ思ってもみんかった。正直、そんなことは天地が逆さまになっても起こらんと思うたぜよ。しかし、一度、流れができてくるとその勢いは止まらんもんぜよ……」

「足利殿」

家康は義満に声をかけた。

「なんじゃ？」

「今は、これ以上アメリカを刺激したくはない。細心の注意をもって当たられよ」

「当たられよ？」

義満は目を細めた。

「徳川殿。それはわしに命を下しておられるのか？」

「その通りである」

家康はキッパリと言った。龍馬は家康という男の将としての器に瞠目《どうもく》〈73〉した。義満は明らかに不快な表情を浮かべていたが、家康はその義満をまったく顧《かえり》みず、視線を信長に移した。

「織田殿もしかりでござる。今は各々が勝手に動けばかえってアメリカに付け込まれるだけでござる。勝手な振る舞いは控えられよ」

落ち着いた表情ではあったが、その言葉は信長に対して痛烈なものであった。おそらく家康は前世においても一度たりともこのような言い方をしなかったであろう。

「徳川殿。上様に対して少し言葉がすぎるのではにゃーか」

秀吉が信長の顔色をうかがいながら、家康をたしなめた。龍馬以下、他の閣僚も信長がどう反応するか固唾を呑んで見守っていた。家康は、秀吉に視線を向けるとなおもこう言った。

「豊臣殿。わしは今、この国の長に選ばれておる。危急の際は長に従う。でなければ戦になど勝てぬのではないか。それは豊臣殿もよくご存じであろう」

家康は一歩も譲らぬという姿勢をみせた。家康の正論に秀吉もまた困った表情を浮かべたまま引き下がった。一方の信長は一切、表情を変えることはなかった。ただ一言、静かに家康に向けて言葉を発した。

「是非に及ばず」

その言葉の意味は定かではなかった。しかし、信長はそれ以上の言葉は発せず、押し黙ったままであった。


最強内閣の結束に乱れが生じている頃、理沙は自宅でもの想いにふけっていた。理沙は信長のことを思い出していた。信長は本当に〝キング〟なのだろうか？

たしかに信長には他を圧倒する威圧感と凄みがあった。しかし、それは信長という人間のある側面だけを照らしているものではないのか。後世の人間は、信長という人間の何を知っているのだろうか？　比叡山の焼き討ちや、伊勢長島の一向一揆〈74〉に対する苛烈な所業はまさに魔王と呼ばれるにふさわしいものである。

現代の人間にとっては。果たしてその時代に生きる者たちにとってはどうであったのだろうか。

人間は「事実」をある側面からしか見ない。そしてその「一部の事実」を自分の先入観に結びつけてあたかも論理的であるかのように結論づけるのだ。信長は「残虐」で「酷薄《こくはく》」そして「苛烈な改革者」。現代が知っている信長のイメージは後世の人間の先入観の塊にしか過ぎないのではないだろうか。その先入観にそって歴史に残る事実を拾い集めただけではないのだろうか。

理沙は自分自身を振り返ってみた。考えてみれば、理沙という人間も先入観によって他人からイメージづけられてきた。女子アナ、バラエティ、酒席での失敗、年齢、世間からの先入観は次第に自分を支配していた。今もそうだ。ひょんなことから、坂本龍馬に気に入られ、報道を中心に活動しだすと、今度は「社会派」というイメージで語られる。理沙にとってバラエティも報道も仕事であって、それは自分自身の「一部」でしかないのだ。


理沙が対面した織田信長は……〝純粋〟であった。

それは、家康や龍馬と同じ質のものであった。表現のしかたは違う。信長の〝純粋さ〟は妥協を許さない激しいものに感じられる。特に綱吉、吉宗を失ったことに対する憤りに関しては打算的なものを一切感じなかった。もしもキングが信長であれば、綱吉、吉宗は信長によって葬られた可能性が高い。しかし、信長の態度はそのような陰湿さは微塵も感じさせなかった。英傑たちに共有されている「純粋さ」は凡人の手に届かないものではない。むしろ、彼らは凡人の自分たちより「シンプル」であった。「事実」に対して「何が

〈73〉瞠目　驚いたり感心したりして、目をみはること。
〈74〉伊勢長島の一向一揆　伊勢長島（三重県桑名市）を中心とした地域で本願寺門徒らが蜂起した一向一揆。信長を苦しめた一向一揆のうち、最も悲惨な戦いとなった一揆と言われている。信長は総勢８万人の大軍勢で、門徒２万人を焼き討ちにした。

大切か」ということを余計な忖度を抜きにして考える。信長はよりその表現に遠慮がないだけのように思えた。遠慮なくシンプルに物事の本質をえぐりとる。

それが私たち現代に生きる人間にとって苛烈に見えるだけなのではないか……。少なくとも。信長はその残虐性をこの時代において一度も発揮していない。

信長の純粋さに思いを巡らすうちに、理沙の思考は、自分自身にとって「何が大切か」を考えるにまで至っていた。シンプルに……何が大切か……。最強内閣と出会ってから何かが内側から変わろうとしていた。


その時。

理沙のスマホが振動した。手にとって見ると相手は「非通知」になっている。いつもは非通知の電話に出ることはない理沙であったが、この時は虫の知らせであろうか。躊躇したあと、電話に出た。

「西村か⁉」

声の主は関根であった。

「関根くん⁉」

「よかった‼　森本さん、電話でてくれなかったから……」

「どうして非通知で……」

「公衆電話からだ」

関根は声を潜めた。どうやらあたりをうかがっているらしい。

「携帯からだと逆探知される恐れがあるからな」

「逆探知？」

「時間がないから手短に言うぞ。才谷龍太郎は小野さんと一緒に東京に向かった。龍太郎は家族に日本を救うと置き手紙をしていたそうだ」

「日本を救う？」

「龍太郎は間違いなく、バグについて知っているし、対策を講じる方法も知っていると思う。小野さんが逮捕された時、龍太郎が拘束されてなければ東京に潜んでる確率が高い」

「東京に……」

急に関根の息遣いが荒くなった。

「いいか！　西村!!　なんとか才谷龍太郎をみつけろ！」

「みつけるっていっても……どうやって……」

「そんなこと俺に聞かれてもわからん！　いいかもう切るぞ！　俺も追われてる気がする！」

「追われてるって……」

理沙の声を遮るようにして電話は切られた。

小野が逮捕された時の状況は森本に聞けばわかるだろう。もし、才谷も同時に拘束されていれば万事休すだが、今までの話を総合すると小野はひとりであった可能性が高い。

もし、才谷龍太郎が難を逃れたとすればどこにいるのだろう。

そしてそれをどうやって突き止めればいいのか。

理沙は、森本に連絡をしたが、その日、森本は1日連絡がつかなかった。

そしてその夜。

さらに日本を混乱に陥れる事態が起こったのだった。

18 暗殺

翌朝、出社した理沙を待ち構えていたのは社内の喧騒であった。

アナウンス部のフロアもただならぬ雰囲気が漂っている。

「西村！　大変だ!!」

理沙の姿を見つけて走り寄ってきたのは、森本だった。

「何があったんですか？」

「またサイバーテロだ」

「サイバーテロ？」

「信長がやられた」

「え!?」

理沙は目を見開いた。〝キング〟と目されていた信長が……。

「確かなんですか？」

「うちの上層部に財務大臣の豊臣秀吉から直々に連絡が入ったそうだ。秀吉は激怒しているらしい。どうもアメリカの仕業と思っているようだ」

秀吉にとっては信長は主君であり、彼が一介の農民から天下人に上り詰めることを可能にした、おそらく神のような存在である。現代に復活してからも、秀吉は財務大臣として、信長は経済産業大臣として、ふたりはタッグを組み、「安土国債」「リモート博覧会」「楽市楽座」など重要政策を担ってきた。秀吉の怒りは想像できた。

「政府としての正式発表はあったんですか？」

「まだだが、まもなく発表になるようだ」

「とんでもないことになりそうですね……」

「そうだな……。アメリカの反応次第では、深刻な事態になるかもしれん。しかし……こうなるとバグは誰なんだ……もしくはそもそもバグは存在しないのか……」

森本はあたりをうかがいながら、理沙にだけ聞こえるように呟いた。

「関根くんから連絡があったんです」

理沙は森本に囁いた。

「関根から？　ちょっと場所をうつそう」

理沙と森本は会議室に移動した。

「高知から連絡だったんですが、盗聴される危険があるからと言って公衆電話からでした」

「あの非通知は、関根だったのか。昨晩、非通知の着信が何回かあったんだが、出なかったんだ」

「小野さんは、才谷龍太郎と一緒に高知から東京に向かったそうなんです。そして、その時、才谷龍太郎は家族に置き手紙で日本を救うと書いていたらしいんです」

「なるほど……そう考えると、やはりバグは存在するということか……しかもそれは信長ではないと……」

「そうでしょうか？」

「どういうことだ？」

興奮状態にある人間は妙に頭が冴えてくるらしい。理沙はいろいろな可能性について自分の思考が巡っていくことに驚いた。

「本当に信長は、暗殺されたんでしょうか？」

「……」

森本は考え込んだ。たしかに、暗殺といってもそれは、プログラムの話である。生身の人間であれば、「遺体」という物的証拠が明確だ。しかしプログラムはあくまで消滅であり、それを証明するものはない。

「信長が暗殺されたふりをしたとしてそれはなんのために？」

「それは……」

理沙は言葉に詰まった。

「わからないですけど……」

「可能性はあると思うな。いずれにしてもその謎については才谷が握っているということか……」

「そのことなんですけど、小野さんが捕まった時、才谷龍太郎が一緒に捕まったということはないでしょうか？　もしそうだとしたらお手上げなんですけど……」

「小野が捕まった時はひとりだったのは間違いない」

森本は断言した。

「小野の逮捕の様子はかなり詳しく調べてみたが、拘束されたのは霞が関の路上で、小野が拘束されたのを目撃した人も多かった。その時点で小野がひとりであったのは間違いない」

「小野さんは霞が関で捕まったんですね」

「これはあくまで推測だが、小野は才谷のバグの話の裏を取ろうとしたんじゃないかな」

「裏？」

「水口教授に会いにいったような気がする」

「それじゃ水口教授は霞が関に？」

森本は頷いた。

「才谷は水口教授と袂をわかって高知に戻った。それは、水口教授がバグの方を正規にしようとしたからだ。本当にバグが何をもたらすか確信が持てなかったんだろう。それを才谷は故郷で観察していたんだな。そして危機感を募らせていたところに小野が現れた。才谷は小野と一緒に東京に来て水口教授を止めることを考えた。小野は水口教授の居場所を確認するために霞が関に向かったところを……」

「水口教授は霞が関にいる……」

「その公算が大きいと思うな」

「才谷龍太郎は東京近辺に潜んでいるということですね」

「おそらくな。問題は……」

森本は、会議室の窓から外を眺めた。地上26階の高層ビルの眼下に広がる東京の街。

「どうやって才谷龍太郎を捜すかだ……」


「徳川殿！　今すぐアメリカの基地に夜討ちをかけるのじゃ！！！」

秀吉の怒声が響き渡った。

目は血走り、額には血管が浮かび上がっている。何よりもその声の大きさだ。秀吉が怒号を放つたびに、部屋中が地響きを起こすようだ。秀吉は叫び、腕を振り上げ、足を踏み鳴らした。ほとんど狂態と呼べるほどの錯乱ぶりである。

信長の暗殺を受けて、急遽、閣議が召集されていた。秀吉以外の閣僚は皆押し黙ってただただ秀吉の荒れ狂う様を眺めていた。部屋全体に異様な雰囲気が流れていた。

「アメリカ軍を皆殺しにするのじゃ!!」

秀吉は、防衛大臣である北条時宗の前に立ち、再び怒鳴り声をあげた。時宗は、秀吉の声に応えることもなく目を閉じている。誰もが、秀吉の言っていることが不可能であることはわかっていた。しかし、また誰もが秀吉の怒りに対する理解もあった。前世でも主君である信長を討たれ、今また、同じように信長を討たれた。秀吉が取り乱すのも無理はなかった。

「徳川殿!!!　なぜ何度も敵の忍がいとも簡単にことを成すのじゃ!!!!」

秀吉は家康を怒鳴りつけた。家康は半狂乱になって叫ぶ秀吉を冷ややかな目で見つめていた。

「徳川殿!!!」

秀吉はもう一度叫んだ。

「源内」

家康はＩＴ担当大臣である平賀源内の名を呼んだ。

「はは」

「綱吉、吉宗、織田殿と続いておる。これがアメリカの仕業という証拠は掴めておるか」

源内が前に進み出る。源内は秀吉の様子をうかがいながら、額をおのれの膝にこすりつけるようにして声をあげた。

「鋭意現在も調べておりますが、外部からの侵入の形跡はまだ見つかっておりませぬ。したがってアメリカ側の仕業かどうかはわかりかねまする」

「それではあれか」

秀吉は、源内に近寄り、頭を下げている源内の正面に座り込み、強引に目を合わせるようにのぞき込んだ。

「おみゃーは、上様は、この政府の何者かによって葬られたとでも言うのかえ?」

「いえ……。そのようなことは……けっして……」

源内は、秀吉の言葉に文字通り震え上がった。

「海外からサーバーへのアクセスの形跡がないということでございまして……国内にいる何者かが、なんらかの方法で我々の警備システムをくぐり抜けて、信長公のプログラムに攻撃を仕掛けたのではないかと……」

「つまりアメリカの仕業であったということも言えるのじゃな」

「なくはない……と……でも申しましょうか……」

源内はこの数回の会話の間にびっしょりと汗をかいていた。

「徳川殿。ということじゃ。疑わしきはアメリカじゃ」

秀吉は再度、家康の方を向いた。


「攻撃するのは構わぬが、負けるぞ」

後方から声を発したのは楠木正成であった。

「今のこの国の戦力ではアメリカの相手にならへんで。奇襲をかけるとしても、反撃され手こずれば、アメリカ本国からの援軍がきてそれでしまいじゃ」

「戦はせぬ」

家康は静かに言った。

「織田殿も戦はせぬと明言しておられた。秀吉殿。お怒りはごもっとも。このわしも同じ気持ちじゃ。しかしながら、まずはこちらの動揺を敵に見て取られぬことじゃ。まずは、織田殿の後任については秀吉殿が兼務されよ」

「わしがか」

秀吉は家康に向き直った。普段の明るさは消え、陰鬱な表情が秀吉を覆っている。この底抜けに明るい男の裏側にこのような陰があるのかと、龍馬は背筋が寒くなるような印象を受けた。

「財務省と経済産業省は一体となって政策を行ってきた。織田殿の志を引き継ぐのは貴殿をおいて他にいないであろう」

「承知いたした。しかしの、徳川殿。わしゃ、上様の遺志を継ぐゆえ、アメリカには一歩も譲歩は行わぬ。それでもよいか」

その秀吉の言葉に家康はなんの返答もしなかった。その代わりに家康は義満に視線を送った。

「足利殿」

「何かな？」

義満は不機嫌そうに家康にその巨顔を向けた。前回の一件以来、義満と家康の関係は微妙なものとなっていた。

「アメリカへの対応でござるが」

「また指図か？」

「しばし放っておくことにしたい」

「ほう？」

義満は、家康の言葉に硬い表情を少し緩めた。

「それはどういう策かの？」

「わしはアメリカへの疑いを解いておるわけではない。しかしながら、あの者どもは、こちらからの問いかけに必要以上に反応するようでござる。まず、我らから仕掛けず、彼奴らがいかなる反応をみせるかを確かめるつもりでござる」

「その反応しだいでは徳川殿はどうお考えじゃ？」

秀吉が鋭い視線を家康に送った。

「断固たる姿勢をとる。アメリカとの同盟破棄も辞さずである」

義満は少し意外そうな表情を浮かべた。ここまで家康は一貫して、外交に関しては協調的な姿勢であった。その家康から同盟破棄という言葉が出たことは意外という他なかった。義満は、家康に対して不快な想いを抱いているが、家康という男の評価そのものは高い。家康がその場しのぎの言葉を吐くような男ではないことはわかっていた。

「ならばその際は、中国やロシアとも交渉せねばなるまいな」

義満は家康をじっと見つめながら言った。

「その際は存分に足利殿に腕を振るっていただく」

家康は言い切った。その言葉に義満は深く頷いた。秀吉は、しばらく考えていたが、そのまま黙って立ち去った。

「徳川殿。わしは動かぬが豊臣殿はわからぬぞ」

義満は秀吉の後ろ姿を見て、苦笑を浮かべた。

「かの御仁なら大丈夫でござる」

家康は平然として義満に言葉を返した。

「なぜわかる?」

「かの御仁とは長いつきあいでござる。かの御仁は誰よりも激しい人柄でござるが、同時に誰よりも理に適った考えをお持ちでござる。無謀なことはなさるまい」

「そんなものかの」

義満は鼻を鳴らすと、そのまま姿を消した。

閣議が終わり、その場に残ったのは家康、龍馬と、源内、そして国家公安委員長の本多正信、防衛大臣の北条時宗であった。

「北条殿。アメリカ軍基地の周りを不測の事態に備えておかれよ」

家康は穏やかに時宗に語りかけた。時宗は少し首を斜めに傾け上目遣いで見上げるような動きで、家康の方に身体を向けた。

「それはアメリカ軍が攻めてくることがあるということでござるか？」

「その逆でござる」

「逆？」

「一般の民がアメリカ軍といざこざを起こさぬようにでござる」

「なるほど」

時宗はにっこりと笑った。この青年は国内で敵と戦う難しさを知っている。そして何よりも、自衛隊といえども本格的な戦争などに対して覚悟を持っている者はいない。平和な時代なのだ。一般国民より自衛隊の方がはるかに戦争に対する恐怖心を持っている。

「徳川殿。私は戦はせずに済むならそれが一番だと思っておりまする」

「北条殿。それはわしも同じ考えでござる」

家康は頷いた。

「正信。そちの方は進展はあったか？」

「居場所はおおよその見当がついております」

正信がそのしわくちゃの顔をほんの少し緩めて答えた。

「万が一のことがあってはならんぞ」

「承知致しております。新選組を配備しておりまする」

ふたりの唐突な会話の意味がわからず、龍馬は首を捻った。

「正信。勝負はおそらく一度しかない。くれぐれも用心せよ」

「おまかせくださいませ」

正信は深々と平伏してみせた。

「なんの話ぜよ」

「龍馬。こちらの話じゃ。気にせずともよい」

正信は、顔を上げると龍馬を見て、今度はにやりと笑ってみせた。龍馬は何やらのけものにされたような気分になりすこしばかり心外な気持ちになった。

「わしには教えられんことかえ」

「今はまだ話せぬ。しかし、さほど時を置かずして伝えることになろう」

家康は、相変わらず表情は変えない。龍馬は、家康という男に自分が惹かれていくのを感じていた。家康はおもしろみも激しさも明るさもない。しかし、それは感情を感じないわけではない。家康という男には揺るがないものがある。すべての言葉がその信念に裏打ちされている。したがって「今は話せぬ」という、普通の者が口にすれば疑心を抱く言葉も家康の口から出ると額面通りになんの不思議もなく入ってくるのだ。

龍馬は家康の顔をまじまじと見つめながら、改めて目の前にいる男の偉大さを感じていた。

「わしの顔に何かついておるか？」

家康は、龍馬の視線に少し戸惑った様子で言った。龍馬は慌てて目の前で手を振った。

「なんにもついてはおらんぜよ」

場の空気を変えようと、龍馬は話題を移した。

「それにしてもじゃ。信長公は本当にアメリカの間者に殺られたんじゃろうか？」

「源内」

家康は源内に声をかけた。

「率直におまえの考えを申してみよ」

源内は、おどおどとしながら進み出た。

「アメリカの仕業だとは考えにくいというのがわたくしが調べた結論でございまする」

「それじゃ、誰が殺ったがいうぜよ」

「坂本」

家康は龍馬に視線を向けた。

「敵は本能寺にありじゃ」

19 攘夷

信長の暗殺が発表されるや、世論は激しく動いた。

〝反米〟である。

政府は、アメリカの攻撃と断定することなく、「信長が暗殺された」という事実だけを発表したが、国民から〝アメリカの仕業だ〟とする声が膨れ上がり、それまで対アメリカについて慎重であった声もかき消されてしまうほど、極端な反米感情に日本中が包まれた。これは〝スーパースター織田信長の死〟という劇薬のなせるものであった。家康が考えるより現代における織田信長の人気は絶大であった。綱吉、吉宗の比ではないくらいの影響力であった。

極端な感情の波は、一部の過激な者の声を必要以上に大きくするものだ。

この場合、右傾化した者の声が大勢を占めた。彼らは「攘夷《じょうい》」を合言葉にアメリカの排斥を訴えた。〝#攘夷〟はあっという間にトレンドワード〈75〉の1位となった。

アメリカの駐日大使館前では連日デモが行われ、アメリカ軍の基地でも同様にデモが行われた。さすがに

〈75〉トレンド機能　ツイッター上で「今何が話題になっているか」がわかる機能。

アメリカ政府は前回のような挑発的な態度は取らなかったものの、信長の暗殺についての公式見解が一切なく、また日本との外交接触を一旦断つなど、その姿勢は強硬的なものであった。

日米の緊迫感は一層高まっていた。


そんな中、事件は起こった。

発端は、些細《ささい》な酒席でのトラブルであった。横須賀《よこすか》のアメリカ軍基地の近くの居酒屋で、外資系に勤める日本人とアメリカ人の同僚同士が言い争いになった。その言い争いに近くにいた若い日本人の一団が絡み、さらにその場に運悪くアメリカ軍の兵士たちも居合わせており、これが大乱闘へと発展した。

この乱闘で、日本人、アメリカ人共に負傷者が出たのだが、この騒ぎに駆けつけた警察が、乱闘に加わったアメリカ兵士を逮捕拘束したことで、アメリカ軍の態度が硬化。連行された兵士を奪還しに軍を動かす構えをとった。日本側がこのアメリカ兵の拘束を解いたため、それ以上、アメリカ軍は動かなかったが、この事態にステイン大統領が過敏に反応し、

日本国内に留まるアメリカ人に危害が及ぶ可能性がある場合、
アメリカ軍によって独自に保護活動を行う

と声明を発表した。

これに対して、日本政府は、足利義満外務大臣が、

ステイン大統領の声明は明らかに行き過ぎであり、内政干渉である。

日本国内におけるアメリカ軍の無法な行為は許されない

と反撃し、北条時宗防衛大臣は、緊急時に備えて自衛隊に備えを命じた。

ここに日米間は戦後最大最悪の状況に陥った。


「坂本」

龍馬は、首相官邸で家康と対面していた。

「大変なことになってしまいましたのう」

龍馬は蓬髪をバリバリと掻きむしった。困った時のこの男の癖だ。

「織田殿の死は、この国の命運を変えかねない」

「ここまで信長公に対する信望があったとは思いもよらなかったぜよ。皆、あんなに怖がっていたのにの……」

龍馬は首を傾げた。閣僚を含めて、財界の者や政治家は皆、〝信長の威圧感〟に危険を感じていた。信長がアメリカに対して公然と対抗を表した時にその危険性を訴えた者も少なくなかった。しかし、信長が去ると皆がその偉大さを讃《たた》え、その遺志を継ごうとする。不思議なものであった。

「織田殿という御仁は、生きてるうちよりも死んだあとにその功績を残す。そういう御仁であった。それは前世においてもじゃ。あの御仁がおらねば、太閤秀吉の天下統一はならず、わしの江戸の泰平もならなかった」

「しかし。今回は国の存亡の危機ぜよ」

龍馬にとってやはり織田信長は理解に苦しむ人間であった。たしかにその行動力、発想力、そして既存の常識を打ち破る胆力。いずれをとっても群を抜いた英傑であることは疑う余地がない。しかし、龍馬には信長の目指すものがわからなかった。ただ破壊していく。それだけだ。

「坂本。織田殿という存在は、常に存亡の危機を周りに与えるものじゃ。それがかの御仁の役目なのじゃ。あとは我らが何をつくるかの問題じゃ」

家康は穏やかに言った。

「大権現さま。ひとつ聞いてもええかいの？」

今、この部屋には龍馬と家康のふたりだけしかいない。龍馬の真剣な眼差しに家康は微笑を浮かべた。

「遠慮なく言うてみよ」

「大権現さまはどんな世をつくろうとしておるのかの？」

織田信長が〝壊す〟役割なら、家康の役割は〝つくる〟ことであろう。過去においても現在においても。なら家康はどんな世をつくろうとしているのか。それを知る必要が自分にはある。そう龍馬は思った。

「わしがつくるのは変わらぬ安寧《あんねい》じゃ」

家康はゆっくり答えた。

「わしの前半生は、戦の日々であった。親兄弟であっても殺し合い、主君と家臣もお互いを信じることはなく、利があれば躊躇なく互いに刃を向けた。寝首をかかれることを恐れ、浅い眠りで朝を迎えたものじゃ」

家康の言葉に龍馬は耳を傾けた。

「始めの頃はおのれの命を守ることで精一杯であった。今川から独立し、織田殿と同盟を結んだ頃は、家臣と領民を守ることで頭が一杯であった。来る日も来る日もわしは、守るべきもののために命を張った」

龍馬はおのれを振り返ってみた。龍馬には家康のように守るべきものはあったのだろうか？　藩を離れ、自由に駆け回った日々。危険と隣り合わせではあったが、充実した日々でもあった。一方の家康の語る日々は重く垂れ込めた雲のような暗いものであった。

「わしはある時思ったのじゃ。このような時代は間違っておると。大きな富などなくてもよい。誰もが安心して夜を迎えられる、そういう世をつくらねばならぬと。わしは安寧の世をつくると決めた。それ以降、わしはそのためならどんな屈辱や苦難も超えなければならぬと誓った。我が子、我が妻を死に追いやっても、孫娘の夫を炎の中で葬っても……」

家康はそこで言葉を切って、少し黙った。そして小さく、「未練じゃな……」と呟いた。その家康の表情が今までになく寂しげであったのが、龍馬の胸を打った。家康は、おのれの表情に気づき、いつもの厳しい表情に戻し、言葉を続けた。

「いつの時代もそれは変わらぬ。坂本。安寧は簡単には手に入らぬ。**変わらぬものをつくるには変えることを恐れてはならぬ**」

「変わらぬためには……変えることを恐れては……ならぬ」

「安寧が守れぬ時は、たとえ父祖の法であっても変えねばならぬ。安寧とは、ひとときも変わらぬ人の願い、想いである。その想いの前には、命を懸けて変えなければならないこともある。大事なのは、何のために何を壊し何を変えるかを見極めることである。それが世を治める者のつとめである」

家康は目的とはなんたるかを説いているのだ。そう龍馬は理解した。〝変わること〟を目的とする者は多い。世の中が乱れた時、人生が行き詰まった時、「何かを変えなければならない」と焦燥感に駆られることがある。それゆえ、〝何か〟がわからないまま既存のしくみを〝壊す〟ことのみを目的としてしまう。

龍馬自身もそうであったかもしれない。黒船が来航し、江戸の世が乱れた時。龍馬たち志士たちにあったのは〝壊す〟ことであった。壊せば何かが変わる。それが何かは壊せばわかると思っていた。しかし、家康が言うのは、目的がすべてであるということだ。「安寧な世をつくる」という目的があってこそ、「壊す」や「変える」を行ってもよい。徳川家康が、壊すことを目的とした織田信長にはできなかった、江戸の２６５年の安寧の時代を築けた理由がここにあると龍馬は思った。

「坂本。まずはアメリカとの戦は避けねばならぬ。そちには、国民に語りかけてもらいたい」

家康は、そう言うと、ゆっくりと立ち上がり、窓に近寄った。家康の目の前には、東京の空が広がっている。

龍馬はその家康の背中を見つめていた。江戸から東京と名を改めたが、この町をつくったのは間違いなくこの男である。江戸幕府は歴史的使命を終え、なくなったが、江戸の町はなくならなかった。そして、今。江戸幕府を始めた男と江戸幕府を終わらせた男が共にやらなければならないことは、この町を守ることだ。

「わしがやれることはなんでもやるぜよ」

龍馬は家康の背にそう呟いた。

20 敵はスペード

坂本龍馬が緊急会見をすることになり、首相官邸に理沙は向かっていた。

理沙はここ数ヶ月の自分の状況の変化に思考が追いついていない。1年前までの自分は、何か目的があるわけでも信念があるわけでも、ましてや社会や世界について考えることなどまったくなかった。アナウンサーという、一見華やかな職業についてはいたが、8年も経てば、新入社員の頃のような野心もなく、日常に流される日々だった。個人の自分と社会の接点などは、海岸の砂浜の一粒の砂のようなものだ。気負いもない分、ストレスもない。それがあたりまえと受け止めれば、それはそれで充実した日々ともいえた。

そんな自分が、今、〝社会〟を背負って、戦おうとしている。思考がついていけないのも無理はない。

「関根からはまだ連絡はないんだな」

車を運転する森本が理沙に尋ねた。

「はい。あれからなんの連絡もなく……」

「才谷龍太郎の行方もわからないしな……」

ハンドルを握る森本は唇を噛んだ。状況は最悪の一途を辿っている。最強内閣は閉塞していた日本の政治と社会のありかたを一変させた。バブルが弾け、長い低成長時代は日本人から自信を奪い、同時に政治不信を招いた。政権交代などの何度かのチャンスはすべて結果を出せず、いつしか自虐的な悲観論と無関心だけが残った。そんな中でのコロナパンデミック。決められない政治が混乱の極みをもたらし、そこに現れたのが最強内閣だった。現代に蘇った英傑たちはまさに〝決断できるリーダー〟であった。始めは懐疑的だった国民も次々と閉塞した状況を打ち破る最強内閣に酔いしれ、いつしかそれが自分たちの力だと勘違いし始めていた。今の日本は自信に満ちあふれている。しかし、それは森本の目には砂上《さじょう》の楼閣《ろうかく》〈76〉に見えていた。

いや。

森本自身も最初は最強内閣に酔いしれる方であった。もし小野の件がなければ、今も森本は熱狂的な最強内閣の支持者であったはずだ。最強内閣という〝システム〟にバグがあり、そのバグを利用しようとしている者がいたとしても、批判能力を失った今の国民ではそれを止める術がないだろう。バグとはプログラムの欠陥である。プログラムという無機質な用語が、森本の思考に客観性を与えた。プログラムを悪用する者を、メディアに関わる森本は何度も見ていた。そしてそのおそろしさも知っている。

この数日の国民の反米の空気を見て、森本は民衆のおそろしさを肌身に感じていた。〝空気〟は論理を超越する。それが人間というものだ。テレビメディアはある意味、その空気を武器にしてきたといえる。ワイドショーはその典型的な例だ。芸能人の不倫や不祥事を取り上げると一気に視聴率は上がる。それは、人間が持つ「処罰感情」というものを増幅させるからだ。論理や倫理はそれを正当化する免罪符にすぎない。人間の心の中に潜む〝醜《みにく》い感情〟に正義という錦の御旗《みはた》〈77〉を掲げ、空気を醸成《じょうせい》し、爆発させる。それがどのような効果を生み出すかは、誰しも理解できるだろう。どんなに優れた科学技術や論理が生み出されても、それを扱うのは人間なのである。

「このままだと冗談抜きにアメリカと戦争になるかもな」

森本は眉根にしわを寄せた。ちょっと前までは想像だにしなかったことが起こるかもしれないという実感がある。

「これもバグが起こしたことなんでしょうか?」

理沙は森本に尋ねた。今回の騒動は、アメリカ側の問題も相応にあると理沙は感じている。アメリカ大統領のスティンの高圧的な外交姿勢がなければここまで反米感情は高まらなかった気もする。

「わからん……わからんが、確実に状況は悪化している。今の内閣がアメリカに対抗的な姿勢を崩さないのは、少なくとも内閣の中にアメリカに対して強硬姿勢をとっている者がいて、その者が内閣をリードしているということだ」

「それが誰か……」

「それと……」

森本はバックミラーに目をやった。後部座席の理沙に目線を送る。

「問題はもうひとつある。バグを発見したとして、それをどうやって修正するかだ」

「才谷龍太郎ですね」

「そうだ」

森本は頷いた。

「才谷をなんとしても見つけ出さなきゃならない」

「何かいい方法はあるんですか?」

「ひとつだけある」

〈76〉砂上の楼閣　基礎がしっかりしていないために、崩れやすいこと。一見、素晴らしく思えることでも、実はあまり確かでないこと。
〈77〉錦の御旗　自分の行為・主張などを権威づけるために掲げる名分。

森本は言葉に力を籠めた。この数日、考えに考え抜いたことだ。そのことを実践するために今日、森本が理沙に同行したのである。

「小野、関根、共に極力、デジタルでの連絡を避けてきた。デジタルでの動きは相手に読まれるということだ。才谷はおそらくパソコンなどにアクセスはしていない。つまり、才谷が政府の情報をつかむ手段は限られている。つまり、才谷は、新聞、テレビなどには必ず目を通している。そこでだ。直接、テレビを通して才谷に語りかけるんだ」

「直接？」

「記者会見のあと、龍馬の単独記者会見があるだろ。そこがポイントだ。才谷にだけわかるような質問を投げかけろ。才谷は小野と同行していたわけだから、大日本テレビの中に協力者がいると考えるかもしれない。協力者がいるとわかれば、きっと自ら接触してくるはずだ」

「そんなこと……私にできるでしょうか？」

理沙は気弱になった。そんな大役を自分が背負わされることに臆病になった。

「いいか。西村。できるできないじゃない。やるしかないんだ」

森本は言った。

「今、俺たちが動かなければ、俺たちの未来を過去の者だけに委ねてしまうことになる。俺たちは偉大な英雄でも賢者でもない。でも今を生きている。今を生きている者が未来をつくるんだ」

理沙は森本の言葉を噛み締めた。今を生きている者が未来をつくる……。数ヶ月前には想像もしなかった言葉が理沙の心を大きく動かした。

「今、最強内閣を止めることができるのはおまえしかいないんだ。それと」

森本はバックミラーを見た。背後からつかず離れずついてくる黒塗りの車が一台。

「チャンスはこの一度だけだ」

「一度だけ?」

「おまえの家を出てからずっとつけられてる」

「つけられてる⁉」

「後ろを振り向くな!」

森本は鋭く言った。

「小野か、関根か……いずれにしても俺たちの動きが漏れてる。この機会を逃したら次はない」


その頃。

家康は、**本多正信**《ほんだまさのぶ》とふたりきりになっていた。

本多正信(安土桃山時代〜江戸時代前期) 徳川家康の朋友であり、江戸幕府創立後、家康の第一の側近として仕える。家康が1616年6月1日に亡くなると、その49日後に後を追うようにして亡くなった。

「正信。そちとふたりでおると在りし日を思い出すの」

「左様でござりまするな」

正信はしゃがれた笑い声をあげた。

「関ヶ原のおりなどは毎晩こうして殿と謀《はかりごと》を巡らせておりましたな」

「あの頃は必死であったの」

「殿が願う世をつくるために皆、必死でございましたな」

「あの時には戻りたくないの」

家康は片頬を緩めておかしそうに笑った。家康はそもそも喜怒哀楽の激しい男であった。晩年は天下を手中に納め、その豊かな感情の一端を見せるようになったが、関ヶ原の合戦あたりまでは、極力、家臣の前で感情を顕わにしないように努めていた。それは、自身の父や祖父が激しい気性ゆえ家臣から恨みをかい、二代続けて殺されたからである。それを教訓として、家康は自分の感情を抑え込む訓練を若き日から重ねていた。彼の口数が少ないのは今川家の人質時代、家康の才を見抜き、自ら手ほどきをした今川家の大軍師・太《たい》原雪斎《げんせっさい》〈78〉の教えによるもので、雪斎は、

〝言葉は人によって解釈が変わるもの。なるだけ誤解なく事実のみを話すがよい〟

と幼き家康に言ってきかせた。家康はその教えを忠実に守り、感情を交えず、事実のみを口にした。しかし、本当に心を許す家臣の前では、その感情をのぞかせることもあった。

正信はその数少ない家臣のひとりである。

「死んでからも似たような目にあうとは思わなんだわ」

「まことでござりまするな」

「戦のない世をつくるというのはいつの時代でも難しいの」

「左様でござりまするな」

正信はため息をついた。正信は家康という男のことを自分ほど知っている者はいないと思っている。

正信から見た家康は、信長や秀吉とはまるで違う男であった。弱小の領主として人質として若き日を過ごし、ひたすら所領の回復と、我が家と家臣団を守ることに重きをおいてきた。信長と手を組むのも、秀吉の傘下に入ったのも、自分の意地や野心のためではなく、〝いかに家と家臣を守るか〟という使命においてそれが一番有効であったからだ。そのためには自分の妻子を死に追いやる非情の決断もした。信長や秀吉が成長のために戦ったのであれば、家康は安寧のために戦った。関ヶ原の戦い以降は、家康の視点は「徳川家」

から「日本」に変わり、その結晶が〝江戸幕府〟であったわけだ。正信は家康の後半生のこの大事業を支えてきた。

その正信をして今回の事態は、今まで経験してきたすべての事柄を結集しても追いつかぬほどの深刻なものであると感じていた。


「殿はどうなさるおつもりでござりまするか？」

家康は爪を噛んだ。家康が考え込む時の癖だ。

「まずは完全に内閣を掌握せねばならぬ」

「桔梗《ききょう》を使いまするか？」

「それもまた運命であろう」

家康は、ゆっくりと立ち上がった。

「此度はわしも直接、動かねばなるまい。正信。あとは任せたぞ」

「承知仕りました」

家康は、ゆっくりと空間に姿を溶け込ませ、消えた。正信はその後ろ姿をただ静かに見送っていた。

〈78〉太原雪斎　若い頃から今川義元に仕え、僧侶でありながら内政・外交・軍事の全面で今川家を支えた軍師。家康の人質時代の学問・軍師の師匠だったとされる。

「……というわけじゃ。くれぐれもおまんらは血気《けっき》に逸《はや》らんようにしてくれ。わしらを信じて、任せるがぜよ。アメリカと戦なんぞ起こすことになれば大変ぜよ」

龍馬は、おのれの言葉を尽くしてカメラの前で熱弁をふるい続けた。

その様子を理沙は見つめていた。龍馬の熱量とは裏腹に、記者たちの反応はどこか空々《そらぞら》しい感じであった。

記者たちが求めているのは、英傑らしい激しいものである。〝アメリカを非難し、対決姿勢を確固たる信念でみせつける〟そんなパフォーマンスを期待していた。そんな記者たちの期待と龍馬の言葉はかけ離れていた。

理沙は、記者たちが求めるものは〝大衆受けする熱狂〟であることをわかっている。それが「何をもたらすのか」ではなく「何がウケるのか」、それだけなのだ。メディアは「見せなければいけない事実」ではなく「大衆が見たい幻想」を求めているのだ。

「ええかい。わしらの時代も攘夷じゃ攘夷じゃ、ちゅうて騒いだもんじゃ。じゃが、その結果は長州も薩摩も散々な目におうた。そりゃおまんらも知っちょるじゃろう。鳴かぬなら殺してしまえ……ではなんともならんぜよ。鳴かせてみせるか、鳴くまで待つか。ここが思案のしどころじゃ。まずは落ち着いて……ほたえてはならんぜよ」

龍馬の独演会のあとの質疑応答は、龍馬から過激な発言を引き出そうとする質問に終始し、龍馬はひたすらそれを否定するという応酬となった。

龍馬と記者たちのすれ違いは互いの徒労感を生み出すだけであった。

そうこうしている間に、記者会見は盛り下がった状態で終わり、理沙は龍馬の単独インタビューに臨むこととなった。

「西村。ここが勝負だぞ」

森本が耳元で理沙に囁いた。現場では、別の車で到着した制作部隊が龍馬の単独インタビューの準備をてきぱきと進めている。

「龍馬は和平側だ。なんとか才谷にこちらの意図を届かせろ」

理沙は黙ってマイクを握りしめた。スタジオには鳥川がおり、視聴者からの声が届く仕組みになっている。才谷龍太郎がなんらかの反応を示す可能性に賭けるしかない。

「久しぶりじゃのう」

理沙の前に龍馬が現れた。心なしか龍馬は疲れているようであった。

「しかしあれじゃのう。皆はアメリカと戦したいと思うちょるのかのぅ……」

龍馬はぼそっと呟いた。

「そんなことはないと思います」

理沙ははっきりと言った。理沙の言葉に少し驚いたように龍馬が顔を上げた。

「そうじゃろかの？」

「みんな、戦争が起こるなんて想像できてないだけです。日本は70年以上戦争を経験していませんから、いざ戦争の危機だって言われてもピンとこないんです。ただ、威勢がいい話は心地よいですから、それを望んでいるだけです。我々は戦争という現実を知らないだけなんです」

「なるほど……たしかにの。わしらも最初の頃は幕府を倒すとか、戦うとか、そんなこと思いもよらんかったき」

龍馬は理沙の言葉に頷いた。その龍馬を見て、理沙は思わずバグのことを話してみたくなったが、グッと喉の奥にしまいこんだ。おそらく龍馬との会話はすべて漏れてしまうと考えた方がよい。あくまでも放送の中での一発勝負に賭けることにした。

「それでは首相官邸の西村さん。よろしくおねがいします」

画面の向こう側で鳥川が西村に声をかけた。勝負の時間だ。理沙は大きく息を吸った。このインタビューを必ず才谷龍太郎は見ている。そう信じた。

「坂本官房長官に再度お尋ねすることになると思いますが、政府としてアメリカとはあくまでも話し合いで対立の解決をはかるというお考えでしょうか？」

「無論じゃ。戦をやって誰も得する者はおらんじゃろ」

「そもそもアメリカ側が、徳川綱吉厚生労働大臣、徳川吉宗農林水産大臣、織田信長経済産業大臣に対してサイバーテロを行ったとの推測がなされているわけですが、もしこれが本当であった場合、アメリカに対して日本はどう対処されるおつもりでしょうか？」

理沙はあえて、世論を後押しするような質問をした。それは、布石でもあった。理沙の質問に龍馬は少し困った顔をした。同じ質問をさっきの質疑応答でも受けたからだ。

「そうかもしれんということについてどうするいうがは理に適っておらんきに。まず確たる証拠を集めてからじゃ。綱吉公、吉宗公、信長公、すべてについて調べちょる。そのことと、今、アメリカと揉めとる件を一緒にするということはおかしいぜよ」

「しかし、その揉め事の原因になっているのはアメリカの、一連の日本政府に対するサイバーテロに関する談話や態度にあるのではないでしょうか？」

理沙はさらに踏み込んだ。

「アメリカの態度に問題がないかちゅうたらそれはあるじゃろ。しかし、それだけをもってアメリカを悪とみなすのは得策ではないがじゃ。政は喧嘩じゃないぜよ。あくまでも国と国がお互いの拠《よ》り所をみつけるいうがが基本じゃ」

龍馬は防戦一方になった。

「しかし、足利外務大臣はアメリカに対してかなり強硬的であると思われますが」

理沙は攻め込めるだけ攻め込もうと思っていた。あたりまえの質問の中に本音の質問を交《ま》ぜる。昔、森本に教わった技術だ。もっともその質問の相手は、目の前の龍馬ではなく、おそらく画面の向こうにいるであろう才谷龍太郎である。

「交渉いうのはひいたり押したりぜよ。アメリカときちんと話し合うためには、強気に出ることも必要じゃ。足利公はそれを行っちょるだけじゃ」

「しかし、それが国民の反米感情を煽《あお》っているのではありませんか？」

理沙の質問を聞きながら森本は少なからず驚きをおぼえた。理沙の質問の鋭さはベテランのキャスターでもなかなかできないものだ。森本の知っている理沙は、平均は確実にとるがそれ以上のリスクをおかさない、安心感はあるけれど視聴者にとってはおもしろみのないインタビュアーであった。その理沙がいきなり成長を遂げている。森本が何度、指導しても変わらなかった……いや、変わろうとしなかった理沙がである。

「そこじゃ。難しいところぜよ」

龍馬は蓬髪に手を突っ込みもじゃもじゃと掻きむしった。

「皆はアメリカと戦したいのかえ？」

龍馬はちょっと投げやり気味に言った。

「それはないと思います。ただ、アメリカの態度に怒っているのだと思います」

「ええかえ。相手がこっちに悪い感情を持っているとする。こっちも相手に悪い感情を持っているとしてじゃ。相手に謝れ！　言うても謝ると思うかえ？　おそらく相手はおまえこそ謝れ！　言うがおちぜよ。それを無理やり謝らそうとすると、今度は拳をあげて相手を脅すしかないぜよ。しかし、相手も腕っぷしに自信があれば、こっちを先に殴るかもしれんぜよ。そうすると喧嘩になるしかないきに」

龍馬はそう言ってため息をついた。

「大政奉還の時もそうじゃった。皆、徳川憎し。幕府を倒せと息巻いちょった。そりゃすごい熱量じゃった。

しかしわしは思うたぜよ。ここで幕府と喧嘩して、戦になって誰が得するがかえ。皆、血を流し、傷つき、不幸になるだけではなく、そこを列強につけこまれ日本はむちゃくちゃになる思うたぜよ。わしゃ、そん時、幕府が政権を返上することを考えた。政権を返してしまえば、喧嘩の原因がなくなる思うたからじゃ。誰も幸せにならん戦をせんですむ」

龍馬は在りし日のことを思い出していた。西郷隆盛率いる薩摩、桂小五郎率いる長州は戦争による倒幕を望んでいた。彼らのそれらしい理由はいくつもあったが、龍馬にとってはそれらの理由は感情の後付けの理屈にしか聞こえなかった。幕府と薩長は憎しみあっていた。その〝憎しみ〟は互いを傷つけずにはおさまらなかった。それは論理などではない感情の連鎖であった。

「わしゃ、土佐の容堂《ようどう》〈79〉公を通じて大政奉還の策を幕府に建白《けんぱく》〈80〉してもろうたんじゃが、正直、難しい思うていたぜよ。幕府の側に立ってみれば、薩長こそ国の決まりを破る無法者じゃ。その者たちに結果として政権を渡す案なぞ、どんな理由をつけても感情が許さん思うたぜよ。武士の意地じゃ」

龍馬は、その時のことを思い出し、感極まったのか鼻をすすり上げた。

「言うなれば、今のこの状況の中、アメリカに頭を下げるようなもんじゃ。幕府側にとってはありえない案じゃ。それを……当時の将軍であらせられた徳川慶喜《よしのぶ》〈81〉公はやってのけた。わしゃ、度肝を抜かれたぜよ。言うは易し行うは難しじゃ。慶喜公があの時、断固戦いを選ばれれば、薩長は負けたかもしれぬ。負けるだけではすまず、日本中が戦国時代に戻ったじゃろう。罪のない者の血がとめどもなく流れたと思うがぜよ。それを慶喜公は止めたぜよ」

理沙は龍馬を見つめた。龍馬の目にはいつしか涙が浮かんでいた。

「慶喜公とて武士ぜよ。蛤《はまぐり》御門《ごもん》の変〈82〉では兵を率いて見事な戦をされた将じゃ。本心は薩長に対して腸《はらわた》が煮えくり返るほど憎かったであろう。それでも、慶喜公は膝を屈して大政奉還をなされたのじゃ。わしは大政奉還のあとすぐに死んだきにその後のことは知らんかったが、慶喜公はその後も徹底して恭順《きょうじゅん》〈83〉を貫かれたんじゃのう。人はそれを意気地なし、武士の気概がないなどと言うむきもあるじゃろうが、わしゃ慶喜公はまことの武士と思うぜよ。それでもわしゃ不思議だったぜよ。なぜそこまで慶喜公は耐えることができたんじゃろうと。それの答えが家康公とこうして出会うことができて、わしゃ初めてわかったぜよ」

「それは……どういうことなのでしょうか？」

「家康公は幼少の頃から、家と家臣団を守るということを使命としてきたと言っておられたぜよ。そのためにはどんな辛いことも耐えてこられたきに。妻や子を犠牲にしてもじゃ。天下をおさめて幕府をつくられた時には、それが家臣団と家から国に変わっただけじゃ。守ることが家康公の考えであり、その子孫である慶喜公も同じじゃった。慶喜公は家康公の教えを守ったがぜよ。自分の意地や誇りを捨てて国を守ったがぜよ。幕府を終わらせたのはわしじゃないきに。家康公ぜよ」

龍馬の涙が頬をつたった。

「皆。守るぜよ。この時代のこの国を。未来のわしらの子孫のために」

静かな感動が流れた。

しかし。

理沙はここが勝負と考えた。ここで終わらせては、最後の糸が切れてしまう。それこそ、未来を守るのは

〈79〉山内容堂　幕末の外様大名。土佐藩15代藩主。
〈80〉建白　政府や上役などに、こうしてもらいたいという意見を申し述べること。
〈81〉徳川慶喜　徳川15代将軍。江戸幕府最後の将軍。1866年将軍に就任し、翌年、大政奉還した。
〈82〉蛤御門の変　別名、禁門の変。長州藩が京都での復権を目指して、会津藩の排除を挑んだ武力衝突で、1864年7月19日、京都御所付近で戦闘となった。
〈83〉恭順　謹んで命令に従うこと。

今をおいてほかにはない。

「官房長官にお尋ねします。もし……もし、官房長官や総理大臣と違う考えを持つ閣僚がいて、その閣僚がアメリカとの対決を望んでいたとしたら官房長官……坂本龍馬さんはどうされますか？」

理沙が踏み込んだ。龍馬の回答ではなく、才谷龍太郎に届けるためだ。龍馬は理沙の質問の意図を掴めず、一瞬くちごもった。

「そがいなもんおりはせんと思うがぜよ」

「仮に、仮にです」

理沙は語気を強めた。

「もしそういうことが起こりえて、その意見の方が大勢を占めれば龍馬さんはどうされますか？」

「その時は……」

龍馬は困り顔であったが、決意を固めて表情を引き締めた。

「わしゃ何があっても戦は避ける方向にもっていくぜよ。それがわしの役目じゃきに」


インタビューが終わった。

理沙の側に森本が駆け寄ってきた。

「西村！」

森本は理沙にスマホを見せた。

「才谷だ」

画面には番組あてのFAXが映されていた。森本は番組に届いたメールやFAXをすべてスマートフォンに転送させていた。その中の一枚を理沙に見せた。

桔梗の絵にひとこと〝敵はスペード。チャンスは一度〟と書かれていた。

「敵は……スペード……スペード……」

理沙の頭の中で弾けた。

「もしや⁉」

理沙はスマートフォンを動かした。

「わかった！」

理沙は小さく叫んだ。

「何がわかったんじゃ」

突然、理沙のうしろから龍馬が顔をのぞかせた。

「わわ！　龍馬さん」

「おまん。なんか企んじょるな」

龍馬は理沙に言った。そしてにやりと笑う。

「なんかおかしいと思っとったんじゃ。おまんの問いは」

龍馬は森本を見た。

「おんしが上役かえ？」

「はい。大日本テレビのアナウンス部部長の森本と申します」

「察するにおまんらは、内閣の中に綱吉公や吉宗公、信長公を殺した者がおる。そう考えておるのじゃな」

森本は黙って頷いた。

「龍馬さん！　私たちと一緒に動いてください‼　龍馬さんこそがその人を止められる人なんです！」

理沙は、撤収の準備をしている他のスタッフや、龍馬の部下である官僚たちに気づかれないように、小さな声で鋭く言った。龍馬は理沙の目をじっと見た。そして、小さく首を縦にふった。

「わしは特別な方法でしか移動ができんきにその準備をせにゃいかん。どこに行くかだけ教えてくれんじゃろうか」

理沙はスマートフォンに文字を打ち込むと龍馬に見せた。その文字を見て龍馬は目を瞠《みは》り驚いた表情を浮かべたが、

「そこじゃったら、わしは直接行けるがおまんらが辿り着けんじゃろ。わしが一緒に車に乗り込むきに、下の駐車場で待ちや」

そう言ってその場をそそくさと立ち去った。

「西村。わかったというのは……」

まだ謎の解けていない森本は一刻も早く謎を知りたいという表情をしていたが、理沙は首をふった。

「龍馬さんが合流したら話します。まずは下にいきましょう」


理沙と森本は駐車場におりた。

龍馬を待っていると、職員がひとり現れて、理沙に小さな箱を渡した。

「これは？」

「中継機です。このスイッチを入れていただくと官房長官が現れます」

そういうと、職員はスイッチを入れた。小さな箱はブーンと起動音を立てて、箱の上部から光を放った。その光がみるみるうちに人の姿に変わる。いつもより若干色が薄く、立体感が少ないものの、現れたのは龍馬であった。

「待たせたの」

龍馬はそういうと、職員の方を向いて、

「ご苦労じゃった。わしのことは誰にも言うたらあかんぜよ」

と言った。職員は一礼をして、その場を足早に去っていった。

「この時代のもんもようなついていてくれていてなぁ。とくにあいつは口が堅いきに誰にもバレることはなかろうて」

その時である。

一台のワゴン車が猛スピードで現れて、けたたましい音をたてて急ブレーキで止まった。何事かと身構える理沙たちの目の前にスーツ姿の男がふたり降りてきた。ふたりは素早く、理沙たちを囲むように立ちふさがった。

「なんぜよ?」

龍馬は目を細めた。龍馬は北辰一刀流の免許皆伝ではあるが、残念ながら実体がない。スーツ姿の男たちは大柄で見るからに屈強な肉体をしている。文化系の森本と女性の理沙ではまるで相手にならないだろう。

「坂本」

野太い声がワゴン車の中からした。そしてその声の主がゆっくりと降りてくる。浅葱《あさぎ》の羽織にダンダラ模様。浅黒い肌にゴリラのように張り出した顎に鋭い吊り目……。

「近藤……」

龍馬は声を絞り出した。新選組の近藤勇であった。

「おんしがなぜ……」

そういうと龍馬は半身になってゆっくり構えた。おそらく、龍馬と同じく実体のない近藤とは戦えるのだろう。龍馬と新選組は不思議な因縁で結ばれている。彼らは直接の大きな衝突はなかったものの、倒幕派と幕府側として対立していたし、龍馬の暗殺に関しては当初から新選組の関与が疑われ、結果として近藤勇は、官軍となった土佐の一派から、龍馬暗殺の首謀者として処刑されることとなった。共に幕末に生きながら対照的な生き方をしたふたりである。

緊迫するふたりの間で理沙と森本はおろおろした。

「くそ。敵にこちらの動きが悟られたか……」

森本は唇を噛んだ。龍馬と近藤はともかくとして、屈強な男ふたりに森本と理沙では勝ち目がない。

「敵？」

近藤がにやりと笑った。

「わしらのことか？」

近藤は龍馬に視線をうつした。龍馬はまだ警戒を解かず臨戦態勢のままだ。

「国家公安委員長、本多正信さまの命によりおまえたちの護衛にきたのじゃ」

「護衛じゃと？」

龍馬は戸惑ったような表情を浮かべた。

「その車じゃと、簡単に動きを察知されてしまうぞ。この車両は特別な施しをしており、坂本、おまえの存在も知られることはない。そしてわしらがおれば、政府の施設はどこでも入れる」

近藤はそう言って、敵意がないことを見せるためか、両手を大きく上にあげてみせた。

この近藤を信じていいのか信じてはいけないのか……。理沙と森本は顔を見合わせた。

すると。

「ほうかい。それならありがたいことじゃ。近藤。頼むぜよ」

龍馬は屈託のない笑みを浮かべるといそいそと車に乗り込んでしまった。

「龍馬さん！　信用できるんですか？」

龍馬の行動におもわず、理沙は声をあげてしまった。

「ええから、はよ乗りや」

龍馬は車内から声をあげた。

「近藤は、ＧＰＳを切っちょる。わしらを拘束するならそんな必要はないきに。おまんらふたりを抑え込むなぞ造作はないきに。何よりも近藤は徳川に弓引くようなことはせんきに」

「坂本の言う通りじゃ」

近藤は低い声で言った。その表情はいつもの近藤勇らしい厳しい表情に戻っている。

「勝負は一度きりじゃ。ここで迷っているひまなどないのではないか」

近藤の言葉に理沙は覚悟を決めた。

「いきましょう」

森本に声をかけると車に乗り込んだ。森本も覚悟を決めて、理沙に続いて乗り込んだ。

近藤と、男たちも車に乗り込む。運転席に座った角刈りの男がバックミラー越しに尋ねた。

「どちらに向かわれますか?」

「財務省に」

理沙が答えた。

21 天下分け目の対決

「そろそろ種明かしをしてくれないか」

　首相官邸を出て外堀通りを溜池山王《ためいけさんのう》へ向かう。赤坂のあたりはすっかり暗くなり、ネオンが通りを照らしている。人通りや車の量は緊急事態宣言明けよりかなり増えてきていた。行き交う人々はマスクをしていて表情はよくわからないが、コロナ禍に入る前のような明るさが戻ってきているように思える。溜池山王を抜け、桜田通りに出れば財務省はすぐそこだ。

「どうしてバグが秀吉だとわかったんだ」

　外の和やかな日常の風景に比べて、車中は緊迫感に満ちていた。沈黙を破って口を開いたのは森本であった。

「才谷龍太郎のＦＡＸです。あそこにスペードと書かれてありましたよね。私たちはキングに注目していたけれど、キングにはスペード、ダイヤ、ハート、クラブと4枚あります。それぞれに実は、モデルになった人物がいるんです」

　理沙は答えた。森本は自分のスマートフォンを操作して調べ始めた。

「なるほど、スペードがダビデ王、ダイヤがカエサル、ハートがシャルルマーニュ、クラブがアレクサンドロスか……」

「キングのモデルこそが、バグを表すヒントだと思ったんです。スペードのダビデ王は羊飼いから初代イスラエル王サウルに仕え、サウルのあと王権についた人物です。誰かと似てませんか？」

「秀吉公じゃな」

龍馬が言った。

「サウル王が信長公というわけか」

森本も頷いた。

ダビデも秀吉も共に偉大な主君のあとを継ぎ大望を成した。ある意味、主君の功績を盗み取ったともいえる。

「しかし、秀吉公があれだけ慕っていた信長公を殺すとはのぅ」

「そのことは私にもわかりません」

理沙はあの明るくてスケールの大きい秀吉を思い浮かべた。龍馬を除くとおそらく最も親しみやすかった人物だ。あの秀吉が暗殺などという陰湿なことを行うとは少しも思えなかった。そしてそれはなんのために……。

「坂本」

前の席に座っていた近藤が龍馬に声をかけた。

「今日は、財務省はほぼ自宅勤務になっている。実在の人は少ない。秀吉公が執務中であることは掴んでいる。我らは、入り口までだ。それで大丈夫だな」

「大丈夫じゃ」

「おまえたちを財務省の中まで送り届けるのが我らの役目じゃ。極力、騒ぎにならぬよう本多さまから言われておる」

「おんしらには恩に着るぜよ。まさかおんしらに守ってもらうとはな」

「前世ではおぬしを守れなんだからな」

「え？」

近藤の意外な言葉に龍馬は目を泳がせた。バックミラーに映る近藤は表情を変えることなくまっすぐ前を向いている。

「大政奉還後、上様から松平公に直々に土佐脱藩浪士、坂本龍馬を密かに庇護《ひご》するようにと命がくだり、我ら新選組が当たったのだ」

「慶喜公が……」

「大政奉還をおぬしが画策したということは幕府側、討幕派共に知れ渡っていたからの。幕府側は見廻組《みまわりぐみ》〈84〉を始め皆、政権を返すなどという不埒《ふらち》な考えを上様に吹き込んだおぬしに対して怒っていた。さらに倒幕派、つまり薩長にとって武力討伐を起こしたい者からもおぬしは裏切り者ととらえられていた。おぬしはそんなことお構いなしでうろうろしておったがの。あの時、坂本龍馬を認めていたのはただひとり大政奉還をご決断された上様だけであった。わしとて、おぬしを守るより殺した方がと思っておったわ」

「慶喜公がの……」

龍馬は深いため息をついた。

「わしゃ、大政奉還がなればいつ死んでもよいと思うとったぜよ」

「おぬしがそんな調子でふらふらしておるから、見廻組に先手を打たれてしまったのだ。おかげでわしはおぬしを殺した首魁《しゅかい》〈85〉と目され首を刎《は》ねられてしまったわ。とんだ災難じゃ」

近藤は苦虫を噛み潰したような表情になった。バックミラー越しに龍馬はそんな近藤を見て噴き出した。

「それは悪いことしたのう。この通りじゃ。あやまるきに」

龍馬は頭を大げさに下げた。しかしながら、龍馬はあそこで自分の役割は終わっていたのだと思った。もし生きながらえたとしても、家康のように〝新しいしくみをつくる〟側に自分がいたとは思えない。それは、やはり大久保や桂、江藤たちの仕事だったのだろう。維新後、西南戦争を起こし死んだ西郷と同じく、〝古いしくみを壊す〟ことが龍馬の役目だった。人にはそれぞれ役目がある。この時代に来て、家康や秀吉、信長たちに出会い、龍馬はその想いを強くした。そのうえで自分の死について客観的に受け止め、おのれの一生にある種の満足を覚えていた。龍馬はちょっとした感慨をおぼえ、車の外に流れている景色に視線を移した。

そんな龍馬を近藤が相変わらず苦々《にがにが》しい表情で見ていたが、財務省が近づいてくるのを見て、その表情を引き締めた。

「言うのを忘れておったが、もうひと組おぬしらと同行してもらう者が別におる。もう着いておる頃だ。歳と総司がついておる」

「もうひと組？　もしかして……」

思い当たる顔はひとりしかいない。

霞が関の財務省本庁舎の正門の車寄せにもう1台のワゴン車が止まっていた。理沙たちを乗せた車が止まると、やはり浅葱色のダンダラ模様の羽織を着た男がふたり降りてきた。

「近藤さん」

「歳。総司。ご苦労だった」

〈84〉見廻組　江戸時代末期に反幕府勢力による治安悪化を防ぐために幕臣によって結成された京都の治安維持組織。新選組も京都の治安維持のための組織として実績を上げつつあったが、評判がよくなかったので新選組とは立場も身分も違うものを集めて結成させたとされる。龍馬が殺害された近江屋事件の主犯。

〈85〉首魁　悪事・謀反などの首謀者。張本人。

理沙はふたりの男を見た。ひとりの男は土方歳三。髪をオールバックにしている。顔は現代的で涼しげな二重まぶたと鼻筋の通ったいわゆるイケメンだ。しかし、その涼しげな容貌とは裏腹に瞳には酷薄《こくはく》そうな色が宿っている。もうひとり、これは沖田総司であろう。長身で色白の若者だ。ドラマなどでは美青年と言われているが、どちらかというとのっぺりした顔の地味な印象だ。ただ目が丸くキラキラとしている。それがこの若者の不思議なオーラを醸し出していた。

「無事に連れてきましたよ」

沖田は、大声を出した。どうも、この若者は自分の感情や声量をコントロールするのが苦手なようだ。沖田の言葉のあと、車からふたりの男が降りてきた。

「関根さん！」

ふたりのうちのひとりは関根であった。

「西村。森本さん」

理沙と森本も車を降りた。

「どうして？」

「いやぁ。東京に着いた途端、新選組の皆さんに保護してもらったんだよ」

理沙の問いに関根は頭を掻きながら答えた。

「おんしらは最初からわかっておったんかえ？」

龍馬は近藤を見た。近藤は首をふった。

「我らは本多さまの指示に従っただけだ」

「彼が才谷龍太郎くんです」

関根は、背後にいた小柄な青年を紹介した。縮れた天然パーマの頭髪と、切れ長の一重まぶた、浅黒い肌、分厚い唇。体格の差こそあるものの、それをのぞけば龍馬とよく似ていた。

「龍馬さん。初めまして。あなたの子孫の龍太郎です」

龍太郎が龍馬に名乗ると、龍馬は大仰に驚いてみせた。

「あいや。わしの子孫じゃと！　わしゃ、子をなさんかったぜよ!!」

「いえ。直接の子孫ではありません。才谷家の末裔《まつえい》です」

龍太郎はにっこりと笑って言った。その笑顔も龍馬とよく似ていた。

「あいや。本家筋のほうかえ。こんなところで一族のもんと会うとは思わんかったぜよ」

「偶然じゃありませんよ。龍馬さん、あなたをつくりだしたのは彼ですから」

関根は自分がつくったわけでもないのに自慢げに言った。すると龍馬はさらに驚いた。

「おまんがわしを！　こりゃたまげた」

「いろいろお話ししたいんですが、もう時間がありません。急ぎましょう」

龍太郎の言葉に龍馬は頷いた。

その間に近藤が守衛と話をつけたらしく足早に戻ってきた。

「坂本。行け。何かあれば我らを呼べ。ここで待機している」

「近藤。感謝するぜよ」

龍馬は近藤に頭を下げた。

「天下のお尋ね者に頭を下げられるったぁ妙な気分だな」

土方歳三が口の端をゆがめ、声を出さずに笑った。しかし、嫌みでないことは、ポンと龍馬の肩を叩いたことでわかった。

「おまえさんを二度も死なすはめになったらおれたちは上様に会わす顔がねぇからな。必ず生きて帰ってこいよ」

「わしも二度も殺されたくはないきに」

龍馬はそう言うと、土方に笑顔を見せた。

「しかし礼を言うぜよ」


財務省の中は不気味なほど静かであった。

「人っ子ひとりいないじゃないか……」

森本は怪訝《けげん》な顔をした。財務省はリモートワークを推奨しているが、それは現代の官僚たちのことであって、ここではホログラムで復活した江戸期の官僚や、明治期の官僚たちも多数働いているはずだ。それが誰ひとり見当たらないのはおかしなことだ。

財務大臣室は通常の場所ではなく、秀吉の特別室として地下につくられていた。サイバーテロに備えて各閣僚は通常の場所ではなくセキュリティの強い部屋をそれぞれ用意していたのだ。

エレベーターで地下に降りると、そこからさらに階段で地下2階に降りる。

そこに大きな扉があり、その扉が少し開いていた。中から灯りが漏れている。

「秀吉公。坂本じゃ。入りますぞ」

龍馬は大きな声を出して扉の外から中に声をかけた。

「おお。龍馬か。入るが良い」

いつもの快活な秀吉の声が響き渡った。

龍馬はその返事に扉を押してのそっと中に入る。理沙たちもそのあとを追って入った。

「先生!」

龍太郎が声をあげた。中央の机の前に座っているのは秀吉、その右側には副大臣である荻原重秀、その隣に和装に髷を結った現代人である吉田、そして秀吉の左側には白髪の長髪を後ろで束ねたスーツ姿で痩せ型の男性がパソコンを開いた状態で座っていた。龍太郎が声をかけた人物である。

「水口。この者がおぬしが言っていた弟子かの？」

秀吉がその男に問いかけた。男は静かにうなずいた。

「おまんの師匠かえ？」

秀吉の言葉に今度は龍馬が、龍太郎に尋ねた。龍太郎も頷いた。

「水口教授です」

「龍馬。今日は何用じゃ。ものものしいのう」

秀吉の口調はいつもと変わらず快活で明るい。

「秀吉公に聞きたいことがあるぜよ」

「なんじゃ？　答えてやってもよいぞ」

秀吉は扇子を広げ、おのれの顔に風を送った。

「綱吉公、吉宗公、信長公を殺めたのは秀吉公かえ？」

「わしではないが、わしのせいともいえるな」

秀吉はあっさりと答えた。瞬間、あたりの空気は一気に重く垂れ込めるような圧力を生み出した。

「どういうことぜよ」

「わしが手を下したわけでも、命を下したわけでもないが、わしはそれを知っていて黙認したの」

秀吉はこともなげに言った。

「手を……下したのは水口先生です……」

龍太郎が絞り出すような声で言った。

「英傑を復活させるＡＩは水口先生と僕とで開発しました。僕は先生と意見が違い、プロジェクトを離れました。僕は歴史上の英傑を復活させるにあたって、英傑たちが過去の経緯から対立しないように思考に制限をかけるプログラムを担当していました。あと、サイバーテロを防ぐためのセキュリティプログラムも僕の担当です。そしてそのセキュリティプログラムの解除方法を知っているのは先生だけです」

「才谷とかいったの。ようやくおみゃーに会えたわ。おみゃーの力が必要じゃと水口が言っておっての」

秀吉がとびきり明るい口調で言った。

「僕と先生は日本党のプロジェクトで過去の英傑の事績や資料から、その人物の思考をAIで復元させるプログラムを開発していました。最高のスーパーコンピューターIZUMOの性能によって、理想の結果が出ました。もともとは思考だけを復活させるプログラムだったのを、まさに人間のような感情やコミュニケーションまで表現することに成功しました。そこにホログラムを加えて立体化するアイディアは先生のものです」

「そんな大それたことが短期間でできたのか……」

関根が感心したように言った。

「簡単なことではないです」

水口教授が口を開いた。その声音はおそろしく秀吉と酷似していた。

「私の20年におよぶ研究の賜物《たまもの》です。しかし、どうしても感情やリアルな人間とのコミュニケーションの再現というものはできなかった。それができたのは才谷龍太郎という天才のおかげです。彼がいないと、新たな英傑を復活も復元もできないのです。しかし、彼は少し誤解をして私の手から離れてしまったのです」

「誤解？」

龍馬は聞き返した。水口は穏やかな視線を龍太郎に向けた。

「君は、私が単純に英傑が意思決定を行うだけのAIを開発したいと思っていたのかもしれないが、私が目指していたのは完全なる復元なんだよ。誰にもコントロールできないね」

「それではバグでは……」

龍太郎は呻《うめ》いた。

「豊臣秀吉公は私にとって完璧な復元だ」

「なぜそれをあの時僕に言ってくれなかったんですか……」

「あの時点では、君が秀吉公のプログラムにアクセスして改竄《かいざん》を加えることができたからね。それを防ぎたかったわけだ。今の秀吉公は、完璧だ。高度な学習機能で自らプログラムを進化させることができる。今や、私でも秀吉公を制御することはできない。誰からも思考を制御されない。それは人間にとってはあたりまえのことだ。ようやくたどり着いたのだ。科学が人間に」

「秀吉公が完璧なのはようわかった。それで、なぜ綱吉公、吉宗公、信長公を葬ったのかえ？」

龍馬は憮然《ぶぜん》として水口に尋ねた。

「綱吉と吉宗はバグだったのでね」

水口はあっさりとした口調で言った。

「バグ？　バグは秀吉じゃ……」

理沙の言葉に龍太郎が反応した。

「徳川綱吉、徳川吉宗のプログラムは僕が制作したんです」

「おんしが？」

「綱吉、吉宗だけではないです。徳川家康、本多正信……そして坂本龍馬」

龍太郎はそう言うと、その視線を水口にしっかりと向けた。

「豊臣秀吉のプログラムが次々と規制をすり抜けていくので、僕はそれをバグだと思いました。そのことを先生にも伝えましたが、一向に改善されず……そこで僕は秀吉のプログラムが暴走した時のことを考えて、それを防ぐプログラムを組み込んでおいたのです」

「わしにもそのプログラムが入っているのかえ？」

「そうです」

「見事なプログラムだった。さすがは龍太郎だ。私もしばらくは気づかなかった。気づいたのは秀吉公だ。そこで私は、まず綱吉、吉宗を始末した」

水口の言葉に、龍太郎が解せぬといった表情で首を傾げるのを、理沙は見逃さなかった。秀吉は相変わらず底抜けに明るい表情で話を聞いているが、重秀と吉田がまったく無表情なのが不気味であった。

「どうやって、それを行ったんです。僕のプログラムセキュリティは完璧だったのに……」

「そのことはこれから教えてやろう。まだバグが残っているからね」

水口は龍馬に視線を移して微笑んだ。

「信長公はどうして殺めたんじゃ。信長公はおんしらのいうバグではなかったんじゃないのかえ？」

龍馬は水口を睨みつけて言った。たしかに信長は、龍太郎がプログラミングしたものでないとすれば、攻撃対象になるべきではない。

「上様は、この国のために犠牲になってもらったんじゃ」

龍馬の問いに答えたのは秀吉であった。

「この国が世界に出ていくためには軍をつくり、さらにその軍を増強する必要がある。いつの時代も力がものを言うのじゃ。しかしこの国の者共は、軍を持つことを異常に嫌うでな。しかもそう仕向けたのはアメリカというではないか。そのような国は信用できぬ。アメリカを敵とみなし、軍を持つには犠牲が必要じゃ。上様の人気はこの時代では凄まじいものであった。それゆえ、上様に犠牲になってもらったのじゃ。考えてみれば……」

秀吉はそう言うと、遠くを見るような表情になった。

「上様は前世でもわしのために本能寺で果ててくださったのじゃ。あのまま上様では天下は治まらなかったであろう。上様はあまりに敵が多かった。天下布武、それをできるのはわしだけだった。そこで上様は光秀めに命を与えてわしに道を開いてくれたのじゃ。その結果、天下はわしのもとで統一されこの国に平和が訪れたのじゃ。此度も同じじゃ。上様の犠牲により道が開き、わしがこの国を治め、前世で果たせなかった世界に強き日本をつくってみせる」

　秀吉はおのれに酔いしれるがごとく熱弁をふるった。

　その間、龍馬は黙ってその様子を眺めていた。

「龍馬。どうじゃ。わしと手を組まぬか」

　秀吉は満面の笑みを浮かべて、龍馬を見た。

「秀吉公と手を組むというのはどういうことになるかの？」

「徳川殿を廃してわしが総理大臣となり、この国を治める。おみゃーには上様のあとを継ぎ、経済産業大臣になってもらいたい。よい話であろう」

「大権現さまはどうなるのじゃ？」

「綱吉、吉宗公と同じです。われらにとっては徳川家康こそバグですから。消えてもらうしかありません」

　水口が静かに言った。

「なるほど。バグか」

　龍馬はそう言うと、にやりと笑った。

「それならばわしもバグじゃ。消去した方がよいと思うがぜよ」

「龍馬」

　秀吉は、ため息をついた。

「わしが特別に計らおうというのじゃ。おみゃーは大きな商いを世界でやるのが夢だったのであろう。わしと一緒に世界に打って出るのじゃ。徳川殿ではいかぬ。この小さな島国で小さな安定を得てもしかたあるまい」

「秀吉公」

龍馬は悲しげであった。それはまるで豊臣秀吉という稀代の英雄を憐れむようでもあった。

「わしらは死んだ人間じゃ。それを決める権利はわしらにはないきに。わしらがやるべきことは、この国をまず安定させることぜよ。わしゃ、それに適任なのは大権現さまじゃと思うておる」

秀吉が龍馬を見つめていた。やがて、秀吉から快活な明るい表情が薄皮をはぐように消え、そのしわくちゃの顔に深い影が生まれ、酷薄な表情が現れた。

「水口」

「はい」

「この龍馬の覇気のなさもバグによるものか？」

「そう思います」

「ならば一度、抹消してからつくりなおすしかないの」

「わかりました」

水口は深々と秀吉に頭を下げると、龍太郎の方を見た。

「バグに対する処置を教えてあげよう。その前に……」

突然、それまで置物のように立ち尽くしていた吉田が跳ね上がり、理沙たちに風のように襲いかかった。

一瞬だった。

「わわ!!!」

「あ!!」

吉田は隠し持っていた木刀で、森本と関根を叩き伏せた。ふたりは手首をしたたかに打たれて、床に転がった。おそらく手首の骨が折れたのだろう。ふたりとも苦悶の表情でうめき声をあげる。

「すまないが、念には念を入れてだ。あとで治療はする。我慢してくれ」

吉田は冷たい表情を浮かべ、地面に転がるふたりを見下ろし言った。

「何をするがぜよ!!」

龍馬は、怒鳴り、反射的に理沙の前に立った。龍太郎は素早く吉田から距離をとった。

「バグの処理方法だがね」

水口がパソコンのキーを叩き始めていた。画面から目を離さず喋り続けた。

「龍太郎のつくったセキュリティを破るのは難しかったんでね。もっと物理的な方法を選ぶことにしたんだ」

「物理的な方法?」

龍太郎が聞き返す。

「ホログラムで蘇らせた英傑は、その動きも視覚、聴覚、反射もすべて再現されている。したがって、何者かに襲われれば反射的に戦うことになるわけだが、実体がない分どうしても動きに限界が出る。そこが狙いだ。実体を持った人間では、実体のない英傑を攻撃することはできないが、実体のない英傑が実体のない英傑を襲うことはできる。つまり、ホログラム同士で戦うことはできるのだ。そこでわしは、英傑と実際の人間の動きをシンクロさせることで英傑単体ではできぬ動きを再現した。生身の人間とシンクロした英傑が直に英傑を攻撃することで、実体の伴わない英傑は、実体の動きについていこうとして限界を超え、カーネルパニックが起きる(OSに負荷がかかり致命的なエラーを起こす)。つまり抹消ではなく壊れるわけだ。その役割を吉田さんと荻原重秀さんに担ってもらった。ふたりの実力は折り紙つきだ」

理沙は水口の言葉にあることを思い出した。

吉田と重秀のコンビは、信長・秀吉が開催したリモート博覧会のバーチャルファイトの大会に出て準優勝をおさめていた。今にして思えば、あれは暗殺の予行練習だったのか……。

「坂本さんは、北辰一刀流の免許皆伝だそうですが、吉田さんも剣道においては大学のインターハイで3位に入った腕前。荻原重秀も柳生《やぎゅう》新陰流《しんかげ》の使い手。さすがに勝つのは難しいでしょう」

重秀が刀を抜いて、一歩前に出た。

「坂本。悪いことは言わぬ。わしに従え。わしはおまえのことを気に入っておる」

秀吉が大声をあげた。しかしその表情は険しい。

「わしにつけ。おみゃーは徳川の時代を終わらした者じゃ。徳川につく意味はにゃーで」

「秀吉公。わしゃ、徳川の時代を終わらしたんではないぜよ。新しい時代をその時代に生きる者として切り開いただけじゃ」

「それではなおのこと、わしと新しい時代をつくろうぞ」

「それはわしの仕事ではないきに。それをやるべきはここにいる者じゃ」

龍馬はそう言って理沙を見た。理沙は龍馬のまっすぐな視線を受け止めた。

「わしがやるのは今を生きる者たちに手を貸すことじゃ。今を生きる者たちが自分の力で新しい時代を切り開く」

秀吉は大きくため息をついた。

「致し方なしじゃわ。やはり一度壊して直すしかないかの……重秀、吉田……。討ち取れ」

吉田と重秀が咆哮《ほうこう》を上げながら飛び込んできた。重秀は吉田に完全にシンクロしていた。

「ほたえな!!!」

龍馬は飛び退《すさ》り、おのれの刀を抜いた。

「下がりや!!!」

龍馬は理沙に向かって怒鳴った。理沙は苦痛に顔を歪める森本と関根をかばい部屋の隅に下がった。龍太郎は自分のかばんからパソコンを開き、キーを叩き始めていた。

「くそ!! 中に入れない！！！」

龍太郎は叫んだ。

重秀と吉田は寸分狂わない動きで、龍馬に打ち込んでいく。龍馬は防戦一方だ。重秀と吉田のスピードについていけないことは明白であった。龍馬が無理にスピードを上げようとすると、龍馬のホログラムの映像の端が乱れる。

「まずい！ カーネルパニックが起きる……」

龍太郎が呻く。いざ戦いになると、龍馬の本能が重秀、吉田の動きに反応する。重秀、吉田のスピードが一層上がると龍馬もそれについていこうとする。すると、龍馬の動き、そのものもカクつき始めた。

「龍馬さん！！！」

理沙は叫んだ。

「身体がおかしいぜよ！！！」

龍馬は攻撃を避けながら声をあげた。徐々に動きのカクつきが大きくなっている。

「だめだ!! 限界だ!!」

龍太郎が叫ぶ。

「坂本龍馬!! 御免！！！」

重秀が叫ぶと一気に踏み込んだ。

もうだめだ……。理沙は目をつぶった。


「そこまでじゃ！！！！！」

凄まじい怒声が響き渡った。

そして静寂。

理沙は目を開いた。

龍馬の前に立つ男。


「大権現さま……」

重秀が振り上げた刀をそのままに固まっていた。

重秀を睨みつける男……それは、徳川家康であった。

「重秀。控えよ!!」

家康の声に重秀は跳び上がるようにして平伏した。重秀は、幕臣《ばくしん》〈86〉である。家康は神であり、最も逆らえない存在であった。一方、吉田は臨戦態勢を解かぬまま、家康、龍馬と相対している。

「これはこれは徳川殿。わざわざおいでなされるとは」

秀吉が快活に家康に話しかけた。今までの経緯などまるでなかったかのような口調である。

「豊臣殿。お邪魔致しますぞ」

一方の家康も穏やかな口調で丁寧に頭を下げる。常人には理解できぬふたりの英傑の対決であった。

「ここに来られたのであれば委細は承知なされておられるのであろう」

秀吉は笑みを絶やさず、家康に言った。

「貴殿はこの国を治めたいということでござろうか」

家康の方も落ち着いた口調で問い返す。豊臣秀吉と徳川家康、年齢は秀吉の方が5歳上である。立場としては、信長時代は、家康は信長と対等の同盟関係であり、秀吉は信長の部下であったため、ふたりの関係は家康の方が上であった。しかし、信長の死後、秀吉が天下を取り、家康はその配下となった。ふたりの関係はその生涯において複雑なものであった。ふたりは共に相手を恐れ、共に相手を敵視し、そして共に相手を尊敬していた。ふたりにとって織田信長は、超えなければいけない存在であったが、信長亡きあとのふたりは、天下という大局の中で互いの関係を築いていった。そのふたりが、今度は家康を支える形で秀吉が存在するという新しい関係性になっていたわけである。

「徳川殿。貴殿の考えではこの国はよくならぬ。わしと交代すべきと思うがの」

「何ゆえそう思われる」

龍馬は、ふたりの静かな戦いを見守っていた。秀吉と家康、ふたりは初めてお互いの信念をぶつけ合おうとしていた。

「国というものは成長せねばならぬ。成長する意欲なくば、人は退廃し、活力を失い、やがて国としての体裁をなさぬようになる」

「それはかつての明攻めのようなことでござるか？」

「あれは惜しいことをした。わしが壮健であれば、明を攻略し、今頃は世界はこの国を中心に回っていたであろう」

「それが貴殿の考える国のありかたでござるか」

「徳川殿。わしはこの時代に来て驚いた。この時代の者たちの無気力さ、おのれのことのみを考え、利にだけは敏感で、犠牲を嫌い、国を守ることにすら興味を持たぬ。そのような国は時をおかず滅びる」

「戦を起こすことでその考えを正そうと？」

〈86〉幕臣　幕府の長である征夷大将軍の直属の部下。企業にたとえるなら、幕臣である重秀は幹部で、社長は当時の征夷大将軍である徳川綱吉。家康は、創業者。

「戦など起こせぬ」

秀吉は笑った。

「戦を起こすもなにも、軍もない、戦を起こすのにも法がいる。何よりも、皆で話し合ってでないとなにも決められぬ。このような馬鹿なことがあろうか。おぬしも腹の底ではそう思っておろう」

秀吉は語気を強めた。

「国の指針を決めるには愚かな民衆ではなく優れた将がひとりいればよい。それが正しい姿じゃ。そのあたりまえの姿に戻さねばならぬ。そして、この国の力を世界に見せつけるのじゃ」

「この家康が幕府をつくった際、考えたことは領土を求め、さらなる拡大を求める野心をどう止めるかであった。土地や富には限りがあるが人の欲には限りはござらぬ。つまりは争いは絶えぬ。この家康は争いのない世をつくることを第一義としたのでござる。今、この時代、無駄な争いを生み出す必要があろうか」

「されば徳川殿はこの時代のしくみそのままでよいと思うのか」

「さにあらず。この国の政、この国が真の自立をするために軍をもつことなどは考えねばなりませぬ。しかし、それは国を保つことであり、国を広げることにはあらず」

「しかし、この時代の者も商いでは争うておるぞ」

「何ごとも塩梅というものがござりまする。民は争い、おのれを高めれば良い。そして国はそれが行き過ぎぬようしっかりと治めることが肝要でござる。国が民の先頭をきって争うべきではござらぬ」

「そのような考えではいずれ、この国はアメリカのような大国に隷属することになるぞ。今でも十分、隷属じゃ。そのようなものは国と呼べぬ」

「人は不思議なものでござる」

家康はふっと微笑《ほほえ》んだ。そしてその視線を龍馬に移した。

「わしは争いを止め、安寧をもたらすには、民の職や身分を定め、無駄な野心を持たせぬことと考えた。貴殿は卑賤《ひせん》〈87〉の身から立身し、天下人になった。それは乱世であったからじゃ。乱れなきはすなわち変わらぬこと。わしはそう考えた。やがて、そのわしの考えは少しずつ、民の不満を溜めていった。変わらぬことは、そこにおこる不満を解消できぬ。そして、おのれの身分を解き放ち、成長すべく、坂本のような者らが立ち上がり幕府を倒した。そして動乱の時代が生まれ、日本は列強と肩を並べて他国への侵略を開始し、やがてアメリカと戦争をし敗れた。どのようなしくみをつくっても人は争い、そして新しい安寧のしくみをつくる」

家康は穏やかな視線を秀吉に戻す。

「われらの役目は、この時代の者に、いまのしくみがすべてではない。世のしくみは過去と今を行き来し、考え、疑い、常に新しくなってゆく。それを伝えることであり、我らの時代に戻すことにあらず」

「わしとは考えが違うようじゃな」

秀吉はいかにも残念そうにため息をついた。

「やはりバグであるな」

秀吉は水口に言った。

「ここにおるのは徳川家康にみえて、さにあらず。別物じゃ。重秀」

「は」

重秀は平伏したまま声をあげた。

「この者たちは完全体ではない。徳川殿を完全に戻すためにも一度ここで壊さねばならぬ」

〈87〉卑賤　身分が低く、いやしいこと。

「は」

重秀は消え入りそうな声で返答した。

「恐れるでない。ここにいるのは大権現徳川家康さまにあらず、ただのできそこないのからくりじゃ」

「荻原さま!!」

吉田が叫んだ。

「我らの目指す世をつくりましょうぞ!!!」

「才谷くん! 家康公と龍馬さんがふたりで戦えばなんとかなるの!?」

理沙はたまらず叫んだ。龍太郎は唇を噛み締めて首をふった。

「無理です……。実体の吉田さんと同時に動かれてしまえば……たとえふたりでも……」

「なんとかならんのかえ!!」

龍馬が家康を守るように刀を構えながら龍太郎に叫ぶ。

「ひとつだけ方法があります……」

「何?」

理沙は龍太郎の肩を掴んだ。

「実体を止めるのです。吉田さんを封じれば重秀さんも……」

「え……」

「実体のある人間を止めるには実体で対応するしかありません」

理沙は、吉田を見た。木刀を静かに構える吉田。その腕前は先ほど見たばかりだ。こちらはといえば、森本と関根がすでに負傷している。龍太郎は……。

「僕は無理です」

龍太郎は理沙の視線にブルブルと首をふった。

「運動はからきしだめで……おまけに喧嘩なんかしたことないんで……」

「情けないのう!!」

子孫の体たらくに龍馬が憤懣やるかたないといった調子で叫んだ。

「西村…お…おま……え。剣道でインターハイで優勝してたよな……」

森本が顔を歪めながら言った。

「私!?」

たしかに理沙は大学時代は剣道部で主将をつとめ、インターハイで優勝したこともある。入社する際には剣道女子がアナウンサーにと話題になったこともある。

「無理です!!!」

理沙は叫んだ。なんで自分がそんな危険な目にあわなければならないのだ。

「西村理沙。北辰一刀流であったな」

家康がぼそっと呟いた。

「北辰一刀流?」

龍馬が驚いた顔で理沙を見た。

「正信に調べさせておいた。坂本、この者の母方の姓は千葉じゃ」

「千葉?………」

龍馬の脳裏にある女性が浮かんだ。千葉さな子。龍馬の師匠である千葉定吉《ちばさだきち》の娘である。そして龍馬の若き日の恋人でもあった。龍馬は、理沙との最初の出会いを思い出した。あの時、理沙に懐かしい雰囲気、かつて出会った愛しい人の雰囲気を感じたのであったが、龍馬はそれを妻であったおりょうだと思った。そうではなく、さな子のほうであったのだ。

「おまん……そうであったかえ」

理沙は幼い頃から母方の祖父の教えで剣道を嗜《たしな》んでいたが、それが北辰一刀流という流派であるという意識は薄かった。中学・高校・大学と部活で剣道に集中するようになるとさらに流派への意識は薄れ、今の今まで、龍馬と同じ流派であることに気づかなかった。

「わたしが龍馬さんと同じ流派……」

「娘。詳しい話はこの危急の時が終わってからじゃ。今はなすべきことをなせ」

「なすべきことを……」

家康の言葉に理沙は、立ち上がった。覚悟を決めたとかではない。なんとなくだ。なすべきことをなす。仕事もプライベートも、考えてみれば、どんな些細なことだってなすべきことなのかもしれない。身体中がふわふわしていて自分自身の実感はない。それでも理沙は吉田に向かって立ち上がった。

ガラン。

吉田が手に持っていた木刀を理沙の足もとに投げた。

「生身の女性に怪我をさせるわけにはいかないからな」

吉田は、おそらく自分のものと思われる傘を手に取った。

「これで十分だ」

「頼むぜよ」

龍馬が理沙の目を見る。不思議なことだが、龍馬の目を見た瞬間、理沙の中に〝千葉さな子〟が溢れ出すような感覚に襲われた。理沙ではなく、さな子が蘇った。それはＡＩでもなくテクノロジーでもなく人間の積み重ねたＤＮＡの記憶なのかもしれない。理沙は木刀を手に取り、青眼《せいがん》〈88〉に構えた。

「荻原殿!!　我らもなすべきことをなしましょうぞ!!」

吉田が大声を発した。

「この時代に日本の未来を届けるために！」

吉田の声に平伏している重秀の肩がぴくりと動いた。

「未来のために……」

重秀はゆらりと立ち上がった。そして重秀は吉田を見た。吉田もまた、理沙とは別の意味でなすべきことをなそうとしていた。重秀は吉田の想いを酌《く》み取った。時代は違えど、吉田は共に戦ってきた仲間である。重秀から徳川幕府の重しが外れた。

「大権現さま。私は未来のためになすべきことをなしまする」

重秀は刀を上段に構えた。それに合わせて吉田も上段に構える。

その重秀、吉田を迎え撃つ形で、龍馬と理沙は青眼に構えた。その切っ先は、北辰一刀流独特で、小刻みにふるえている。

凄まじい緊張感が部屋に流れた。

家康と秀吉は、まるで戦場にいるかのように泰然自若《たいぜんじじゃく》として戦いを見守っている。かつてこのふたりは小牧長久手〈89〉で生涯に一度だけ戦ったことがある。その時と同じ、ふたりにとっては重い戦いである。

理沙は吉田との間合いをはかる。身長のある吉田が上段に構えると、一層の迫力がある。腕の長さから考えても上段から振り下ろされる一撃をかわす、もしくは払う、受け止めるなどの余裕はない。理沙が勝てるとするならば一手だけだ。その一手がはずれればそこで勝負は終わる。

集中する。

理沙の心臓が跳ね上がるように音を立てる。

〈88〉青眼の構え　剣道の基本的な構えである「中段の構え」の一種。「青眼」は剣先を相手の左目につけることを指す、日本刀を想定した剣先のつけ方。
〈89〉小牧長久手の戦い　本能寺の変の約2年後に秀吉陣営と織田信雄・徳川家康陣営の間で行われた戦い。

緊張とは違う性質のものだ。

今までも何度も緊張する瞬間に理沙は遭遇してきた。

自分で言うのもなんだが、比較的そういう緊張には強いタイプだと思っている。しかし、今この瞬間は、緊張ではなく、異常と思える集中力が全身に溢れ、まるで自分が違う次元にいるような、そんな錯覚に陥る高揚感に見舞われていた。

いわゆる〝ゾーン〟というやつである。

そしてその高揚感とは別の、自分に課せられた責任の重さがまるで重力となって身体を押しつぶしてくる。息がしにくい。頭が隅々まで冴え渡っていく、不可思議な感覚。


じり。

吉田がほんの半歩、間合いを詰めた。

圧力を増して、気力を奪う。剣道は相手に呑まれた方が負けだ。相手のペースに引き込まれては、勝ち目がない。そもそも体格差があるのだ。

身体を左右に振るか、下がるか。

どの選択も理沙は取らなかった。一歩も動かず迎え撃つ。

おのれの気力がみなぎるのを待った。もし、それまでに吉田が動けば自分の負けだ。

小さく呼吸をする。

理沙は気づいた。龍馬の呼吸が自分とシンクロしていることに。

龍馬と呼吸をあわせていると、あれだけ重く感じていた重力が薄皮を剥ぐように軽くなっていく。

そして、まるで暖かい日の光を浴びているような心地よさをおぼえる。

命のやりとりをしているとは思えない多幸感が理沙を包んだ。

そして。
その時は唐突におとずれた。

「いえゃあああああああああああ！！！！」

吉田が咆哮一声、一気に理沙の間合いに入り、思い切り傘を振り下ろした。同じく重秀も龍馬に向かい襲いかかる。
吉田の傘がまるでスローモーションのように落ちてくる。同時に理沙は自分の後ろにひいた右脚のふくらはぎに全エネルギーを籠め、蹴り出した。同時に左手を離し、右手を思い切り突き出す。まるでフェンシングのように。

理沙の想像以上のスピードと、右腕だけにしたことによる剣先の伸び、そして吉田自身のスピードとあいまって、その衝突のエネルギーは最大化された。理沙の剣先は吉田の右の鎖骨あたりをとらえた。一方、吉田の傘が理沙の身体の左側あたりから流れる。

ダダダダーーン！！！

吉田は凄まじい音を立てて数メートル後ろに吹き飛んだ。壁に叩きつけられて、そのままずるずると壁により掛かるようにして崩れ落ちた。

重秀も龍馬の突きで宙を舞ったが、吉田が失神した瞬間、シンクロが解けたようで、空中で止まり、続いてホログラムの映像がカクつき、そしてブツッと音を立てて消滅した。

「そのまま先生のパソコンを!!」

龍太郎が叫ぶ。

理沙は身体を回転させその勢いのまま、水口のパソコンをはね上げ、返す刀で叩き割った。

静寂が訪れた。

「そのまま木刀を使っておれば勝っておったのにのう」

秀吉が静かに言った。

その表情は穏やかであり、達観したようでもあった。

「それが人というものじゃの……人はいくらおのれが賢いと思うても、愚かなものじゃ。前世でも蘇っても同じ間違いを犯す。わしとしたことがのう。徳川殿。貴殿は真っ先に葬らねばならない御仁であったのにの。

今回もわしは見逃してしもうた。貴殿が勝ったのではなく、わしはわしの愚かさに負けたのじゃ。わしは……どうも貴殿が苦手であったわ。そしてわしほど貴殿のことを評価している者もおるまい。あとは徳川殿。おぬしの好きなようになされよ」

秀吉はまるでゲームに敗れた者のように快活に笑った。

そして、いつもの秀吉のようにいたずらっ子のような表情を浮かべた。

「しかしな、徳川殿。おぬしもまたわしと同じじゃと思うがの。さして変わりはない。わしもおぬしも過去の者であることは変わりない。まぁ、よかろう。楽しかったわ」

そう言うと秀吉が大きく伸びをした。

「なにわのことは夢のまた夢……」

それが英傑、豊臣秀吉が現代に残した最後の言葉であった。その姿は、まるで霞《かすみ》のように空間に消えていった。

「同じ過去の者で……あるか……」

秀吉の姿を見送りながら、小さく家康が呟いたのを龍馬は聞き逃さなかった。その家康の表情はまるで何かを悟ったかのようであった。

22　日米首脳会談

徳川内閣は、豊臣秀吉財務大臣の辞任と、足利義満外務大臣の更迭を発表した。財務大臣は家康が兼任し、外務大臣には坂本龍馬が兼任となった。

家康と龍馬の動きは早かった。

家康は「令和版楽市楽座」のアメリカの受け入れを一時休止した。龍馬はアメリカ基地付近の夜の外出規制をかけて、無用な摩擦を封じ、北条時宗防衛大臣に協力を依頼。アメリカ基地に対する抗議運動で民間人の衝突が起きないように配慮した。

こうした日本政府の迅速な動きに対して、アメリカ政府も態度を軟化させた。

実際のところ、アメリカはまだコロナの感染者が増え続けており、ほとんどの州では外出規制がかかり、そのため国内の経済は大打撃を受けている。ステイン政権に対する批判は日に日に大きくなっており、日本との騒動もアメリカ国民にとっては「そんなことやっている場合か」という気持ちの方が強い。それにここで日本との同盟の破棄となれば、アメリカのアジアに対する影響力が大きく削がれるだけであり、具体的なメリットもない。政権内からもこれ以上の不必要な軋轢《あつれき》を生むべきではないという意見が出ていた。しかし、強硬的な外交手腕で「強いアメリカ」を演出してきたステイン大統領としては振り上げた拳を引っこめにくい心情でもあったのだ。

そこに、アメリカに対して強硬的であった、信長、秀吉、義満がいなくなったこと、そして日本の事態収拾へのスピーディーな意思決定によって、一気に流れは変わった。

不思議なものだが、〝躊躇ないスピードで行われる意思決定〟は不満を封じ込める特効薬である。あれほど燃え盛っていた日本国内の反米ムードが、一瞬にして沈静化し、むしろ行き過ぎた反米意識を抑制する効果を発揮した。ほとんどの国民の本音は、本気でアメリカと決別することや、まして戦争など望んではいない。ただ、いわゆるナショナリズムに流されていたに過ぎない。威勢のいい話にのっかっていただけである。国のトップである家康が明確にアメリカとの協調の意志を表したことにより、皆、ホッとしたのである。元来、威勢のいい話は引っ込めにくいものであり、その結果、世論に流され（その世論も最初は政治情勢から起こされたものだが）ずるずると最悪の方向に向かうことはままある。先の太平洋戦争などはその最たる例であろう。その点、家康はかつて、秀吉が起こした朝鮮出兵の後始末を行い、朝鮮や明と早期の国交復活を成し遂げた実績がある。その政治的判断は素早いものであった。

そして、この家康の意思決定を支えたのは、江戸の官僚たちだけではなかった。明治の官僚たちも重要な役回りを担った。

彼ら明治の官僚は廃藩置県、廃刀令など国の根幹を変革する現場を運営してきた。本来は、激しい抵抗を受け、長きにわたって騒乱を巻き起こしかねない重要施策を最低限の混乱で抑え込んだのは、〝徹底した迅速な実行力〟であった。一切の例外を認めず、目的に一番近い方法を選択し、それを実行し確実に状況を変化させる。

今回も、外出規制は例外なく徹底させ、抗議活動に対しても決めたレギュレーションは徹底的に守り、違反する者は容赦なく検挙した。このことによって規律が生まれ、感情でなく論理によって社会を統制していく。

明確なルール。ここに力を発揮したのは法務大臣である藤原頼長と副大臣の江藤新平である。また、SNSのデマ拡散には、総務大臣である北条政子が繰り返し国民に語りかけたことにより、一定の冷静さをネット上でみせた。

これらの日本政府の対応は世界で高い評価を受けた。

こういった状況に後押しされ、また龍馬の八面六臂《はちめんろっぴ》の活躍により、日米同盟は改めて堅持という方針が両国によって確認された。そして一連の騒動の決着をはかるためスティン大統領と徳川家康首相のトップ会談が公式に行われることとなった。しかも今回はオンラインではなく、対面である。そして会談後に両首脳による共同会見も行われる予定であった。

「いよいよだな」

大日本テレビのアナウンサー室で森本が言った。彼の右手はギプスで固定されている。

「さすが坂本龍馬ですね。アメリカとの話を見事にまとめあげるなんて」

森本の隣にいるのは、関根だ。彼もまた右手にギプスをしている。

「骨折は大丈夫ですか?」

理沙はふたりに尋ねた。ふたりの怪我のことや、あの日、財務省で起こったことはすべて秘密になっている。家康や龍馬が理沙たちに口止めをしたわけではなかったが、理沙はそのことを公にするつもりはなかった。それは森本や関根も同じである。ふたりは、酒を一緒に飲んでいて階段から落ちたと嘘をついていた。

「小野さんも釈放されたんですね」

「そうだな。特に健康には問題なさそうだが、会社に戻ってくるにはもう少し時間がかかりそうだ」

小野は、本多正信によって、保護という形で勾留されていたのだが、秀吉たちがいなくなり、誤認逮捕として釈放された。正信から異例の謝罪が会社にあったこともあり、小野は社内ではおとがめなしということになった。

「あとは、アメリカのステイン大統領が本当に折れるかだな。まだ、完全に危機が去ったわけではない」

森本はそう呟いた。日米首脳の共同記者会見まであと少しである。


「これですべては整うた。御両所もこれでええかいの？」

ステイン大統領と家康の会談は静かなもので終わりに近づいていた。ステイン大統領は終始不機嫌そうであり、口数は少なかったし、家康はそれに勝る口数の少なさであった。

ホワイトハウスにホログラム再生装置をつけて、この会談はできうる限りのリアルな状態で行われていたが、ステインの家康たちに対する態度は、あくまでも〝機械を相手にしている〟という冷たいものであった。

ふたりの間に入った龍馬だけがテンション高く、なんとかその場を取り持とうとしていた。

「こりゃ薩長同盟の時の西郷と桂よりも厄介ぜよ」

龍馬はふたりの態度に思わず愚痴をもらした。かつて、龍馬が仲介となった薩摩と長州の同盟会談は、薩摩、長州共に同盟について切り出さず、ひたすら山海珍味の豪華な食事を食べ続けるという異様なものであった。これは互いに同盟を切り出すことで不利になるのを恐れたゆえであった。しかし、今回は同盟の堅持については合意をしている。ステインの一方的なふてくされた態度が一番の問題であり、それに歩み寄ろうとしない家康の態度も問題といえば問題であった。

「もちっと、仲良くしてもらえんかのぅ。あまり不機嫌な様子をお互いの国民にみせるのもようはないきに」

「機械相手に愛想笑いなど必要ない」

ステインは吐き捨てるように言った。

「そがいな言い方はよくないぜよ」

一向に態度を崩そうとしないステインに龍馬は苦笑した。

「私は真実を言っている」

ステインは口の端を歪めて言った。その言い方はまるで駄々っ子のようであり、龍馬は噴き出しそうになるのをかろうじて堪えた。しかし、家康はそんなステインに対して表情ひとつ変えなかった。幾多の血なまぐさい修羅場を乗り越えてきた武将の威圧感は徐々にステインを気後れさせ始めていた。

「人とはおもしろきものじゃ」

家康は静かに言った。その口調は優しいものであった。ステインは、家康の言葉の調子の変化に気づき、虚《きょ》をつかれたように思わず視線を家康に向けた。ステインもまた大国アメリカのリーダーである。人間に対する感性は鋭い。彼の感性が家康の言葉に彼をひきつけた。

「ステイン殿。わしは400年も前の者じゃ。わしの時代は力こそがすべてであった。力のあるたったひとりの者が天下のすべてを決めたものじゃ。力とは屈服させる相手がいて初めて示せるものじゃ。屈服させる者がいなくなると、力を示せなくなり、力が示せないと人は従わなくなる。因果なものじゃ。そうなると、世を統治する者は常に自分の力を誇示するために屈服させる者を探さなければならなくなる。されば常にそこには争いが起こる」

家康はステインの目を見た。

「貴殿もおつかれであろう」

「疲れる……」

「強国であるがゆえ、力を見せつけなければならず、争いの種を探さねばならぬ。しかし争いは必ず勝者と敗者を決めねばならぬ。必ず勝者になる保証はない。それゆえ力を誇示する将は常に争いの緊張の中に身を置かねばならぬ。機械ならばきっとそのような無駄なことはしまい。人ゆえ、力に頼るのじゃ」

ステインは口を閉ざした。反発というより家康の言葉を噛みしめるようでもあった。彼の人生は常に戦いであった。移民から一代で財を成した父のあとを継ぎ、事業を大きくし、その事業のライバルを倒すために戦い、その戦いを有利にするために政治の道に入り、ついには大統領にまで上り詰めた。ステインの人生とは戦いの連続である。常に強者であり勝者にならねばならない使命感は彼の神経を苛み続けていた。それだけに家康の言葉はステインの胸に刺さるものがあった。

「力の統治は必ず無用の戦を起こし、血を流す。ステイン殿。今回の流行り病。わしはこの時代の者には必要であったのではないかと思う」

「このパンデミックが？　必要？　意味がわからん」

ステインは、首をふった。ステインは世界で一番影響力のある指導者であることは間違いない。そのステインに家康は伝えたいことがあるのだ。龍馬はそのことに気づき黙って家康の言葉を待った。

「わしが見るところ、この時代は戦こそ少なくなっているが、商いでの力を競う争いが激しくなっておる。国をあげて、おのれの国での商いに飽き足らず他の国に出てゆく。限度を超えれば、それは次なる争いを生む。しかし、この病のおかげで一時的ではあるが、争いは止まり、いまいちどおのれの国を見つめ直す機会ができたのではなかろうか」

「経済はグローバルだ。他国と貿易をして経済活動を行うことにより、発展できる国もある。悪いことではない」

ステインは反論した。家康は頷く。

「左様。すべてを止める必要もない。そしてそれは無理であろう。ただ限度というものがある。スティン殿。アメリカが国として一番大事にするものはなんであろう」

「自由である」

スティンは即座に答えた。

「されば、アメリカにとっての自由が他国にとっての不自由であった場合、いかがなされる？」

スティンは再び沈黙した。

「スティン殿。この世は矛盾に満ちあふれておる。この世にあるべき富には限りがあり、そこにあふれる欲には限りがない。ゆえに我らは矛盾に苦しみ、争う。それは必ずしも理屈にはあわぬことじゃ」

「では逆に聞こう。ミスタートクガワならばどうする？」

「わしの役目はその矛盾と折り合いをつけることである」

「折り合い？」

「統治者とはすなわち、すべての者を満たさず、そして、すべての者を欠かさず。それをおのれの信念にて行う者をいう」

「すべての者を満たさず……すべての者を欠かさず……」


「スティン殿」

家康はいずまいを正し、深々と頭を下げた。

「この時代をよろしくお頼み申す」

家康の行動にスティンは一瞬戸惑いをみせた。

「我ら過去の者は、未来をつくることは叶わず。今を生きる者だけが未来をつくる……そうであったな坂本」

家康は龍馬を見た。龍馬は家康の言葉に黙って頷いた。

「スティン殿。アメリカは大国じゃ。その力も強大である。それを握る貴殿の荷の重さはいかほどのものか。しかし、貴殿には世界に自由を与える使命がある。それはいくばくかの不自由と共にじゃ。自由と不自由、それと折り合いをつけるのが貴殿の仕事である。矛盾は人でなければ乗り越えられぬ。機械では答えは出ぬのじゃ」

スティンは家康の目をじっと見た。そしてしばらく目を閉じて沈黙した。その目を再び開いた時、スティンは家康にこう言った。

「ミスタートクガワ。あなたの話をもう少し聞きたい」


テレビの中継は、まもなくスティン大統領と徳川家康首相の共同記者会見が始まることを伝えていた。画面の向こうで、全力で張り切る鳥川の姿が映し出される。

「西村。おまえは自分でこの瞬間を伝えるべきじゃなかったのか?」

森本は理沙を見て言った。理沙は当然、この番組でもメインキャスターに指名されたが、断ったのだ。森本は何度も理沙を翻意させようとしたが、理沙はそれを頑なに断った。理由は……自分でもわからない。ただ。ひとりの国民として、この瞬間に立ち会いたい。素直にそう思ったのだ。

理沙は森本の問いに答えず黙って画面を見つめた。

ホワイトハウスにしつらえられた特別配信室にスティンと家康が現れた。まず、演台に立ったのはスティンであった。

「アメリカ、日本の皆さん。本日、私は日本の徳川首相と会談し、あらためて日米同盟を強固にすることを確認しあいました。それはとてもハッピーなことです。そしてそれと同時に私は心から、徳川首相にお詫びをしたい」

ステインはそう言うと、家康の方を見て深々と頭を下げた。

「私は彼を機械と呼び愚弄する態度を取り続けました。今日、誠実に彼と話をして私は自分の過ちに気づきました。私は心から彼を尊敬します。かつてアメリカをつくりあげた偉大な先人たち、ジョージ・ワシントン、エイブラハム・リンカーンと出会ったような気持ちです。今日は皆に私の偉大な友であり師の話を聞いてほしい。我々はこれからどう生きていくべきか。400年前の偉大な英雄から学ぼうではありませんか」

ステインはそういうと、演台を離れ、家康にその座を譲った。

「ステインといえば、共同記者会見で相手の10倍は話すことで有名だ。あの自己顕示欲の塊みたいな男が……」

森本が感心したように呟いた。

「大統領になる人ですから……きっと理解しあえたのでしょう」

理沙は、家康という男が今でもよくわからなかった。恐怖ではあったが、まだ織田信長の方がわかりやすかったし、秀吉の突き抜けたスケールの大きさは、ああいうことになった今でも、どこかに痛快さを残している。しかし、徳川家康という男は何を考えているのかわかりづらいところがあった。あの重厚さはたしかに一国のリーダーたる威厳はあった。しかし、家康が目指す世界とはなんなのだろう？　理沙はその答えをいまだ持っていない。その答えをここで聞けるのだろうか。理沙は画面から目を離さず、全身で家康の言葉を待った。

ステインに促され、家康は演台に立った。そして、穏やかに話し始めた。

23 賢者の意思

「このような形で皆の前で話をすることはわしの時代ではなかったことであるが、ステイン殿からせっかくの機会を頂戴したのであるから、長くなるかもしれぬが話してみたい。わしは400年前の時代からここにやってきた。最初にわしが驚いたのは、この時代がわしらの想像できぬものであったことじゃ。神の国のように思えた。あらかじめわしの頭には、科学の進歩というのかの。それは入っておったが、それでも肝を潰すようなきらびやかさであった。次にわしが感じたことは失望であった。それは、この時代の政のいい加減さじゃ。誰もが政に関われると言いながら、その実、誰も責任をとらず、耳触りのいいことを言い、人を貶《おとし》め、おのれの欲だけを満たそうとする。わしらの時代は、皆、命を懸けておのれの領地を守り戦った。民や家臣の命を預かっておったからじゃ。そのために将と呼ばれる者はまさに身命を賭して戦った。それに比べるとこのきらびやかな世界の裏側は腐敗しきっておる。わしはそれを正すことがわしの役目だと思うた。おそらく蘇った内閣の者、皆、そう思ったに違いない。わしらの頃のような時代に戻さねばならぬ。この時代は豊かではあるが腐っておる。このままではいずれ滅びるに相違ない。わしらがここに呼び出される原因になった流行り病など、我らの頃はもっと悲惨なものであった。そのことで大げさに騒ぎ立てるこの時代の者達を見て滑稽ですらあった。死ぬ者は死ぬ。そのことはどうしようもないことじゃ。

しかし、わしはこの時代のことをよく知るうちに違う考えを持ったのじゃ。たとえば、わしらの時代、生まれた赤子が成人するまで生きていられる者は半分にも満たなかった。ほとんどは赤子のまま死んだのじゃ。たとえ生き延びたとしても、飢饉で餓死する者も少なからずいた。流行り病にかかれば医者にかかることもできず死ぬ者は数しれず、わしが築いた幕府は、265年続き、その間、戦もなかったが、それでもこの時代の者が当時の江戸に住めば地獄と思うであろう。確実にわしらの時代よりもこの時代は生きやすくなっておる。それではこの時代がわしらの時代よりも優れておるのか。わしはそれを考えた。この時代をつくったすぐれた統治者がいたのか？　調べてみたが、優れた者はいたが、それでも織田殿や豊臣殿のようなずば抜けた英傑はおらぬ。この時代は優れたひとりの英傑がつくりあげたのではなく、様々なできごとの中で、少しずつ変化しつくられていったのじゃ。わしらの時代とて、後世に残るような英傑だけが時代をつくったのではない。英傑を補佐する者、それに仕える者、そして町で暮らす民たちが少しずつ変わることで、江戸の時代がつくられていったのじゃ。

つまりはこの時代とわしらの時代のどちらが優れているかではなく、この時代もわしらの時代も、大きな視点でみれば同じなのだ。時代はそれぞれが分かれているわけではなく、連続しているものじゃ。わしらの時代は今も続いておる。そしてそれはわしら以前、足利殿、北条殿、藤原殿の時代でもあるのじゃ。

いうなれば時代とは大河である。古の時代、その川は小さな、誰の手も介さない川であったろう。そして、山々を流れ、急激な谷に流れ落ち、岩を削り、太くなってゆく。わしらの時代は激しい流れ、あたりに災害を及ぼすような川であったろう。織田殿や、豊臣殿やわしは、その川が氾濫せぬように堤《つつみ》をつくり、川幅を広げる努力をしたにすぎぬ。われら自身が川であったわけではない。川は川であり、誰かが生み出したものではないのだ。この川は一度、世界大戦という氾濫を防げず、一度は涸れかけた。しかし、川は涸れなかった。それは過去からの水脈が延々と続いておったからじゃ。そして今、その川は海に向かっておる。川幅は我らの頃とは比べようもなく広く、流れも穏やかじゃ。しかし、わしらの頃のように、荒療治で堤を築けるような広さではない。何年も時間をかけて、たくさんの人が引き継ぎながら堤を作っていかねばならぬ。偉大な英傑ではなく、たくさんの人が志をもち、目的を見失わず堤を作っていかねばならぬ。そしてこの川はやがて海へとつながる。海とは、この世界のすべての国や民が穏やかに暮らせる大きな場所じゃ。ステイン殿率いるアメリカも大いなる川である。皆、いずれは海につながってゆくであろう。しかし、今、一番わしが憂えておるのは、堤をつくるのではなく川幅を無理に広げようと壊す方に夢中になってしまうことじゃ。簡単に言えば、成長という病じゃ。富を求め、急激に川幅を広げようとする。この病は流行り病よりおそろしい。無理に川幅を広げれば、川は氾濫し、やがては涸れてしまう。今回の流行り病はそれをそちたちに教えてくれたのじゃ。焦るでない。川は緩やかに流れてはいるが確実に海に向かって進んでおる。かつて豊臣殿が川幅を一気に広げようとした。いわゆる朝鮮攻めである。結果は、攻め入った朝鮮にも自国にも多大な損害を与えた。わしは、その時、あえて成長を止めた。身分も固定し、領土も固定し、他国との貿易も制限した。わしは堤をつくったのじゃ。その結果、流れは穏やかになり、265年の長きにわたって川幅は穏やかに広くなっていった。しかし人はまた同じあやまちを犯す。日本が世界と戦った際じゃ。川幅を無理に広げようとしてとんでもない災いを起こした。それはよう知っておろう。自然の災よりも人が起こす災の方が大きいものじゃ。

皆、今だけを見て、流れを見ておらぬ。川の流れは我々にはどうにもならぬということを知ることじゃ。流行り病ひとつをとってもすべての者を救うことはできぬ。それもまた事実じゃ。どうにもならぬ中で我々は折り合いをつけていくのじゃ。この世という川と、国という堤と、そしてそこで暮らす自分を。

世の上に立つ者が一番考えなければならぬのは、川の流れを壊さず、そして確実に川を前にすすめるために、堤を調整することじゃ。壊すのは簡単じゃが、守るのは至難の業じゃ。いっときの成功ではなく、長い時をかけ少しずつ手直ししてゆく。その覚悟が上に立つ者には求められる。上に立つ者は今ではなく、未来を見よ。そして未来を見るために過去を知れ。我ら内閣はそれを伝えに来た。今なすべきことは過去を探せば必ずみつかる。どんな難しい状況でも必ず過去に誰かがその状況に出会っておる。それを知ればおのずから、策はみつかる。

我らをこの時代に連れてきた男、木村辰之介は、この国の政の信頼を取り戻せと言った。わしはそれを念頭に置き、働いてきた。この時代の政の綻びを我らなりに正し、新しきしくみをつくろうと思うておった。志半ばであったが、綱吉も吉宗も織田殿も豊臣殿も皆、そのしくみをつくろうと汗を流した。そのしくみこそが堤であり、われらはその堤をつくりあげるまでが役目じゃと思うておった。しかし、わしは、しくみがこの世をよくするのであろうかと思うようになった。この時代の者共は、皆、自分勝手で自堕落じゃ。その一方で活気に溢れ、争うことの愚かさも、醜さも知っておる。他人を陥れる者もあれば、それを救う者もおる。われらより、はるかに自由でおのれというものを持っておる。しくみというものは、おのれを殺し、考えさせぬものじゃ。わしは生まれ落ちた身分を固定し、自由を奪うことによりこの世の安定を図った。おまえたちはそれを封建社会というのじゃな。あの戦国の世を治めるにはそれしかなかったのじゃ。しかし、自由を求める者たちがわしのつくったしくみを打ち破った。それを成し遂げたのは、今、官房長官をつとめておる坂本龍馬を始めとする者たちじゃ。

人は生まれながら自由であり、自由を求めるものなのであろう。かくいうわしも人質の身からおのれを自由にしたのじゃ。わしの志は、若き日は祖父や父が失った領地を取り戻すことであった。次は今川の束縛から離れ自由になることであった。織田殿倒れしあとは、この世の乱れを治めるため豊臣家に仕えた。そして、真の平和の世をつくるため豊臣家を滅ぼし幕府をつくった。それは、自由を制限するしくみであった。わしは、おのれは自由を求め、平和のために他人には不自由を強いた。しかし、その先には誰もが自由になる平和な世があったのじゃな。この時代と出会い、わしのつくった幕府を終わらせた坂本と出会い、わしは悟った。人は自由を求めるものじゃと。それが人が人たる所以であると。

無論、すべては自由にならぬ。人が集団で、生きていくためにはさまざまな決まりをつくらねば、またあの戦国の世のような無秩序な時代が生まれる。自由と不自由、この折り合いをつけることこそが人を率いる者に必要なことじゃ。

人はすべからく矛盾しておる。矛盾は永遠になくならぬ。その矛盾を理解し、その矛盾を少しでも縮める。それがこの時代の上に立つ者の役目じゃ。

この世に生きる者は等しく愚かである。愚かであるからこそ、進むのだ。この時代は確実に我らの時代よりよくなっておる。そして、この先の時代はさらによくなるであろう。愚かであることを一人ひとりがしかと受け止め、愚かさを過去から学び、それを克服していく先人たちの汗を学び、未来をつくれ。この時代の発展を信じ、わしは大政奉還をすることを決めた。

政をおまえたちの時代に返そう。

これからの未来をつくるのはおまえたち一人ひとりである。

おまえたちならできる。よりよき未来をつくれ」

家康の演説は23分にわたりCMを挟まずノンストップで中継された。

理沙はアナウンサー室で固唾を呑んで家康の演説を見守っていた。森本も他のアナウンサーも誰ひとりとして話し出すものはいなかった。飲み物を口にする者すらいなかった。家康の言葉は重く、すべてを受け止められる気がしなかった。家康の政権がこのまま永遠に続くと思っていた。おそらくテレビの前で中継を見ていたほとんどの国民がそうであっただろう。

最後に家康は龍馬の方を見て、顔の筋肉を緩めるようにして笑いこう言った。

「龍馬！！！

これでええじゃろう。肩の荷が降りたがや。おみゃーの言う通りわしゃ話したぞ。

もうわしもこの時代との折り合いをつけんでもええじゃろう。はよーあの世に行って、おなごどもに肩を揉ませねば肩が凝ってしよーがねーだがや」

24 別れ

理沙は首相官邸を訪れていた。

家康の突然の大政奉還で日本は蜂の巣をつついたような騒ぎになっていた。徳川内閣は総辞職を決め、与党である日本党に後継を委ねた。江戸や明治時代の官僚たちも順次、仕事を引き継ぎ去っていった。その手際の良さもまた最強内閣にふさわしいものであった。

家康を始め最強内閣の面々は、日米首脳会談後はいかなる取材にも応じることはなかった。最強内閣の総辞職へのカウントダウンだけが進んでいた。日本国民はこぞって彼らの留任をのぞみ、至るところで情熱的な集会や署名活動が行われたが、その意志は変わることなくその日を迎えることになったのである。

理沙に龍馬から連絡が入ったのは最強内閣が総辞職する当日の朝のことであった。取材ではなく、あくまで個人的な話があるとのことだった。おそらく龍馬と話せる最後のチャンスである。理沙はとるものもとりあえず官邸にむかった。

「西村さん！　お久しぶりです!!」

いつもの地下の特別室で待っていると、才谷龍太郎がひょっこりと顔を出した。龍太郎は財務省での秀吉との対決のあと、水口教授の代わりに最強内閣のプログラムを統括する仕事についていた。水口教授は、すべての職を解かれ大学に戻った。水口教授の態度は秀吉と同じくサバサバしたもので、むしろやりきった感さえ漂っていた。龍太郎への引き継ぎにも協力的であったという。龍太郎は、最強内閣のプログラムが悪用されることがないように、セキュリティプログラムを構築していた。短期間にこれらの大仕事をなしとげる天才的な能力が龍太郎にはあった。

「すっかり社会人っぽくなったね。才谷くん」

スーツ姿の龍太郎を理沙は眩しそうに見た。この若者の無限の可能性が全身からオーラのように放たれているのを感じたからだ。

「いやぁ。そんなことないですよ。この仕事が終わったら大学に戻るんで、また普通の学生です。それより西村さん、報道ニューーデイズのメインキャスターになるんですね!! 凄いじゃないですか!!」

「その話はまだ決まってないのよ。勝手に会社が発表しちゃって……」

理沙は、首をふった。報道ニューーデイズは大日本テレビの看板番組である。理沙はこれまで龍馬を始めとして、家康、信長、秀吉という最強内閣の面々の単独取材を成し遂げてきた。その功績から会社は彼女を看板番組のメインキャスターに据えることを決め、大々的に発表した。しかし、理沙は上司である森本に辞退を申し入れていた。森本は頑なな理沙の態度に頭を抱えている状態であった。理沙が最強内閣に関わったのは偶然の賜物であり、理沙自身の力ではない。報道を志している同僚、先輩、後輩アナウンサーはたくさんいる。その人間を差し置いて自分がメインキャスターの座につくのは違うのではないかと感じていたからだ。

「才谷くん。ひとつ聞いていていい?」

「いいですよ」

「内閣の総辞職というのは最終的にどうなるの？」

理沙は、引っかかっていることを才谷に尋ねた。生きている人間の場合は、総辞職をしようがその人自身は存在する。しかし、コンピューターによって復活した最強内閣のメンバーがどうなるのかは具体的に発表されていなかったからだ。

「イレースです」

理沙の質問に龍太郎は即答した。

「イレース？」

「抹消です。すべてのデータを抹消し、開発プログラムも削除します。すべてのデータ、プログラムのバックアップは一切残しません」

「それって……」

「この世からすべて消えるということです」

龍太郎ははっきりと言った。

「徳川総理大臣の決定です。僕もそれが一番いいと思います。バックアップデータが残れば悪用される危険性もありますから」

「そう……なんだ……」

予想していたこととはいえ、理沙は少なからず衝撃を受けた。もう二度と龍馬たちには会えなくなるのだ。本来は会えることなどあるはずのない者たちであることはわかっている。それでも理沙はなんともいえない寂しさをおぼえた。

「悪いのう!!　突然呼び出して!!」

突然、背後から大声がした。

龍馬であった。

「どうしても最後におんしに頼みたいことがあったきに」

龍馬はいつもの底抜けに明るい笑みを浮かべていた。この龍馬の笑顔をもう見られないのかと思うと理沙の胸は痛んだ。

「頼みたいことってなんですか？」

そんな自分の想いに気づかれないように、理沙はなるべく平静を保って聞き返した。

「いやぁ」

龍馬は照れたような顔を見せてそれから顔をごしごしと擦った。そしてニヤニヤしながらふたりを眺めている龍太郎に気づいて、

「龍太郎！　おんしは外に出ちょれ!!」

と怒鳴った。龍太郎は、

「わかりましたよ。愛しい人との別れを惜しんでください。いいですか。あと15分しかないですからね！一度セットしたものを再セットするの大変なんですから！」

と憎まれ口を叩きながら部屋を出て行った。

「ほんに龍太郎は余計なことばかり言うぜよ。誰に似たんじゃ……」

「あと15分だけというのは……？」

「龍太郎は話さなかったかえ？　わしを含めて全員のデータが一斉に削除されるんじゃ」

龍馬はそう言って少しだけ寂しそうな表情を浮かべた。

しかし、それはほんの一瞬だけであった。すぐにいつもの龍馬の明るさに戻り、

「わしの用事はすぐ済むきに、おんし、何かわしに聞きたいことはないかえ？　もう会うこともないきになんでも聞くぜよ。答えられることは答えるきに」

龍馬はそういうとおもむろに右の鼻の穴に指を突っ込んだ。いつもの龍馬らしいと理沙は声をあげて笑った。その理沙を見て龍馬も大声で笑った。ふたりはしばらく馬鹿笑いをした。理沙は笑いながらこの時間が少しでも長く続けばいいのにと心の底から思った。

「じゃぁ、聞いてもよろしいでしょうか？」

理沙は龍馬の目をまっすぐ見た。

「えいぜよ」

「なぜ、内閣は総辞職を決断されたのですか？　皆さんの力があればまだまだ日本はよくなっていくと思います。皆さんがいなくなればまた元の日本に戻ってしまうと思います」

「秀吉公と対決した日のことを覚えておるかえ？」

「はい」

「あの時、秀吉公は最後に大権現さまに自分と同じちゃちおっしゃった」

理沙は記憶を辿った。

――おぬしもまたわしと同じじゃと思うがの。さして変わりはない。わしもおぬしも過去の者であることは変わりない――

「そのことを大権現さまはいたく気にされてな。あのあと、わしは大権現さまと語り合ったぜよ」

龍馬はそう言うと、理沙から視線を外し、宙を見上げた。

家康は、龍馬とふたりきりになるとこう語ったという。

「たしかに豊臣殿の言う通りかもしれぬ。わしがやろうとしていることはただの幕府の再興かもしれぬな」

「大権現さまは、そこでもう一度、わしになぜ幕府を倒そうと思ったのか問うたぜよ」

龍馬はその時の家康との会話を思い起こしながら言った。

「龍馬さんはどう答えたのですか？」

「わしゃ、自由になりたいと思うたからじゃと答えたぜよ。生まれ落ちた時から国に縛られ、藩に縛られ、家に縛られ、身分に縛られ、そんな一生は嫌じゃと思うたからぜよ。正直、国の行く末とか大それたことは始めは考えておらんかったがじゃ。それはなりゆきじゃ。ただ自由になりたかった。そのためには幕府を倒すしか方法がなかっただけぜよ」

「自由に……」

「わしがそういうと、大権現さまは、しばらくお考えになられての。『今度は自由を得ても、そのためにかえって不都合が生じるときもあるであろう。もしくは自由を得ることによって、別の不自由が生じることもあるであろう。それはよいのか？』と尋ねられた」

「自由を得ることによって不自由が生じる？」

理沙は首を傾げた。

「自由を得ることによって、誰もが偉くなることができる。例えば、かんぱにーを興して、その長になり、多くの人を雇うとする。雇った側は雇う側の自由を奪うことができる。皆が皆そうでなくとも、必ず、独裁的な長が生まれるぜよ」

たしかに、ブラック企業などという言葉に代表されるように、厳しい労働環境を強いる経営者は一定数必ずいる。その者たちは従業員にとっては不自由な環境を与えているといっていいだろう。

「自由を得る者が増えれば同じように不自由を強いられる者ができるじゃろ。それはある種の矛盾じゃ。大権現さまはそれをわしに問われた。わしは、それでも自由がある方がよいと答えたぜよ」

「それはなぜですか？」

「たとえ矛盾があったとしても、その矛盾を自分の力で解決できる方法があるかないかは大きな違いぜよ。幕府の頃は、ごく稀な例をのぞいてほとんどのもんは生まれ落ちた身分の中でしか生きるほかなかったぜよ。それはそんなもんじゃ、とあきらめれば矛盾はないかもしれん。しかし、わしゃそんな生き方は人ではないと思うぜよ。家畜と一緒じゃ」

　龍馬は強い口調で言った。

「わしがそう言うと、大権現さまは、『だとすれば今の状態は、不自由であるの』とおっしゃったぜよ。わしゃ、その意味がわからんでの。首を傾げとったら、大権現さまはこう続けたぜよ。『**おのれの力で自由を勝ち取ることができない状態が不自由であるとすれば、今のこの国は、我ら過去の者の言いなりになっておる。それは不自由ではないのか**』と」

　たしかに今の日本は最強内閣に任せておけばよいと安心しきっていた。それが思考停止といえばそうかもしれないと理沙は思った。

「大権現さまは、もう一度、この時代のもんに自由を与えてみるべしとわしにおっしゃったぜよ。わしらの役目は十分に果たしたと。わしらがこん時代でやってきたことはすべて過去にわしらがやってきたことじゃ。もしこん時代のもんが道に迷うた時、過去を遡り、わしらが為したことをもう一度見直せば、かならず手助けになる。そのうえで、自分たちの道をみつければええ。それが大権現さまが日米首脳会談のおりにおっしゃった川の流れぜよ。川は過去と今と未来をつないでおるきに。わしらがいなくなっても、歴史というもんがその役割を果たしてくれるきに。そして、この時代のもんがやったことは新しい歴史として未来のもんに役立つぜよ」

　理沙は龍馬の言葉を噛み締めた。

　たしかに、自分たちの時代は自分たちでつくる。それができなければ川は止まり、未来はなくなってしまうだろう。家康が言った大河の流れは今、この時代に生きるものたちの責任で次の時代に引き継いでいかねばならない。

しかし、同時に理沙は不安でもあった。家康、龍馬たちが現れるまでこの国の政治は混乱を極めていた。そんなこの時代の者たちが本当に川の流れをつくっていけるのだろうか？　そんな理沙の不安を見抜いたかのように龍馬は言葉を続けた。

「大権現さまや、秀吉公、信長公のような英傑は必ずしも必要ないきに」

「どういうことですか？」

「人は失敗しながらも必ず進んでいく。この時代はわしらが生きた時代よりもずっと進んでおるぜよ。飢えて死ぬ者もおらねば、戦もない。それは、先人たちが矛盾と戦いながら進んできた証拠じゃ。歴史がそれを教えてくれているぜよ。今回もわしらがおらんでも皆、前に進んでいけたぜよ。ただわしらは、それをもっと早くする方法を教えただけじゃ。おまんらはきっとうまくできる」

龍馬の言葉は、まるで暖かい日差しのように理沙を包んだ。できるという実感はないが、龍馬の言葉を信じてもいいという気持ちが湧いてきた。

「時間がなくなってきたのぅ。他に聞きたいことはないがか？」

「私は……私はこれからどうすればいいですか？」

咄嗟に出た言葉であった。そんなことを龍馬に聞いても答えようがないと思ったのだが、そう思った時には言葉が唇からこぼれていた。

龍馬は一瞬、戸惑ったような表情を浮かべたが、静かにゆっくりと頷いた。そして、理沙を優しい眼差しで見つめた。

「大権現さまの言葉を思い出すぜよ」

「いや、私は人の上に立つとか考えてないですから……」

「人の上に立たんでも、人と関わることは避けられんぜよ。変わらんきに。愚かであるからこそ、進むぜよ。自由と不自由との折り合いをつけ、愚かさを過去から学び、未来をつくるぜよ。上に立つ人だけが必要なことではないき」

「自由と不自由……」

「おまんの自由の裏側には不自由なもんがおるということを肝に銘じることじゃ。そう思えば、自分の不自由を受け入れることができるきに。皆が自由を手に入れるためには、皆が少しずつ不自由を受け入れる必要があるぜよ。わしらの時代は、お上が下々のもんに不自由を強要した。そのことによって世の安定をはかっておった。しかし、これでは一部のもんだけが不自由を引き受けることになるきに。これからの時代は、おまんら一人ひとりが自由ではなく自分で不自由を引き受けることぜよ」

「不自由を引き受ける……」

「おまんら一人ひとりがこの世に関わっておるきに。一人ひとりが他人の自由のためにひとつでもええから不自由を引き受けることじゃ。そうすることで、等しく皆に自由が行き渡ることになるぜよ。わしゃ、それがこの時代にふさわしい新しいしくみだと思うがぜよ」

龍馬はそういうと、ふとため息をついた。

「それは、難しいことぜよ。わしもかつて、自分の自由のために他人に不自由を課してしもうたぜよ。今もそのことを悔いているぜよ……」

「それって……」

理沙が話そうとした時、ドアの外から龍太郎の声が響いた。

「龍馬さん!!　もう時間ないですよ!!」

「ほたえな!!　わかっとるきに！」

龍馬はドアの外に向かって叫ぶと、理沙にすっと近寄った。

「ほんの少しだけ目を閉じてくれんかの」

「目を？」

「ほんの一瞬でええんじゃ」

龍馬の声は真剣かつ少し切ない響きを込めていた。

「こうですか？」

理沙は目を閉じた。

その瞬間。

実体のないはずの龍馬の太い腕にいきなり抱きしめられた。

息を止めた。

龍馬の顔が頬近くにくる感覚。

聞こえるはずのない吐息と、体温を感じる。

龍馬の唇が理沙に近づく。

「さな子さま……すまんかったぜよ……」

龍馬は理沙の耳元でたしかにそう囁いた。

その言葉に理沙がハッとした時には、

「目を開けていいぜよ!!」

龍馬の大声が響いた。目を開けると明るい笑顔の龍馬がいた。

「これで思い残すことは何もないぜよ。この時代でおんしに会えてほんによかった！　元気での!!」

その瞬間、龍馬の身体が大きくぼやけるように揺れた。

あっという間であった。

「龍馬さん!!」

理沙は叫んだ。

龍馬は消える瞬間、大きな声で何かを叫んだ。しかしその声はもう理沙には聞こえなかった。

幕末の風雲児坂本龍馬は、再び歴史の中に戻っていったのだ。

そしてそれは。

龍馬と理沙の永遠の別れでもあった。


帰りのタクシーの中。

理沙の目からとめどもなく涙が流れた。

そして理沙は知っていた。この涙は自分の先祖である千葉さな子のものであることを。

理沙は、あの財務省での一件のあと、自分の先祖について調べていた。そこで、龍馬の師匠である千葉定吉の娘に千葉さな子という人物がいることを知った。

若き日、龍馬とさな子は恋に落ち、さな子は自分は龍馬の許嫁《いいなずけ》であると周りに言っていたという。きっとそのようなことを龍馬は言ったのだろう。その言葉を信じて、さな子はひたすら龍馬を待ち続けた。風の噂で、龍馬がおりょうという女性と結婚したことを耳にしてもさな子は龍馬を信じ続けた。龍馬が京で暗殺されたあとは、さな子は龍馬のために独身を貫き通した。

自由に天下を駆け抜けた風雲児、坂本龍馬の側には、その一生を龍馬に捧げた千葉さな子という女性がいたのだ。龍馬が言った、「自分の自由のために他人を不自由にした」というのは千葉さな子のことに違いなかった。

さな子は59歳の生涯を終えるまで、〝坂本龍馬の許嫁〟であったことを誇りにしていたという。自分の想いが龍馬に届くことをひたすら信じていたのであろう。

そして、さな子の川は理沙に繋がり、時代を超えて龍馬と出会った。

龍馬の謝罪がさな子にとってどんな意味を持つのかはわからない。しかし、龍馬とさな子が自分を通して再会できたことを理沙は心から嬉しく思った。

「よかったね……」

理沙はそっと、さな子に声をかけた。

偉人たちが去ってから約半年後——

エピローグ

２０２１年10月20日。

英傑たちが去り、日本の政治が再び混乱する中、新たな内閣が発足した。そしてしばらくしてその内閣による解散総選挙が行われた。その過程は相変わらずグダグダであり、有識者たちや有名人たちが、好き勝手な意見を述べ、ＳＮＳでは炎上やデマや中傷が発生した。それは、一見英傑たちが復活する前と何も変わらないようであったが、選挙が行われると、なんと有権者の90％が投票に出かけた。明らかな変化であった。

国民一人ひとりが自分の意見を表明し、自分たちなりに矛盾に満ちた世界で、この時代に生きる者として責任を果たそうとしているようであった。

そしてその選挙の当選者の中には、前財務省事務次官の吉田拓也もいた。彼もまた自分自身の一歩を踏み出したのであろう。

この日、理沙は「報道ニューデイズ」にメインキャスターとして出演していた。そして番組の最後をこう締めくくった。

今日の選挙の結果がどのような未来をつくるのか、それは私にはわかりません。しかし、私たちは今日、たしかに一歩を踏み出しました。この日を始まりとして、私たち一人ひとりの川を大事に育て、大きな海に向かいましょう。きっと、何度も失敗したり愚かな判断をしてしまうこともあるでしょう。でも、そのことに失望したり絶望したりするのではなく、自分自身でできることを、どんな小さなことでもいいので行いましょう。私たちの自由は、誰かの不自由の上に成り立っているのです。ならば、私たちも誰かの自由のために、少しの不自由を進んで受け入れましょう。それが私たちが私たちの時代のためにできることです。そして私たちの時代はきっといつか遠い未来の時代の助けになるのです。私たちが過去の英傑たちに救われたように。

愚者は経験に学び、賢者は歴史に学ぶ。

オットー・フォン・ビスマルク

参考文献

『勘定奉行 荻原重秀の生涯―新井白石が嫉妬した天才経済官僚』村井淳志（集英社新書）
『ケンペルと徳川綱吉―ドイツ人医師と将軍との交流』B・Mボルタルトベイリー（中公新書）
『マーケット進化論―経済が解き明かす日本の歴史』横山和輝（日本評論社）
『マンガ日本の古典16　吾妻鏡（下）』竹宮恵子（中央公論新社）
『詳説政治・経済　改訂版』（山川出版社）
『中学社会　公民的分野』（日本文教出版）
『詳説日本史B　改訂版』（山川出版社）
『日本史用語集　改訂版』（山川出版社）
『やりなおし高校日本史』野澤道生（ちくま新書）
『世界史を変えたパンデミック』小長谷正明（幻冬舎新書）
『徳川家康名言集―現代に生きるリーダーの哲学』桑田忠親（廣済堂）
『名将言行録　現代語訳』（講談社学術文庫）

※北条政子の演説については、政子が書いた文章を代理の人間が読み上げる形式のものだったとも言われています。
※荻原重秀が柳生新陰流である事実はなく、あくまでもこの物語上の設定です。

ブックデザイン　吉岡秀典（セプテンバーカウボーイ）
装画・挿画　安倍吉俊
編集協力　鷗来堂
政治監修　青山和弘（日本テレビ）
ＤＴＰ　天龍社
編　集　淡路勇介（サンマーク出版）

眞邊 明人（まなべ あきひと） 脚本家／演出家

1968年生まれ。同志社大学文学部卒。大日本印刷、吉本興業を経て独立。独自のコミュニケーションスキルを開発・体系化し、政治家のスピーチ指導や、一部上場企業を中心に年間100本近くのビジネス研修、組織改革プロジェクトに携わる。研修でのビジネスケーススタディを歴史の事象に喩えた話が人気を博す。2019年7月には日テレＨＲアカデミアの理事に就任。また、演出家としてテレビ番組のプロデュースの他、最近では演劇、ロック、ダンス、プロレスを融合した「魔界」の脚本、総合演出をつとめる。尊敬する作家は柴田錬三郎。

ビジネス小説

もしも徳川家康が総理大臣になったら

2021年 3月20日 初版発行
2024年 6月10日 第17刷発行

著 者 眞邊 明人
発行人 黒川 精一
発行所 株式会社サンマーク出版
東京都新宿区北新宿2－21－1
（電）03－5348－7800
印 刷 株式会社暁印刷
製 本 株式会社若林製本工場

ISBN978-4-7631-3880-4 C0030
ホームページ https://www.sunmark.co.jp

これから、2020年の話をしようと思う。